LE JARDIN D'ÉPICURE

Professeur émérite de psychiatrie à Stanford, Irvin Yalom est l'auteur, entre fiction, philosophie et psychothérapie, de nombreux essais, romans ou récits, best-sellers dans le monde entier, dont *La Méthode Schopenhauer*, *Le Bourreau de l'amour*, *Le Jardin d'Épicure*, *En plein cœur de la nuit*, *Le Problème Spinoza* (lauréat du prix des Lecteurs du Livre de Poche en 2014), ou encore *Créatures d'un jour*. L'ensemble de l'œuvre d'Irvin Yalom est publié aux éditions Galaade.

Paru au Livre de Poche :

CRÉATURES D'UN JOUR

ET NIETZSCHE A PLEURÉ

LA MALÉDICTION DU CHAT HONGROIS

MENSONGES SUR LE DIVAN

LA MÉTHODE SCHOPENHAUER

LE PROBLÈME SPINOZA

IRVIN YALOM

Le Jardin d'Épicure

Regarder le soleil en face

TRADUIT DE L'ANGLAIS (ÉTATS-UNIS) PAR ANNE DAMOUR

Ouvrage traduit avec le concours du Centre national du livre

GALAADE ÉDITIONS

Titre original :

STARING AT THE SUN
Publié par Jossey Bass

ISBN : 978-2-253-16864-5 – 1re publication LGF.

Le soleil ni la mort ne se peuvent regarder en face.

François de La Rochefoucauld, maxime 6.

À la mémoire de mes mentors
qui rayonnent à travers moi jusqu'à mes lecteurs :
John Whitehorn,
Jerome Frank,
David Hamburg
et Rollo May

1

La blessure mortelle

Le chagrin étreint mon cœur. La mort m'épouvante.

Gilgamesh

La conscience de soi est un don suprême, un trésor aussi précieux que la vie. C'est elle qui nous fait humains. Mais on la paie au prix fort : la blessure de la mortalité. Notre existence est à jamais assombrie par la certitude que nous grandirons, que nous nous épanouirons, et, inévitablement, que nous déclinerons et mourrons.

Notre condition de mortels nous hante depuis l'origine des temps. Il y a quatre mille ans, le héros babylonien Gilgamesh méditait sur la mort de son ami Enkidou en prononçant les mots de l'épigraphe ci-dessus : « Tu es devenu une ombre et ne peux m'entendre. Quand je mourrai, ne serai-je pas comme Enkidou ? Le chagrin étreint mon cœur. La mort m'épouvante. »

Gilgamesh parle en notre nom. Comme lui, nous craignons tous la mort – homme, femme, enfant.

Pour certains d'entre nous la peur de la mort ne se manifeste qu'indirectement, sous forme d'un trouble généralisé ou sous le masque de différents symptômes psychologiques ; d'autres sont sujets à des accès explicites d'angoisse liés à la mort ; pour d'autres encore la peur de la mort éclate en une terreur qui nie toute possibilité de bonheur et d'épanouissement.

Depuis des éternités, des philosophes attentionnés se sont appliqués à panser la blessure de la mortalité et à nous aider à façonner des vies harmonieuses et paisibles. En tant que psychothérapeute à l'écoute de ceux, nombreux, qui luttent contre l'angoisse de mort, il me semble que la sagesse antique, notamment celle des anciens philosophes grecs, est parfaitement adaptée à notre époque.

En réalité, dans mon travail de thérapeute, mes ancêtres intellectuels sont moins les grands psychiatres et psychologues de la fin du XIXe et du XXe siècle – Pinel, Freud, Jung, Pavlov, Rorschach et Skinner – que les philosophes grecs classiques, en particulier Épicure. Plus j'en apprends sur cet extraordinaire penseur athénien, plus je reconnais en lui le thérapeute proto-existentiel par excellence, et je m'appuierai sur ses idées tout au long de cet ouvrage.

Il est né en 341 avant J.-C, peu après la mort de Platon, et décédé en 270 avant J.-C. On le connaît surtout aujourd'hui à travers le mot *épicurien*, qui s'applique à une personne recherchant un plaisir sensuel raffiné (notamment en matière de nourriture et de boisson). Cependant dans la réalité historique Épicure ne prônait pas les plaisirs des sens ; il était bien davantage concerné par la conquête de la quiétude (ataraxie).

Épicure pratiquait une « philosophie médicale », proclamant qu'à l'instar du médecin qui soigne le corps, le philosophe doit soigner l'âme. Selon lui, la philosophie n'avait qu'un but pertinent : soulager la souffrance humaine. Et la cause profonde de cette souffrance ? Pour Épicure, c'était *notre peur omniprésente de la mort.* La vision terrifiante de la mort inéluctable, disait-il, inhibe notre capacité à jouir de la vie, et n'épargne aucun plaisir. Pour apaiser la peur de la mort, il imagina plusieurs expériences de pensée efficaces qui m'ont aidé personnellement à faire face à l'angoisse de mort et sont les outils que j'utilise pour aider mes patients. Dans la discussion qui suit, je me réfère souvent à ces réflexions précieuses.

Mon expérience personnelle et mes travaux cliniques m'ont enseigné que l'angoisse de mort fluctue au cours de l'existence. Les jeunes enfants ne peuvent éviter les traces fugitives de la mortalité autour d'eux – feuilles qui jonchent le sol, insectes et animaux domestiques morts, disparition des grands-parents, parents endeuillés, grands cimetières peuplés de tombes. Ils peuvent se contenter d'observer, et, suivant l'exemple de leur famille, se taire. S'ils expriment ouvertement leur angoisse, leurs parents manifestent un certain embarras et, naturellement, se hâtent de les réconforter. Parfois les adultes tentent de trouver des mots de consolation, ou reportent le sujet à un avenir éloigné, ou encore apaisent la peur des enfants en parlant de résurrection, de vie éternelle, du ciel, de réunion.

La peur de la mort s'efface en général entre l'âge de six ans et la puberté, période qui est pour Freud celle de la sexualité latente. Puis, au moment de l'adolescence, l'angoisse réapparaît avec force : les jeunes sont souvent obsédés par la mort ; certains envisagent le suicide. De nombreux adolescents aujourd'hui réagissent à cette angoisse en devenant dispensateurs de la mort dans la seconde vie qu'ils connaissent au travers de jeux vidéo violents. D'autres la défient en pratiquant un humour macabre, par des chants qui la tournent en ridicule, ou en regardant des films d'horreur avec des amis. Dans ma jeunesse, je fréquentais deux fois par semaine un petit cinéma de quartier près du magasin de mon père, hurlant de concert avec mes amis au spectacle des scènes d'horreur, regardant bouche bée les films interminables qui décrivaient les abominations de la Seconde Guerre mondiale. Je me souviens d'avoir frissonné en secret en songeant au caprice du hasard qui m'avait fait naître en 1931 et non cinq ans plus tôt comme mon cousin Harry, qui est mort dans l'hécatombe du débarquement en Normandie.

Certains adolescents défient la mort en prenant des risques insensés. Un de mes patients – qui souffrait de multiples phobies et redoutait que ne survienne une catastrophe à tout instant – m'a raconté qu'il avait commencé à pratiquer la chute libre à seize ans et effectué plusieurs dizaines de sauts. Rétrospectivement, il pense aujourd'hui que c'était un moyen de contrer l'effroi qui l'habitait de sa propre mortalité.

Les années passant, l'inquiétude de la mort chez l'adolescent est refoulée par les deux tâches existentielles majeures du jeune adulte : entamer une carrière et fonder une famille. Puis, trente ans plus tard, lorsque les enfants quittent la maison et que pointe le terme des activités professionnelles, la crise de la cinquantaine nous assaille, et l'angoisse de mort revient en force. Arrivés au faîte de la vie, nous regardons le chemin qui s'étend devant nous, et craignons de ne plus le voir monter, mais s'abaisser lentement vers le déclin et l'amoindrissement. Dès cet instant, les inquiétudes liées à la mort s'éloignent rarement de notre esprit.

Il n'est pas facile de vivre chaque instant en étant pleinement conscient de la mort. C'est comme si vous cherchiez à regarder le soleil en face : vous ne le supportez que momentanément. Ne pouvant vivre pétrifiés par la peur, nous inventons des méthodes pour adoucir la terreur de la mort. Nous nous projetons dans l'avenir à travers nos enfants ; nous devenons riches, célèbres, toujours plus importants ; nous élaborons des rituels protecteurs compulsifs ; ou nous nous forgeons une croyance inébranlable en un sauveur ultime.

Certains – suprêmement confiants en leur immunité – vivent dangereusement, souvent sans considération ni pour les autres ni pour leur propre sécurité. D'autres encore tentent de transcender la douloureuse séparation de la mort à travers une fusion – avec un être aimé, une cause, une communauté, un être divin. La peur de la mort est mère de toutes les religions, qui, d'une manière ou d'une autre, tentent d'atténuer l'angoisse de notre finitude. Dieu, tel qu'il est représenté transculturellement, non seulement adoucit la douleur de la mortalité par l'annonce d'une vie qui ne connaîtra pas de fin, mais pallie la crainte de l'isolement en offrant une éternelle présence et en traçant une ligne de conduite claire pour donner un sens à la vie.

Cependant, en dépit des moyens de défense les plus sûrs, les plus éprouvés, nous ne pouvons réduire à néant la peur de la mort : elle est toujours présente, rôdant dans quelque faille cachée de notre esprit. Peut-être, comme le dit Platon, nous est-il impossible de mentir à la partie la plus profonde de notre être.

Si j'avais été citoyen de l'Athènes antique vers 300 avant J.-C (une époque souvent appelée l'âge d'or de la philosophie) et sujet à un accès de panique ou à un cauchemar liés à la mort, vers qui me serais-je tourné pour dégager mon esprit des affres de la peur ? Sans doute aurais-je dirigé mes pas vers l'agora, où de nombreuses écoles de philosophie importantes étaient situées. J'aurais ignoré l'Académie fondée par Platon, à présent dirigée par son neveu Speusippe, et le Lycée, l'école d'Aristote, jadis disciple de Platon, mais trop éloigné sur le plan philosophique pour devenir son successeur. J'aurais ignoré les écoles des stoïciens et des cyniques et les philosophes ambulants avides de recruter des étudiants. À la fin, je serais arrivé au jardin d'Épicure, et c'est là sans doute que j'aurais trouvé de l'aide.

Vers qui ou quoi se tournent aujourd'hui ceux qui ressentent une angoisse insurmontable de la mort ? Certains recherchent l'aide de leur famille ou de leurs amis ; d'autres prennent le chemin de leur église ou de la thérapie ; d'autres encore consulteront peut-être un livre tel que celui-ci. J'ai travaillé avec un grand nombre de personnes terrifiées par la mort. Je crois que les observations, les réflexions et les interventions que j'ai développées au cours d'une vie entière de travail thérapeutique peuvent apporter un soulagement appréciable à ceux qui ne peuvent seuls refouler leur angoisse.

Dans ce premier chapitre, je souligne que la peur de la mort crée des problèmes qui parfois ne paraissent pas directement liés à la mortalité. La mort a le bras long et son impact est souvent caché. Bien que la peur de mourir puisse paralyser totalement certains individus, cette crainte est dissimulée et se manifeste par des symptômes qui semblent n'avoir aucun lien avec la mortalité.

Freud pensait que la psychopathologie résulte en grande partie de la répression de la sexualité. Je crois pour ma part que ce concept est beaucoup trop étroit. Au cours de mon travail clinique, j'ai pu constater que quelqu'un peut réprimer non seulement sa sexualité, mais tout son moi créaturiel et en particulier sa nature finie.

Dans le chapitre deux, je parle des moyens de reconnaître l'angoisse cachée de la mort. Nombreux sont ceux qui souffrent d'anxiété, de dépression et d'autres symptômes alimentés par cette angoisse. Au cours de ce chapitre, comme dans les suivants, j'illustrerai mes arguments de cas cliniques et de techniques tirés de ma pratique, ainsi que de récits empruntés au cinéma et à la littérature.

Dans le chapitre trois, je montrerai qu'affronter la mort ne conduit pas nécessairement à un désespoir qui vous dépouille de toute raison d'être. Au contraire, ce peut être l'expérience révélatrice d'une vie plus riche. La thèse centrale de ce chapitre est : *si la réalité physique de la mort détruit l'homme, l'idée de la mort le sauve.*

Le chapitre quatre décrit et approfondit quelques-unes des idées force proposées par des philosophes, thérapeutes, écrivains et artistes pour surmonter la peur de la mort. Mais, comme le chapitre cinq le laisse entendre, les idées à elles seules ne sont pas toujours de taille à affronter la terreur qui enveloppe la mort. C'est la synergie des idées et des relations humaines qui est la plus efficace pour regarder la mort en face, et je suggère de nombreux moyens pratiques pour mettre en œuvre cette synergie dans notre vie de tous les jours.

Ce livre présente un point de vue basé sur l'observation des hommes et des femmes qui m'ont demandé de les aider. Mais parce que l'observateur influence toujours le sujet observé, je me tourne au chapitre six vers un examen de celui qui observe et y retrace mon expérience personnelle en face de la mort et mon attitude envers la mortalité. Moi aussi je lutte avec la mortalité et, en tant que professionnel qui a travaillé sur l'angoisse de mort durant sa carrière entière, et en tant qu'homme dont la mort se rapproche, je veux être sincère et clair sur mon expérience personnelle avec l'angoisse de mort.

Le chapitre sept s'adresse aux thérapeutes. En général, les thérapeutes évitent de travailler directement sur l'angoisse de mort. Peut-être parce qu'ils n'osent pas affronter la leur. Mais surtout parce que les écoles professionnelles ne proposent pas ou peu de formation dans une approche existentielle : de jeunes thérapeutes m'ont confié leur hésitation à aborder en profondeur le thème de la peur de la mort parce qu'ils ne savent que faire des réponses qu'ils obtiennent. Pour aider des êtres tourmentés par la peur de la mort, nous avons besoin d'une nouvelle réflexion globale et d'un nouveau modèle de relations avec nos patients. Bien que ce chapitre soit destiné aux thérapeutes, j'ai essayé d'éviter le jargon technique et j'espère que ma prose est suffisamment claire pour tout lecteur.

Pourquoi, demanderez-vous, choisir ce sujet aussi déplaisant, voire effrayant ? Pourquoi regarder le soleil en face ? Pourquoi ne pas suivre le conseil du vénérable doyen de la psychiatrie américaine, Adolph Meyer, qui, voilà un siècle, mettait en garde les psychiatres : « Ne grattez pas là où ça ne démange pas » ? Pourquoi s'attaquer au plus terrible, au plus sombre et au plus irrémédiable aspect de la vie ? Il est vrai qu'au cours des années récentes, l'avènement des centres de soins palliatifs, des thérapies brèves, du contrôle des symptômes et les tentatives de modifier les schémas de pensée n'ont fait qu'exacerber ce point de vue refoulé.

La mort, pourtant, *démange.* Elle démange en permanence ; elle nous accompagne en permanence, grattant à quelque porte secrète, à peine audible, juste sous la membrane de la conscience. Dissimulée, déguisée, elle se manifeste à travers divers symptômes, elle est la source de la plupart de nos soucis, de nos tensions et de nos conflits.

Je suis intimement persuadé – comme individu qui mourra dans un avenir relativement proche et comme psychiatre qui a passé des décennies à traiter de l'angoisse de mort – qu'affronter la mort nous permet non d'ouvrir quelque boîte de Pandore mais d'aborder la vie d'une manière plus riche et plus humaine.

Ce livre offre donc une vision optimiste. Je crois qu'il vous aidera à regarder la mort en face, et ce faisant, à réduire vos terreurs et à enrichir votre vie.

2

Reconnaître l'angoisse de mort

La mort est tout.
Et elle n'est rien.
Les vers entrent. Les vers ressortent.

Chacun de nous a peur de la mort, d'une façon ou d'une autre. Pour certains, l'angoisse de mort est le fond sonore de la vie, et en toute activité demeure le sentiment qu'un moment particulier ne reviendra jamais. Même un film ancien émeut au plus profond ceux qui ne peuvent s'empêcher de penser que tous ses interprètes ne sont désormais que poussière.

Pour d'autres, l'angoisse est plus aiguë, incontrôlée, susceptible de se manifester subitement à trois heures du matin, les laissant haletant devant le spectre de la mort. Ils sont obsédés par la certitude qu'ils mourront bientôt – ainsi que tous ceux qui les entourent.

D'autres encore sont hantés par le fantasme particulier d'une mort imminente : un pistolet braqué sur leur tête, un peloton d'exécution nazi, une locomotive lancée à pleine vitesse dans leur direction, la chute du haut d'un pont ou d'un gratte-ciel.

Les scénarios mortels prennent des formes très explicites. Une personne est enfermée dans un cercueil, les narines emplies de terre, consciente de reposer dans l'obscurité pour l'éternité. Une autre craint de ne plus jamais voir, entendre ou toucher un être aimé. Une troisième souffrira d'être sous terre alors que tous ses amis sont restés à la surface. La vie continuera sans qu'il lui soit jamais possible de savoir ce que deviendront ses parents, ses amis ou son univers personnel.

Nous avons tous un goût de mort au moment de sombrer dans le sommeil quand tombe la nuit ou en perdant conscience sous l'effet de l'anesthésie. Mort et sommeil, Thanatos et Hypnos dans le vocabulaire grec, étaient jumeaux. Pour Milan Kundera, romancier existentiel, l'oubli est aussi un avant-goût de la mort. « Le plus terrifiant dans la mort n'est pas la perte de l'avenir mais la perte du passé. En réalité, l'oubli est un aspect de la mort constamment présent dans la vie. »

Chez un grand nombre d'individus, l'angoisse de mort est affrontée et facilement reconnaissable, quoique douloureuse. Chez d'autres, elle est subtile, occultée, masquée par divers symptômes, et n'est identifiée que par l'exploration, voire l'excavation.

L'angoisse de mort non dissimulée

Beaucoup d'entre nous confondent l'angoisse de mort avec la peur du mal, de l'abandon, de l'anéantissement. Certains sont atterrés par l'immensité de l'éternité, la pensée d'être morts à jamais ; ou incapables de comprendre en quoi consiste l'état de non-être, inquiets de connaître l'endroit où ils iront après leur mort ; d'autres sont horrifiés par la certitude que leur univers personnel va disparaître dans sa totalité ; ou se débattent avec la question de l'inévitabilité de la mort, comme l'exprime ce message d'une femme de trente-deux ans sujette à des accès d'angoisse de mort.

Je suppose que mes plus fortes sensations sont nées le jour où j'ai compris que ce serait MOI qui mourrais, pas une entité indéterminée telle que la Vieille-Dame-Moi ou Moi-en-phase-terminale-et-prête-à-mourir. Je suppose que j'ai toujours songé à la mort de façon détournée, comme à quelque chose qui pourrait *arriver plutôt qu'à quelque chose qui* allait *arriver. Pendant des semaines après un fort accès de panique j'ai pensé à la mort plus intensément que jamais et je sais désormais que ce n'est pas quelque chose qui* pourrait *arriver. J'ai compris que j'avais pris conscience d'une vérité effrayante et que je ne pourrais jamais revenir en arrière.*

Il y a ceux que cette peur entraîne plus loin, jusqu'à une conclusion insupportable : la disparition totale de leur monde et de tous les témoins qui lui sont liés. Leur rue, leur univers familial, les parents et les enfants, la maison au bord de la plage, le lycée, les lieux de camping préférés – tout sombre avec leur mort. Il n'y a rien de stable, rien de durable. Quel sens peut avoir une vie aussi évanescente ?

Le message se poursuivait :

J'ai pris conscience de l'insignifiance des choses – que tous nos actes semblent condamnés à l'oubli et que la planète finira par disparaître. J'imaginais la mort de mes parents, de mes sœurs, de mon fiancé et de mes amis. Il m'arrive souvent de penser que MON crâne et MES os, et non un tout imaginaire ou hypothétique fait d'un crâne et d'os, se trouveront à l'extérieur plutôt qu'à l'intérieur de mon corps. C'est une pensée déconcertante. Cette perspective de devenir une entité séparée de mon corps ne me convient guère et je ne trouve donc aucune consolation dans la notion d'âme éternelle.

La déclaration de cette jeune femme comporte plusieurs thèmes : la mort est dorénavant personnifiée pour elle ; elle n'est plus quelque chose qui *pourrait* arriver ou qui n'arrive qu'aux *autres ;* la fatalité de la mort ôte sa signification à la vie. L'existence d'une âme immortelle séparée du corps lui paraît très peu vraisemblable et elle n'éprouve par conséquent aucun réconfort à la pensée d'une vie après la mort. Elle pose aussi la question de savoir si le non-être après la mort est le même que le non-être avant la naissance (un point important qui apparaîtra à nouveau dans notre discussion concernant Épicure).

Une patiente sujette à des crises de panique à la pensée de la mort me remit ce poème lors de notre première séance :

La mort m'envahit.
Sa présence me harcèle,
S'empare de moi, m'entraîne.

Je hurle de peur.
Je continue.

Chaque jour l'anéantissement menace.
J'essaie de laisser des traces
Qui peut-être compteront;
Profiter du présent.
C'est le mieux que je puisse faire.

Mais la mort rôde en contrebas
De cette façade protectrice
Au confort de laquelle je m'accroche
omme à une couverture d'enfant.
La couverture est perméable
Dans le calme de la nuit
Quand revient la terreur.

Mon moi ne sera plus là
Pour respirer dans la nature,
Pour redresser les torts,
Pour ressentir une douce tristesse.
Perte insupportable, mais
Inconsciemment supportée.

La mort est tout
Et elle n'est rien.

Elle était particulièrement hantée par ce qu'exprimaient ces deux dernières lignes : *la mort est tout, et elle n'est rien.* Elle m'expliqua que la perspective d'être réduite à rien la rongeait et habitait ses pensées. Mais le poème contient deux réflexions réconfortantes : en laissant des traces d'elle-même, elle donne une signification à sa vie ; et le mieux qu'elle puisse faire est de profiter du moment présent.

La peur de mourir n'est pas un substitut

Les psychothérapeutes prétendent souvent, à tort, que l'angoisse de mort manifeste n'est pas l'angoisse provoquée par la mort, mais masque un autre problème. C'était le cas pour Jennifer, agent immobilier de vingt-sept ans, hantée par la mort depuis l'enfance et sujette à des accès de panique nocturnes que n'avaient pas pris au sérieux de précédents thérapeutes. Toute sa vie, Jennifer s'était souvent réveillée la nuit, trempée de sueur, les yeux grands ouverts, terrifiée à la pensée d'être bientôt anéantie. Elle se voyait disparaître, tomber à jamais dans le noir, oubliée du monde des vivants. Rien ne compte réellement, se disait-elle, si tout est destiné à une totale extinction.

Ces pensées la poursuivaient depuis sa petite enfance. Elle se souvenait distinctement du premier épisode à l'âge de cinq ans. Elle s'était précipitée dans la chambre de ses parents, tremblante, craignant de mourir, et sa mère l'avait calmée et lui avait dit deux choses qu'elle n'avait jamais oubliées :

« Une très longue vie t'attend, et il ne sert à rien d'y penser aujourd'hui. »

« Lorsque tu seras très vieille et près de mourir, tu seras alors en paix ou malade, et dans un cas comme dans l'autre la mort ne sera pas importune. »

Jennifer s'était toujours rappelé les paroles réconfortantes de sa mère et elle avait imaginé des stratégies complémentaires pour améliorer ses défenses. Elle se persuadait que c'était son choix de penser ou non à la mort. Ou elle tentait de puiser dans ses souvenirs d'expériences agréables – les rires partagés avec ses amis d'enfance, son émerveillement devant des lacs lisses comme des miroirs ou des colonnes de nuages lors de randonnées dans les Rocheuses avec son mari, le bonheur d'embrasser les visages épanouis de ses enfants.

Sa terreur de la mort ne cessait pour autant de la tourmenter et de la priver des nombreuses joies de son existence. Elle avait consulté plusieurs thérapeutes sans grand résultat. Divers médicaments avaient diminué l'intensité mais non la fréquence des accès. Ses thérapeutes ne s'étaient jamais concentrés sur sa crainte de la mort, convaincus qu'elle servait à masquer une autre angoisse. Je décidai de ne pas répéter leurs erreurs. Je suppose qu'ils avaient été mis sur une fausse piste par un rêve frappant et récurrent, qu'elle avait fait pour la première fois à l'âge de cinq ans.

Toute ma famille est à la cuisine. Un bol plein de vers de terre est posé sur la table, et mon père me force à en prendre une poignée, à les serrer dans ma main, puis à boire le lait qui en jaillit.

Chacun des thérapeutes qu'elle avait consultés avait naturellement associé cette image avec le pénis et le sperme ; et chacun s'était alors enquis d'un possible abus sexuel de la part du père. Ce fut aussi ma première réaction, mais je l'écartai après avoir entendu Jennifer rapporter que ces questions avaient immanquablement mené à de fausses conclusions. Bien que son père fût d'une extrême rudesse et verbalement abusif, ni elle ni ses sœurs n'avaient de souvenir d'acte de nature sexuelle.

Aucun de ses thérapeutes précédents n'avait exploré la gravité ni le sens de sa peur omniprésente de la mort. Cette erreur courante vient d'une tradition ancienne, ses racines remontent à la toute première publication en matière de psychothérapie : les *Études sur l'hystérie* de Freud et Breuer en 1895. Une lecture approfondie de ce texte montre que la peur de la mort était partout présente dans la vie des patients de Freud. Qu'il ne soit pas parvenu à l'explorer s'explique si on se réfère à ses derniers écrits, qui éclairent sa théorie de la névrose, provoquée selon lui par des conflits entre diverses forces instinctives, inconscientes et primitives. La mort ne peut jouer aucun rôle dans l'origine de la névrose, écrivait Freud, parce qu'elle n'a pas de représentation dans l'inconscient. Il en offrait deux raisons : tout d'abord nous n'avons pas d'expérience personnelle de la mort, et ensuite il ne nous est pas possible de contempler notre non-être.

Bien que Freud se soit exprimé avec émotion et pertinence sur la mort dans de courts essais non systématiques tels que « Nos attitudes à l'égard de la mort », rédigé aussitôt après la Première Guerre mondiale, sa « dé-mortalisation » de la mort, ainsi que l'appelle Robert Jay Lifton, dans la théorie psychanalytique classique a fortement contribué à éloigner de la mort des générations de thérapeutes et à les orienter vers ce qui en était pour eux la représentation dans l'inconscient, en particulier l'abandon et la castration. En réalité, on pourrait dire que l'accent mis par la psychanalyse sur le passé est un recul devant l'avenir et la confrontation avec la mort.

Dès le début de mon travail avec Jennifer, je m'engageai dans une exploration explicite de ses peurs de la mort. Elle ne montra aucune résistance : elle était prête à travailler et m'avait choisi parce qu'elle avait lu mon ouvrage *Thérapie existentielle*[1] et voulait être confrontée aux aspects existentiels de la vie. Nos séances furent en priorité axées sur ses notions, souvenirs et fantasmes de mort. Je lui demandai de noter avec soin ses rêves et ses pensées pendant ses accès de panique.

Elle n'eut pas longtemps à attendre. Quelques semaines plus tard, elle fut saisie d'une crise d'angoisse après avoir vu un film sur la période nazie. Elle avait été profondément ébranlée par la totale inconséquence de la vie qu'illustrait ce film. Des otages innocents étaient choisis arbitrairement et arbitrairement exécutés. Le danger était partout ; personne n'était en sécurité nulle part. Elle était frappée par les similitudes entre ce film et ce qu'elle avait vécu

1. Irvin Yalom, *Thérapie existentielle*, Paris, Galaade Éditions, 2008. (*Toutes les notes sont de la traductrice.*)

dans son enfance : le danger que représentaient les rages imprévisibles de son père, l'impression de n'avoir aucun endroit où se cacher, de ne pouvoir trouver refuge que dans l'invisibilité – c'est-à-dire en ne disant rien, en demandant le moins possible.

Peu après elle retourna dans la maison de son enfance et, suivant mon conseil, alla méditer sur les tombes de ses parents. Demander à un patient de méditer sur une tombe peut paraître extrême, mais en 1895 Freud raconte qu'il avait fait exactement la même suggestion à un patient. Devant la tombe de son père, Jennifer fut soudain saisie d'une pensée étrange. « Comme il doit avoir froid là-dessous. »

Nous examinâmes ensemble cette curieuse réflexion. On eût dit que sa perception enfantine de la mort avec ses éléments irrationnels (par exemple, que les morts étaient sensibles au froid) habitait toujours son imagination en même temps que sa rationalité d'adulte.

En rentrant chez elle après cette séance, une chanson populaire de son enfance lui revint à l'esprit, et elle l'entonna, surprise de se souvenir de l'intégralité des paroles.

Avez-vous jamais pensé, quand passe un corbillard,
Que vous pourriez être le prochain à mourir ?
Ils vous enveloppent dans un grand drap blanc,
Et vous ensevelissent à environ six pieds sous terre
Ils vous mettent dans une grande boîte noire,
Et vous recouvrent de terre et de pierres,
Et tout va bien, pendant à peu près une semaine,
Puis le cercueil se met à fuir !

Les vers rampent, entrent et ressortent,
Les vers jouent à la belote sur votre pif.
Ils vous mangent les yeux, ils vous mangent le nez,
Ils mangent la gelée entre vos doigts de pied,
Un grand gros ver qui roule des yeux
S'insinue dans votre estomac et sort par vos yeux
Votre estomac devient d'un vert visqueux
Et du pus en jaillit comme de la crème fouettée.
Vous le tartinez sur une tranche de pain
Et c'est ce que vous mangez quand vous êtes mort.

Elle se souvint alors que ses sœurs (Jennifer était la plus jeune) la taquinaient cruellement en lui chantant ces paroles, sans pitié pour son évidente et palpable détresse.

Ce souvenir fut une illumination pour Jennifer, et lui permit de comprendre que son rêve récurrent où elle buvait le lait des vers de terre ne concernait pas le sexe mais la mort, les vers du tombeau, les dangers et l'insécurité dont elle avait souffert dans son enfance. Cette révélation – qu'elle gardait en hibernation une représentation enfantine de la mort – lui ouvrit de nouveaux horizons pour sa thérapie.

L'angoisse de mort occultée

Il faut parfois être fin limier pour révéler une angoisse de mort occultée, mais quiconque, qu'il suive une thérapie ou non, peut la déceler grâce à la réflexion sur soi. Les pensées de mort s'infiltrent dans vos rêves et les envahissent sans même que votre esprit en ait conscience. Chaque cauchemar est un rêve dans lequel l'angoisse de mort s'est échappée de son enceinte et menace le rêveur.

Les cauchemars réveillent le dormeur et représentent le rêveur face à un danger mortel : en train de courir à toutes jambes pour échapper à un assassin, de tomber d'une grande hauteur, de se cacher pour échapper à une menace mortelle, de mourir réellement ou d'être déjà mort.

La mort apparaît souvent dans les rêves sous une forme symbolique. Par exemple, un patient quadragénaire hypocondriaque qui souffrait de maux d'estomac et était convaincu d'avoir un cancer, prenait en rêve un avion avec sa famille pour se rendre en vacances aux Antilles. Puis, dans l'image suivante, il se roulait par terre avec de violentes douleurs. Il se réveillait terrorisé et comprenait aussitôt la signification du rêve : *il était mort d'un cancer de l'estomac et la vie avait continué sans lui.*

Pour finir, certaines situations suscitent presque toujours l'angoisse de mort : une maladie grave, la mort d'un proche ou une atteinte irréversible à votre sécurité fondamentale – un viol, un divorce, un licenciement ou une agression. Leur représentation fera en général naître une angoisse de mort jusqu'alors occultée.

L'angoisse du néant est en réalité l'angoisse de mort

Voilà des années, le psychologue Rollo May a dit en manière de plaisanterie que l'angoisse du rien cherche à devenir l'angoisse de quelque chose. En d'autres termes, l'angoisse du néant s'attache rapidement à un objet tangible. L'histoire de Susan illustre l'utilité de ce concept lorsqu'un individu éprouve une angoisse d'une ampleur disproportionnée à propos d'un événement quelconque.

La quarantaine élégante, comptable de son état, Susan vint me consulter un jour à la suite d'un conflit avec son employeur. Nous nous vîmes pendant quelques mois, puis elle quitta son job et créa une affaire concurrente et prospère.

Plusieurs années plus tard, quand elle téléphona pour demander un rendez-vous urgent, je reconnus à peine sa voix. La Susan que j'avais connue pleine d'assurance et de dynamisme semblait tremblante et affolée. Je la reçus un peu plus tard le même jour et m'inquiétai de son apparence : habituellement calme et habillée avec goût, elle était ce jour-là échevelée, agitée, le visage rougi, les yeux gonflés de larmes, un pansement d'une propreté douteuse sur le cou.

D'une voix hésitante, elle me raconta son histoire. George, son fils, un jeune homme sérieux avec une bonne situation, était en prison, accusé d'usage de stupéfiants. La police l'avait arrêté au volant de sa voiture pour une infraction mineure et avait trouvé de la cocaïne dans son véhicule. Il avait été contrôlé positif, et comme il était inscrit à un programme civil de réadaptation et que c'était sa troisième arrestation, il avait été condamné à un mois de prison ferme suivi d'un programme de désintoxication d'une durée de douze mois.

Susan n'avait cessé de pleurer pendant quatre jours. Incapable de dormir ou de manger, elle n'avait pas pu se rendre à son travail pour la première fois en vingt ans. Des visions effrayantes de son fils la torturaient la nuit : elle le voyait sifflant une bouteille dissimulée dans un sac en papier brun, sale, les dents pourries, mourant dans le caniveau.

« Il va mourir en prison », me dit-elle, et elle n'eut de cesse de me raconter qu'elle avait tiré toutes les ficelles, exploré toutes les voies possibles pour obtenir la libération de son fils. Accablée, elle regardait des photos de lui enfant – angélique avec ses boucles blondes, ses yeux pensifs – destiné à un avenir riche et infiniment prometteur.

Susan se considérait comme une femme pleine de ressources – elle avait réussi seule malgré des parents dissolus et incapables. Mais face à cette situation elle se sentait totalement impuissante.

« Pourquoi m'a-t-il fait ça ? demandait-elle. C'est un acte de révolte, un sabotage délibéré des projets que j'ai formés pour lui. C'est sûrement ça. Ne lui ai-je pas tout donné – tous les outils possibles de la réussite –, la meilleure éducation, des leçons de tennis, de piano, d'équitation ? Et voilà comment il me remercie ! Une honte – imaginez mes amis lorsqu'ils seront au courant ! » Susan se consumait d'envie en songeant aux brillantes carrières des enfants de ses amis.

Je m'attelai d'abord à lui rappeler ce qu'elle savait déjà. Sa vision de son fils roulant dans le caniveau était irrationnelle, une manière de voir une catastrophe là où il n'y en avait aucune. Je lui fis remarquer que tout compte fait, il avait progressé : il était inscrit dans un bon programme de réadaptation et suivait une thérapie privée avec un excellent conseiller. Guérir d'une addiction est rarement simple : les rechutes, souvent multiples, sont inévitables. Elle n'en ignorait rien bien sûr ; elle avait récemment participé à une semaine de thérapie familiale associée au programme de son fils. Et son mari se montrait beaucoup moins inquiet qu'elle.

Elle savait aussi que sa question : « Pourquoi George m'a-t-il fait ça ? » était déraisonnable, et elle admit avec moi qu'elle devait se débarrasser de ce cliché. La rechute de son fils n'avait rien à voir avec elle.

Toute mère serait bouleversée de voir son fils retomber dans la drogue et de le savoir en prison, mais les réactions de Susan me paraissaient excessives. Je soupçonnai qu'une grande part de son anxiété provenait d'une autre source.

Je fus particulièrement frappé par son profond sentiment d'impuissance. Elle s'était toujours crue forte, et cette image s'était fracassée – elle ne pouvait rien faire pour son fils (sinon s'extraire de sa vie).

Mais pourquoi George y occupait-il une place aussi centrale ? C'était son fils, certes, mais il représentait davantage. Il était trop important. On aurait dit que la vie entière de Susan dépendait de la réussite de son fils. J'expliquai comment pour quantité de parents les enfants représentaient souvent un projet d'immortalité. Cette réflexion éveilla son intérêt. Elle reconnut qu'elle avait espéré se projeter dans le futur à travers George, mais elle savait désormais qu'elle devait renoncer à cette idée.

« Il n'est pas assez solide pour assumer ce rôle, dit-elle.

— Quel enfant serait assez solide pour l'assumer ? demandai-je. En outre, jamais George n'a signé d'engagement envers vous – c'est pourquoi ni sa conduite ni sa rechute n'ont de rapport avec vous ! »

Quand, à la fin de la séance, je l'interrogeai sur le pansement qu'elle avait sur le cou, elle me répondit qu'elle venait de subir une intervention chirurgicale esthétique. Comme je la questionnais davantage à ce sujet, elle s'impatienta et tenta de revenir à son fils – la raison, souligna-t-elle, pour laquelle elle m'avait contacté.

Mais j'insistai.

« Dites-m'en plus sur votre décision d'avoir recours à la chirurgie esthétique.

— Si vous voulez tout savoir, je déteste les effets de l'âge sur mon corps – sur mes seins, sur mon visage, et en particulier sur mon cou ramolli. L'intervention est le cadeau d'anniversaire que je me suis offert.

— Quel anniversaire ?

— Un anniversaire avec un grand A. Six suivi d'un zéro. La semaine passée. »

Elle évoqua ses soixante ans et la fuite du temps (et je parlai de mes soixante-dix ans). Puis je résumai :

« Je suis persuadé que votre angoisse est exagérée, car vous savez au fond de vous que des rechutes se produisent presque toujours au cours d'un traitement de désintoxication. Je pense qu'une partie de votre angoisse vient d'ailleurs et se reporte sur George. »

Encouragé par son signe d'assentiment, je poursuivis : « Je pense que c'est vous qui en êtes le sujet principal et non pas George. Votre angoisse est liée à votre soixantième anniversaire, à la conscience de votre vieillissement et à la mort. Il me semble qu'au fond de vous-même vous devriez vous poser certaines questions essentielles : qu'allez-vous faire du reste de votre vie ? Qu'est-ce qui peut lui donner un sens, maintenant que vous comprenez que ce n'est pas à George de jouer ce rôle ? »

Susan était passée peu à peu de l'impatience à un intérêt manifeste. « Je n'ai jamais beaucoup réfléchi au vieillissement ni à la fuite du temps. Et nous n'avons pas abordé ce sujet dans notre thérapie précédente. Mais je comprends ce que vous voulez dire. »

À la fin de la séance elle me regarda franchement. « Je ne vois toujours pas en quoi vos conseils vont pouvoir m'aider, mais je peux vous dire ceci : *vous avez retenu toute mon attention durant ces quinze dernières minutes.* En quatre jours, c'est la première fois que George ne domine pas mes pensées pendant aussi longtemps. »

Nous prîmes un autre rendez-vous pour un matin de la semaine suivante. Elle n'ignorait pas que je réservais mes matinées à l'écriture et me fis remarquer que je modifiais mes habitudes. J'expliquai que je n'avais pas de planning particulier étant donné que je devais m'absenter une partie de la semaine suivante afin d'assister au mariage de mon fils.

Désireux de lui être utile, j'ajoutai au moment où elle partait : « Mon fils se marie pour la deuxième fois, Susan, et je me souviens d'avoir traversé une période difficile à l'époque de son divorce – c'est affreux de se sentir impuissant en tant que parent. Je peux comprendre votre détresse. Le désir d'aider nos enfants est ancré en nous. »

Durant les deux semaines qui suivirent, nous nous concentrâmes moins sur George et plus sur sa propre vie. Peu à peu ses angoisses au sujet de son fils diminuèrent. Le thérapeute de George avait suggéré (et j'étais de son avis) qu'il serait préférable que Susan et lui évitent tout contact pendant plusieurs semaines. Elle voulait en savoir davantage sur la peur de la mort et sur la façon dont les gens l'affrontaient, et je lui fis part d'une grande partie de mes réflexions sur l'angoisse de mort que j'ai rapportées dans ces pages. Au cours de la quatrième semaine, elle déclara qu'elle se sentait revenue à la normale, et nous organisâmes une séance de suivi quelques semaines plus tard.

Lorsque je lui demandai à la fin de notre dernière séance ce qu'elle avait retenu de plus utile dans notre travail commun, elle fit une nette distinction entre les suggestions que je lui avais faites et la relation enrichissante qu'elle avait nouée avec moi.

« Le plus précieux, dit-elle, est ce que vous m'avez dit au sujet de votre fils. J'ai été très touchée que vous vous soyez ainsi confié à moi. Les autres thèmes que nous avons abordés – la façon dont j'avais reporté sur George mes peurs de la vie et de la mort – ont indéniablement retenu mon attention.

Je pense que vous aviez raison en ce qui concerne… mais certaines idées – par exemple, vos références à Épicure – m'ont paru très… euh… intellectuelles, et je ne suis pas certaine qu'elles m'aient réellement aidée. Cependant, il ne fait aucun doute que quelque chose s'est passé durant nos séances qui m'a été très utile. »

La dichotomie qu'elle pratiquait entre les idées et les relations humaines est un point essentiel (voir chapitre cinq). Aussi efficaces que puissent être certaines idées, elles n'ont de force vitale que si des liens intimes sont établis avec autrui.

À la fin de cette séance, Susan me fit une déclaration surprenante à propos de certains changements significatifs de son existence. « Je suis trop confinée dans mon travail, c'est l'un de mes plus gros problèmes. J'ai été comptable pendant de longues années, la plus grande partie de ma vie d'adulte, en fait, et je me rends compte aujourd'hui à quel point j'y étais mal adaptée. Je suis une extravertie dans une profession caractérisée par l'introversion. J'aime les rapports humains, bavarder avec les gens. Et être comptable est une activité trop monacale. J'ai besoin de faire autre chose ; ces dernières semaines mon mari et moi avons discuté sérieusement de notre avenir. J'ai encore le temps d'embrasser une seconde carrière. Je ne veux pas vieillir et m'apercevoir que je n'ai jamais ne serait-ce que tenté de faire autre chose. »

Elle me raconta alors que son mari et elle avaient souvent envisagé dans le passé d'acheter une maison dans la Napa Valley pour y aménager des chambres d'hôte. Donnant corps à leur projet, ils avaient passé le week-end précédent à visiter diverses auberges à vendre.

Environ six mois plus tard, je reçus quelques lignes de Susan écrites au dos de la photo d'une charmante maison de la région de Napa Valley, m'invitant à venir leur rendre visite. « La première nuit est offerte ! »

L'histoire de Susan éclaire plusieurs points. En premier lieu, l'importance disproportionnée de son angoisse. *Naturellement*, elle était bouleversée de savoir son enfant en prison. Quel parent ne le serait pas ? Mais elle en faisait un drame. Après tout, son fils avait eu des problèmes de drogue pendant des années et connu d'autres rechutes.

Je fis alors une supposition sur le pansement qu'elle avait sur le cou, témoin de son recours à la chirurgie esthétique. Il est vrai que le risque d'erreur était faible, car personne dans sa catégorie d'âge n'échappe à la peur de vieillir. La chirurgie esthétique et le « marqueur » de son soixantième anniversaire avaient réveillé une angoisse de mort occultée, qu'elle avait reportée sur son fils. Je l'avais aidée à prendre conscience de la source de cette angoisse et à lui faire face.

Susan avait brutalement fait plusieurs découvertes : son corps vieillissait, son fils représentait son projet d'immortalité, et elle ne disposait que d'un pouvoir limité tant pour stopper l'un que pour aider l'autre. Avoir pris conscience de ses regrets accumulés déclencha un changement profond dans son existence.

Parmi les nombreux exemples qui suivront, c'est le premier à démontrer que nous pouvons faire davantage que simplement diminuer l'angoisse de mort. La prise de conscience de la mort peut devenir une expérience révélatrice, un catalyseur puissamment utile pour effectuer des changements de vie majeurs.

3

L'expérience révélatrice

Un des personnages les plus célèbres de la littérature est Ebenezer Scrooge, le vieillard cupide, solitaire et malveillant décrit dans *Un chant de Noël* de Charles Dickens. Pourtant quelque chose d'inattendu arrive à Ebenezer Scrooge à la fin de l'histoire – une transformation remarquable. Son comportement hostile s'adoucit et le voilà qui devient chaleureux, généreux et désireux d'aider ses employés et ses associés.

Que s'est-il passé ? Quelle est la source de la transformation de Scrooge ? Pas sa conscience. Pas la chaleur des célébrations de Noël. Non, c'est plutôt une forme de thérapie existentielle de choc, ou, comme je la qualifierai dans ce livre, une *expérience révélatrice.* Le fantôme de l'avenir (l'esprit des Noëls à venir) rend visite à Scrooge et le soumet à un puissant traitement thérapeutique en lui laissant entrevoir l'avenir. Scrooge voit son cadavre abandonné, des étrangers s'emparer de ses biens (y compris de ses couvertures et de sa chemise de nuit), et entend des membres de son entourage évoquer sa mort et en faire peu de cas. Ensuite, le fantôme de l'avenir conduit Scrooge au cimetière pour lui montrer sa tombe. Scrooge contemple la pierre tombale, suit du doigt les lettres de son nom, et ce faisant *subit une véritable transformation.* Dans la scène suivante Scrooge est devenu une personne nouvelle et charitable.

Les exemples d'expériences révélatrices – une rencontre enrichissante avec la mort – abondent dans la littérature et au cinéma. Pierre, le héros de *Guerre et Paix* de Tolstoï, s'apprête à affronter la mort devant le peloton d'exécution, et finit par être gracié après que plusieurs hommes ont été fusillés avant lui. Âme perdue avant cet événement, Pierre est transformé et mènera une existence utile et palpitante jusqu'à la fin du roman. (Dans la réalité, à vingt et un ans, Dostoïevski aussi avait été gracié à la dernière seconde, et sa vie en avait été transformée.)

Des penseurs anciens, bien avant Tolstoï – depuis que l'écriture existe –, nous ont rappelé l'interdépendance de la vie et de la mort. Les stoïciens (comme Chrysippe, Zénon, Cicéron et Marc Aurèle) nous ont enseigné qu'apprendre à bien vivre est apprendre à bien mourir. Et inversement qu'apprendre à bien mourir est apprendre à bien vivre. Pour Cicéron « philosopher est se préparer à la mort ». Saint Augustin a écrit que « c'est seulement en face de la mort que l'homme naît à lui-même ». Au Moyen Âge, les moines conservaient souvent dans leur cellule un crâne humain pour concentrer leurs pensées sur la mortalité et ses enseignements dans la conduite de la vie. Montaigne suggérait que l'endroit où l'on écrit devrait avoir vue sur le cimetière afin d'aiguiser sa pensée. Ainsi et de bien d'autres façons, les grands penseurs à travers les âges nous ont rappelé que si *la mort nous détruit physiquement, l'idée de la mort nous sauve.*

Si la mort nous détruit physiquement, l'idée de la mort nous sauve. Examinons cette pensée de plus près. Nous sauve ? De quoi ? et comment l'idée de la mort peut-elle nous sauver ?

La différence entre « le comment des choses » et « l'étant des choses »

La dialectique de Heidegger, le philosophe allemand du XXe siècle, éclaire ce paradoxe. Il propose deux modes d'existence : le mode *quotidien*, et le mode *ontologique* (de *onto*, « être », et le suffixe *-logo*, « l'étude de »). Dans le mode quotidien, vous êtes entièrement absorbé par votre environnement, et émerveillé de voir *comment sont les choses* dans le monde ; alors que dans le mode *ontologique*, c'est le miracle *d'être* qui est privilégié et apprécié, l'étonnement que *les choses soient*, que *vous soyez.*

Il y a une différence essentielle entre *comment* sont les choses et *le fait* que les choses sont. Plongé dans le mode quotidien, vous vous attachez à des notions aussi fugitives que l'apparence physique, la mode, les possessions ou le prestige. Dans le mode ontologique, en revanche, vous êtes non seulement plus conscient de l'existence, de la mortalité et d'autres traits immuables de la vie, mais aussi plus désireux et plus à même de *réaliser des changements significatifs.* Vous êtes incité à prendre à bras le corps la responsabilité fondamentale de l'être humain pour construire une vie authentique d'engagement, de rapport à l'autre, de sens et de réalisation de soi.

Nombreux sont les récits de changements dramatiques et durables provoqués par une confrontation avec la mort qui confirment ce point de vue. Pendant les dix années où j'ai travaillé assidûment avec des cancéreux qui affrontaient la mort, j'ai découvert que beaucoup d'entre eux, plutôt que de se laisser aller au désespoir, faisaient preuve d'une transformation positive et spectaculaire. Ils réaménageaient les priorités de leur existence en tenant pour insignifiantes les insignifiances de la vie. Ils s'arrogeaient la possibilité de ne *pas* faire ce qu'ils ne souhaitaient pas faire. Ils communiquaient plus profondément avec ceux qu'ils aimaient et appréciaient plus intensément les réalités fondamentales de la vie – le changement des saisons, la beauté de la nature, le dernier Noël, le dernier nouvel an.

Beaucoup faisaient état d'une diminution de leur peur de l'autre, d'un plus grand désir de prendre des risques et d'une moindre appréhension d'être rejeté. Un de mes patients m'a dit avec humour que « le cancer guérit les névroses » ; un autre : « Quel dommage d'avoir dû attendre jusqu'à maintenant, jusqu'à ce que mon corps soit rongé par le cancer, pour apprendre à vivre ! ».

Dans *La Mort d'Ivan Ilitch*, le héros – un bureaucrate d'âge moyen, égocentrique, arrogant –, atteint d'une maladie abdominale fatale, est en train de succomber dans d'implacables douleurs. Les derniers jours approchant, Ivan Ilitch se rend compte qu'il s'est préservé toute sa vie de l'idée de la mort grâce à son obsession du prestige, des apparences et de l'argent. Il enrage contre quiconque autour de lui perpétue le déni et le mensonge en lui offrant un espoir de guérison infondé.

Puis, à la suite d'une étonnante conversation avec lui-même, il prend conscience dans un moment de grande clarté qu'*il meurt de façon aussi épouvantable parce qu'il n'a pas vécu comme il l'aurait dû.* Toute sa vie a été vaine. En se protégeant de la mort, il s'est en même temps protégé de la vie. Il compare sa vie à ce qu'il avait naguère éprouvé dans un wagon de chemin de fer, quand le train lui semblait avancer alors qu'il reculait. En bref, il a soudain *conscience d'exister.*

Aussi rapide que soit l'approche de la mort pour Ivan Ilitch, il découvre qu'il lui reste encore du temps. Grandit alors la conscience que tous les êtres vivants sont destinés à mourir, y compris lui-même. Il découvre la compassion – un sentiment nouveau. Il éprouve de la tendresse pour les autres : pour son jeune fils qui lui baise la main ; pour le jeune serviteur qui le soigne avec naturel et affection ; et même, pour la première fois, pour sa jeune épouse. Il a pitié d'eux, regrette les souffrances qu'il a infligées, et pour finir il meurt non dans la douleur mais dans la joie d'une intense compassion.

La nouvelle de Tolstoï n'est pas seulement un chef-d'œuvre littéraire mais une leçon extrêmement instructive dont la lecture est souvent vivement conseillée à ceux qui sont formés à réconforter les mourants.

Si pareille prise de conscience de soi conduit à d'importants changements d'ordre personnel, *comment alors passe-t-on du mode quotidien à celui qui privilégie davantage le changement ?* Pas simplement en le souhaitant ni en s'y ruant les dents serrées. Au contraire, il faut en général une situation critique ou irréversible pour provoquer chez l'individu un sursaut qui le poussera à quitter le mode quotidien pour adopter le mode ontologique. C'est ce que j'appelle l'expérience révélatrice.

Mais où sont les expériences révélatrices dans la vie de tous les jours, pour ceux d'entre nous qui n'ont à affronter ni un cancer en phase terminale, ni un peloton d'exécution, ni l'apparition du fantôme de l'avenir ? D'après mon expérience, les catalyseurs majeurs d'une expérience révélatrice sont des moments critiques de l'existence :

— la perte d'un être aimé ;

— une maladie mortelle ;

— la rupture d'une relation intime ;

— certaines dates clés telles que les anniversaires importants (cinquante, soixante, soixante-dix ans, etc.) ;

— un traumatisme violent comme un incendie, un viol ou un cambriolage ;

— le départ des enfants (le nid vide) ;

— la perte d'un emploi ou un changement de carrière ;
— le départ à la retraite ;
— l'installation dans une maison de retraite ;
— pour finir, des rêves bouleversants qui transmettent un message venant du plus profond de soi-même, peuvent être des expériences révélatrices.

Chacun des récits qui vont suivre, extraits de ma pratique clinique, illustre une forme différente d'expérience révélatrice. Les méthodes que j'utilise avec mes patients sont accessibles à tous : vous pouvez modifier chacune d'elles et l'appliquer non seulement à une introspection personnelle mais dans le but d'aider vos proches.

La douleur comme expérience révélatrice

La douleur et le deuil peuvent ébranler un être et lui faire prendre conscience de son moi propre – comme ce fut le cas pour Alice, devenue récemment veuve, qui devait faire face au chagrin et à son départ pour une maison de retraite ; pour Julia, qui prit conscience de son angoisse de mort à la suite de la perte d'une amie ; et pour James, qui refoula pendant des années le deuil de son frère.

L'impermanence éternelle : Alice

J'ai pendant longtemps été le thérapeute d'Alice. Combien de temps ? Tenez-vous bien, vous autres jeunes lecteurs habitués aux thérapies courtes d'aujourd'hui. Je l'ai suivie pendant trente ans !

Pas trente années consécutives (et j'insiste sur le fait que certaines personnes *ont besoin* de ce type de soutien permanent). Alice – qui, avec son mari, Albert, était propriétaire d'un magasin d'instruments de musique – m'appela une première fois à l'âge de cinquante ans parce qu'elle avait des conflits de plus en plus violents avec son fils, ainsi qu'avec des amis et des clients. Nous nous vîmes dans le cadre d'une thérapie individuelle pendant deux ans, puis d'une thérapie de groupe pendant trois ans. Au cours des vingt-cinq années suivantes, en dépit des progrès accomplis, elle eut recours à la thérapie à plusieurs reprises pour résoudre des crises existentielles importantes. Je la revis une dernière fois à son chevet peu avant sa mort. Elle avait alors quatre-vingt-quatre ans. Alice m'a appris beaucoup de choses, notamment en ce qui concerne les stades angoissants de la seconde moitié de la vie.

L'épisode qui suit a pris place au cours de la dernière période de la thérapie, qui débuta quand elle avait soixante-quinze ans et dura quatre ans. Alice m'avait demandé mon aide quand on avait découvert que son mari souffrait de la maladie d'Alzheimer. Elle avait besoin de soutien : il est peu d'épreuves plus dramatiques que d'être témoin de la désagrégation progressive mais inéluctable de l'intellect d'un compagnon de toute une vie.

Alice a vu son mari traverser toutes les étapes inexorables de la maladie : d'abord la perte radicale de la mémoire instantanée, avec son cortège de clés et de portefeuilles égarés ; puis l'oubli de l'endroit où la voiture est parquée suivi de l'exploration de la ville à la recherche du véhicule perdu ; le stade de l'errance requérant le concours de la police pour ramener le malade à son domicile ; la détérioration des habitudes d'hygiène personnelle ; enfin un total repli sur soi-même accompagné d'une perte de l'empathie. L'horreur finale pour Alice fut le moment où l'homme avec lequel elle était mariée depuis cinquante-cinq ans ne la reconnut plus.

Après la mort d'Albert, nous avons porté notre attention sur le deuil et en particulier sur le conflit entre chagrin et soulagement – le chagrin d'avoir perdu l'Albert qu'elle avait connu et aimé depuis les premiers jours de sa jeunesse, et son soulagement d'être délivrée du lourd fardeau des soins permanents qu'elle prodiguait à l'étranger qu'il était devenu.

Quelques jours après les funérailles, après que ses amis et sa famille eurent repris le cours de leur vie et qu'elle se fut retrouvée dans une maison vide, une nouvelle crainte l'étreignit : la peur qu'un intrus pénètre chez elle durant la nuit. Rien à l'extérieur n'avait changé ; son quartier habité par la classe moyenne était aussi calme et sûr qu'auparavant. Des voisins familiers et amicaux, dont l'un était policier, habitaient sa rue. Alice se sentait-elle sans défense en l'absence de son mari ? Bien qu'handicapé pendant des années, il lui avait apporté par sa simple présence une sensation de sécurité. Un rêve lui permit de comprendre l'origine de sa terreur.

Je suis assise au bord d'un étang, les jambes plongées dans l'eau, et une sensation désagréable m'envahit parce que de grandes feuilles s'avancent vers moi sous l'eau. Je les sens qui me frôlent les jambes – pouah… Encore aujourd'hui leur souvenir me donne la chair de poule. Elles sont grandes, noires, de forme ovale… J'essaie de bouger mes jambes, de faire des remous pour les repousser, mais mes pieds sont lestés de sacs de sable. Ou de sacs de chaux.

« C'est alors que j'ai été prise de panique, dit-elle, et que je me suis réveillée en hurlant. Pendant des heures, j'ai évité de me rendormir de peur que ne revienne le rêve. »

Une de ses associations concernant le rêve en éclairait la signification.

« Des sacs de chaux ? Qu'est-ce que cela signifie pour vous ? demandai-je.

— L'inhumation, répondit-elle. N'était-ce pas de la chaux qu'on jetait en Irak dans les fosses communes ? Ainsi qu'à Londres pendant la Grande Peste ? »

L'intrus était donc la mort. Sa mort. La mort de son mari l'avait laissée exposée à la mort.

« S'il a pu mourir, dit-elle, je le peux tout autant. Moi aussi je mourrai. »

Plusieurs mois après la disparition de son mari, Alice décida de quitter la maison où elle habitait depuis quarante ans pour une résidence qui offrait les soins médicaux et la structure que nécessitaient son hypertension prononcée et sa vision atteinte par une dégénérescence de la macula.

Elle se mit alors à s'inquiéter de l'usage de ses biens. Plus rien d'autre n'occupait son esprit. S'installer dans un studio après avoir habité une grande maison de quatre chambres remplie de meubles, de souvenirs et d'une collection d'instruments de musique anciens, allait l'obliger à se séparer d'un grand nombre de ses affaires. Son seul enfant, un fils qui passait sa vie à droite et à gauche et vivait actuellement dans un petit appartement au Danemark, n'avait aucune place pour les entreposer. Parmi les choix douloureux qui s'imposaient, le plus dur était de décider que faire des instruments qu'Albert et elle avaient rassemblés au fil des ans. Dans le silence et la solitude de sa vie chaque jour plus rétrécie, il lui arrivait d'entendre les accords lointains de son grand-père en train de jouer le violoncelle Paolo Testore de 1751, ou de son mari au clavecin britannique de 1775 pour lequel il avait une prédilection. Et il y avait le concertina anglais et la flûte à bec que ses parents leur avaient offerts en cadeau de mariage.

Chaque objet renfermait des souvenirs qu'elle était la seule à posséder aujourd'hui. Elle me raconta qu'ils seraient tous dispersés chez des étrangers qui ne connaîtraient jamais leur histoire, ne les chériraient jamais autant qu'elle. Et à la fin sa propre mort effacerait définitivement les témoins précieux enfermés dans le violoncelle, le clavecin, les flûtes, les flûtiaux, et les autres. Son passé périrait avec elle.

Le jour du déménagement approchait, menaçant. L'un après l'autre les meubles et les objets qu'elle ne pouvait conserver disparaissaient – vendus, donnés à des amis ou à des inconnus. À mesure que sa maison se vidait, Alice avait l'impression de se désagréger.

La dernière journée fut particulièrement traumatisante. Les nouveaux propriétaires ayant prévu des travaux importants, ils avaient demandé que la maison leur soit laissée entièrement vide. Même les bibliothèques devaient être enlevées. Alors qu'on les démontait, Alice aperçut derrière les rayonnages des bandes de peinture gris-bleu sur le mur.

Gris-bleu ! Elle se souvenait de cette couleur. Quarante ans plus tôt, quand elle s'était installée là, les murs étaient peints en gris-bleu. Et pour la première fois depuis tant d'années, elle revit l'expression de la femme qui lui avait vendu la maison, le visage pincé d'une veuve pleine d'angoisse et d'amertume qui, comme elle, détestait quitter sa demeure. Alice aujourd'hui était veuve elle aussi, amère elle aussi, et elle détestait quitter sa demeure.

La vie est un cortège qui passe, se dit-elle. Bien sûr ! Elle avait toujours été consciente de l'impermanence de la vie. N'avait-elle pas participé autrefois à une semaine de méditation où le mot pali qui signifie impermanence, *anicca*, était psalmodié sans fin ? Mais dans ce domaine, comme en tout, il y a une énorme différence entre savoir quelque chose et en faire l'expérience.

À présent, elle se rendait compte de sa propre impermanence, elle savait qu'elle avait été de passage dans la maison comme tous ses autres occupants auparavant. Et la maison également était impermanente et disparaîtrait un jour pour faire place à une autre maison sur le même terrain. Le renoncement à ses possessions et le déménagement furent une expérience révélatrice pour Alice, qui s'était toujours enveloppée de la chaude et confortable illusion d'une vie richement dotée de meubles et de tapisseries. Elle comprenait aujourd'hui que l'abondance de biens l'avait protégée des duretés de l'existence.

Lors de notre séance suivante, je lui lus à haute voix un passage pertinent d'*Anna Karénine* de Tolstoï, dans lequel le mari d'Anna, Alexis Alexandrovitch, a compris que sa femme, Anna, s'apprête à le quitter. « L'impression qu'il éprouvait maintenant était celle d'un homme qui passe tranquillement sur un pont au-dessus d'un précipice et s'aperçoit tout à coup que le pont est démonté et l'abîme béant. Ce gouffre était pour lui la vie réelle et le pont l'existence qu'il avait connue jusqu'alors. »

Alice elle aussi avait eu un aperçu de l'assemblage fragile de la vie et du vide au-dessous. La citation de Tolstoï la réconforta, en premier lieu parce que l'expérience qu'elle traversait y était décrite, et contenait par conséquent une notion de familiarité et une sensation de contrôle, ensuite à cause de ses implications dans notre relation – du fait que j'avais pris le temps et fait l'effort de rechercher le passage contenant l'une de mes phrases favorites dans l'œuvre de Tolstoï.

L'histoire d'Alice introduit plusieurs idées qui referont surface dans d'autres parties de ce livre.

La mort de son mari a eu pour résultat l'émergence de sa propre angoisse de mort. Une angoisse qui fut d'abord extériorisée et transformée en peur d'une intrusion dans sa maison, se transforma ensuite en cauchemar, puis, plus ouvertement, pendant le travail de deuil, dans la prise de conscience que « s'il peut mourir, je mourrai aussi ». Toutes ces expériences, y compris la perte de nombreuses possessions chargées de souvenirs, l'incitèrent à adopter un mode ontologique, qui amena chez elle un changement radical.

Les parents d'Alice étaient décédés depuis longtemps. Avec la mort du compagnon de toute sa vie elle se trouva face à la précarité de son existence. Il n'y avait plus personne à présent entre elle et la tombe. Cette expérience n'a rien d'inhabituel. Comme je le soulignerai à plusieurs reprises au fil de ces pages, la confrontation du survivant avec sa propre mort est une part ordinaire mais souvent méconnue du deuil.

Épilogue inattendu. Quand vint le moment pour Alice de quitter sa maison, je me préparai au pire : je craignais de la voir sombrer dans un profond, voire irrévocable désespoir. Mais elle m'étonna. Deux jours après le déménagement, elle entra dans mon bureau d'un pas plus léger, presque fringant, s'assit et m'annonça :

« Je suis heureuse ! »

Durant toutes ces années, jamais elle n'avait commencé une séance ainsi. Quelles étaient les raisons de cette euphorie ? (J'apprends toujours à mes étudiants que les raisons du mieux-être de leurs patients comptent autant en terme de compréhension que celles de leur mal-être.)

Son bonheur trouvait sa source dans son passé lointain. Elle avait grandi dans des familles d'accueil, partageant sa chambre avec d'autres enfants, elle s'était mariée jeune et installée dans la maison de son mari, et avait pendant toute sa vie aspiré à avoir une chambre pour elle seule. Dans sa jeunesse, elle avait été profondément marquée par le roman de Virginia Woolf, *Une chambre à soi.* Si elle était heureuse aujourd'hui, me dit-elle, c'est qu'à l'âge de quatre-vingts ans et dans une maison de retraite, elle avait enfin une chambre à elle.

Et ce n'était pas tout, elle avait aussi l'impression de pouvoir reproduire une partie de sa vie d'autrefois – être célibataire, seule, en charge d'elle-même – et d'y arriver. Elle pouvait enfin se permettre d'être libre et autonome. Seul quelqu'un de très proche, connaissant parfaitement à la fois son passé et son inconscient profond, pouvait comprendre cet aboutissement, dans lequel l'aspect personnel inconscient-historique l'emporte sur les inquiétudes existentielles.

Un autre facteur joua un rôle dans son sentiment de bien-être. Se séparer de ses meubles fut autant un déchirement qu'un soulagement. Ils étaient tous chers à son cœur, mais alourdis du poids du souvenir. En les abandonnant elle se dépouillait d'un cocon ; et, libérée des fantômes et des décombres du passé, elle se retrouvait avec une nouvelle chambre, une nouvelle peau, un nouveau départ. Une nouvelle vie à l'âge de quatre-vingts ans.

La dissimulation de l'angoisse de mort : Julia

Julia, une thérapeute anglaise de quarante-neuf ans qui vit aujourd'hui dans le Massachusetts, demanda à me voir pendant un séjour de deux semaines en Californie pour que je l'aide à résoudre un problème qui avait résisté à une thérapie précédente.

À la suite de la mort d'une amie proche deux ans plus tôt, Julia n'était non seulement pas parvenue à se remettre de son chagrin, mais présentait aussi des symptômes qui handicapaient lourdement son existence. Elle était devenue hypocondriaque : dès la moindre douleur ou le plus petit frisson, elle appelait précipitamment son médecin. En outre, elle était désormais trop craintive pour poursuivre la plupart de ses anciennes activités sportives – patin à glace, ski, plongée sous-marine – ou toute autre occupation un peu risquée. Pire, elle se sentait mal à l'aise au volant d'une voiture et avait besoin de prendre du Valium avant de monter dans l'avion pour la Californie. Il semblait clair que la mort de son amie avait déclenché chez elle une angoisse de mort considérable et à peine dissimulée.

Cherchant à établir l'origine de ses idées sur la mort d'une façon simple et sans détour, j'appris que, comme pour beaucoup d'entre nous, elle en avait pris conscience dans son enfance en voyant des cadavres d'oiseaux et d'insectes et en assistant à l'enterrement de grands-parents. Elle ne se souvenait pas d'avoir compris l'inéluctabilité de sa propre mort, mais elle se rappelait l'avoir imaginée lorsqu'elle était très jeune : « J'avais l'impression qu'une trappe s'ouvrait sous moi et que je tombais à jamais dans un puits noir. Je crois avoir décidé de ne plus jamais y retourner.

— Julia, dis-je, permettez-moi de vous poser une question élémentaire. Pourquoi la mort est-elle si terrifiante ? Qu'est-ce qui vous effraie tout particulièrement dans la mort ? »

Elle répondit sans hésitation : « Toutes les choses que je n'aurais pas accomplies.

— C'est-à-dire ?

— D'abord, il faut que je vous raconte mon passé d'artiste. Ma première vocation était d'être peintre. Tout le monde, tous mes professeurs me disaient douée. Mais, malgré le succès rencontré dans ma jeunesse, j'ai choisi la psychologie et à partir de ce moment-là j'ai mis mon art de côté. »

Elle se reprit. « Non, ce n'est pas tout à fait exact. Je ne l'ai pas complètement mis de côté. Il m'arrive de faire une ébauche de dessin ou de tableau, mais je ne les finis jamais. Je commence quelque chose puis le fourre dans mon bureau qui, comme le placard de mon cabinet, est bourré de projets inachevés.

— Pourquoi ? Si vous aimez peindre, qu'est-ce qui vous empêche de terminer ce que vous avez commencé ?

— L'argent. Je suis très occupée et pratique la thérapie à temps plein.

— Combien gagnez-vous ? Combien vous faut-il ?

— Beaucoup, vous diront certains – je reçois des patients au moins quarante heures par semaine, parfois plus. Mais les frais de scolarité de nos deux enfants dans une école privée sont vertigineux.

— Et votre mari ? Vous avez dit que lui aussi était thérapeute. Travaille-t-il autant et gagne-t-il autant d'argent ?

— Il voit le même nombre de patients, peut-être davantage, et il gagne plus – il consacre beaucoup d'heures à des tests de neuropsychologie, ce qui est plus avantageux.

— Il semble donc que vos revenus cumulés soient supérieurs à vos besoins. Vous dites pourtant que c'est l'argent qui vous empêche de vous consacrer à votre art.

— C'est en effet l'argent, mais d'une manière un peu particulière. Voyez-vous, il y a toujours eu une compétition entre mon mari et moi pour savoir qui gagne le plus. Ce n'est pas ouvertement admis, ce n'est pas une concurrence explicite, mais je sais qu'elle existe.

— Bon, laissez-moi vous poser une question. Supposons qu'une patiente entre dans votre cabinet et vous dise qu'elle a beaucoup de talent, qu'elle souffre de ne pouvoir s'exprimer sur le plan créatif, mais en est empêchée parce qu'elle est en compétition avec son mari pour gagner plus d'argent – argent dont elle n'a pas besoin. Que lui répondriez-vous ? »

J'entends encore la réponse spontanée de Julia, avec son accent britannique saccadé : « Je lui dirais, *vous menez une vie absurde.* »

Le travail de Julia au cours de la thérapie consista alors à trouver un moyen de vivre plus intelligemment. Nous explorâmes l'aspect concurrentiel de sa relation conjugale ainsi que la signification de ses dessins inachevés entassés dans son bureau et dans ses placards. La question, par exemple, était de savoir si la pensée d'un autre destin pouvait contrebalancer en quelque sorte la ligne toute tracée qui s'étendait de la naissance à la mort. Julia trouvait-elle une compensation dans le fait qu'elle ne terminait pas ses œuvres et, par conséquent, ne testait pas les limites de son talent ? Peut-être voulait-elle se convaincre qu'elle aurait pu accomplir de grandes choses si elle l'avait souhaité. Peut-être se laissait elle séduire par l'idée qu'elle aurait pu devenir une artiste reconnue si elle l'avait voulu. Peut-être aussi qu'aucune tentative artistique n'atteignait le niveau qu'elle exigeait d'elle-même.

Ce dernier point de vue trouva un écho chez Julia. C'était une éternelle insatisfaite d'elle-même et elle y était poussée par une devise qu'elle avait vue sur le tableau noir de l'école à l'âge de huit ans.

Mieux est mieux que bon
Le mieux est mieux que mieux

L'histoire de Julia illustre la façon dont l'angoisse de mort peut se manifester en secret. Elle commença ses séances de thérapie avec un éventail de symptômes qui voilaient son angoisse. Et, comme pour Alice, les symptômes étaient apparus après le décès d'un être proche, un événement qui avait tenu lieu d'expérience révélatrice, la confrontant à sa propre mort. La thérapie progressa rapidement ; en quelques séances à peine, son chagrin et ses pusillanimités se dissipèrent, et elle s'attaqua directement à la manière peu satisfaisante dont elle vivait sa vie.

« En quoi précisément avez-vous peur de la mort ? » C'est une question que je pose fréquemment à mes patients et qui suscite des réponses variées accélérant souvent le travail de la thérapie. La réponse de Julia, « toutes les choses que je n'aurais pas accomplies », souligne un thème d'une importance particulière pour ceux qui s'interrogent devant la mort ou lui font face : *l'existence d'une corrélation effective entre la peur de la mort et le sentiment de n'avoir pas vécu sa vie.*

En d'autres termes, moins votre vie a été vécue, plus grande est votre angoisse de mort. Plus vous échouez à vivre pleinement votre vie, plus vous craindrez la mort. Nietzsche a exprimé cette idée avec force en deux courtes épigrammes : « Consumez votre vie » et « Mourez au bon moment » – comme Zorba le Grec quand il nous exhorte : « Ne laissez rien à la mort qu'un château consumé » et Sartre dans son autobiographie : « J'allais doucement vers ma fin… sûr que le dernier élan de mon cœur s'inscrirait sur la dernière page du dernier tome de mes œuvres et que la mort ne prendrait qu'un mort. »

L'ombre projetée de la mort d'un frère : James

James, assistant juridique, âgé de quarante-six ans, avait entrepris une thérapie pour plusieurs raisons : il détestait son métier, se sentait nerveux et sans attaches, buvait excessivement et n'avait aucune intimité avec personne à l'exception de sa relation tourmentée avec sa femme. Durant nos premières séances, je ne discernai, parmi une pléthore de problèmes

– interpersonnels, professionnels, conjugaux, liés à l'alcool – aucune préoccupation apparente pour des problèmes existentiels tels que l'impermanence ou la mortalité.

Bientôt, cependant, des questions venues de niveaux plus profonds firent surface. Chaque fois que nous explorions son éloignement des autres, il me semblait que nous revenions au même point : la mort de son frère aîné, Eduardo. Eduardo était mort dans un accident de voiture à l'âge de dix-huit ans alors que James en avait seize. Deux ans plus tard, James avait quitté le Mexique pour faire ses études universitaires aux États-Unis et depuis ne voyait sa famille qu'une fois par an : il prenait toujours l'avion pour Oaxaca au mois de novembre en souvenir de son frère à l'occasion d'*el día de los muertos*, le jour des morts.

Un autre thème émergea au cours de quasiment chacune de nos séances : celui des origines et des fins. James était obsédé par l'eschatologie, tout ce qui touchait à la fin du monde, et savait presque par cœur le Livre des Révélations. Et les origines le fascinaient tout autant, en particulier les anciens textes sumériens qui, d'après lui, évoquaient les origines extraterrestres de l'humanité.

Il m'était difficile d'aborder ces sujets. En premier lieu, le chagrin causé par la mort de son frère n'était pas accessible : une grande part d'amnésie enrobait sa réaction émotionnelle à la disparition d'Eduardo. Son enterrement ? James n'avait qu'un seul souvenir : qu'il avait été le seul à ne pas pleurer. Il avait réagi, disait-il, comme s'il lisait dans le journal l'annonce d'un décès concernant une autre famille. Même pendant la fête des morts, chaque année, James avait l'impression que son corps était là, mais ni son esprit ni son âme.

L'angoisse de mort ? Pas une préoccupation pour James, qui déclarait ne rien trouver de menaçant dans la mort. En réalité, il la considérait comme un événement positif et attendait avec plaisir le moment d'être réuni avec sa famille.

J'explorai ses croyances paranormales sous des angles différents, évitant de montrer mon extrême scepticisme et de le mettre sur la défensive. Ma stratégie était de contourner le contenu (c'est-à-dire, les arguments pour ou contre l'existence d'extraterrestres ou d'épaves d'ovnis) et de me concentrer sur deux sujets : la signification psychologique de son intérêt et son épistémologie – c'est-à-dire comment il avait appris ce qu'il savait (quelles sources il avait utilisées et ce qui constituait pour lui une preuve suffisante).

Je lui fis part de mes interrogations : pourquoi lui, diplômé d'une grande université, refusait-il obstinément de s'intéresser aux travaux de chercheurs consacrés à des notions telles que l'origine de l'être humain ? Quel bénéfice tirait-il de son intérêt pour des croyances ésotériques, surnaturelles ? De mon point de vue, elles étaient nocives pour lui : elles aggravaient son isolement parce qu'il n'osait les partager avec personne, de crainte de paraître bizarre.

Tous mes efforts eurent peu de résultats, et la thérapie stagna. Il était agité, impatient, commençant chaque séance par des remarques sceptiques ou insolentes, telles que « Combien de temps cette thérapie va-t-elle durer, Doc ? » ou « Suis-je presque guéri ? » ou encore « Est-ce un de ces cas dont on ne voit jamais la fin, bons à faire sonner la caisse enregistreuse ? ».

Puis, au début d'une séance, il fit le récit d'un rêve violent qui changea tout. Bien qu'il l'eût fait plusieurs jours auparavant, il était resté gravé dans son esprit avec une clarté surnaturelle.

Je suis à un enterrement. Quelqu'un est étendu sur la table. Le prêtre fait un sermon sur les méthodes d'embaumement. Les gens défilent devant le corps. Je suis dans la queue, et je comprends que le corps a été amplement embaumé et préparé. Je m'arme de courage et m'approche avec les autres. Mon regard va d'abord aux pieds, puis aux jambes, puis remonte jusqu'en haut du corps. La main droite est entourée d'un bandage. Je regarde ensuite la tête et comprends qu'il s'agit d'Eduardo, mon frère. J'étouffe un cri et me mets à pleurer. J'éprouve deux sentiments : d'abord de tristesse, puis de réconfort parce que son visage n'est pas abîmé et qu'il est hâlé. « Eduardo a bonne mine », me dis-je. Et quand j'arrive à la hauteur de sa tête et me penche vers lui, je lui dis : « Tu as bonne mine, Eduardo. » Puis je vais m'asseoir à côté de ma sœur, me tourne vers elle et murmure : « Il a bonne mine ! » À la fin du rêve je suis assis seul dans la chambre d'Eduardo et je commence à lire son livre sur les apparitions d'ovnis à Roswell. »

Bien qu'il n'eût fait aucun rapprochement spontané avec le rêve, je l'incitai à chercher une « association libre » à ces images. « Considérez l'image qui demeure en vous, dis-je, et essayez de penser tout haut. Bornez-vous à décrire les idées qui flottent dans votre esprit. Efforcez-vous de ne rien oublier ni censurer, même ce qui vous paraît stupide ou sans importance.

— Je vois un torse avec des tuyaux qui en sortent et y pénètrent. Je vois un corps qui repose dans une mare de liquide jaune – probablement du liquide destiné à l'embaumement. Il n'y a rien d'autre.

— Avez-vous réellement vu le corps d'Eduardo à l'enterrement ?

— Je ne m'en souviens pas. Je pense que le cercueil était fermé pendant le service car Eduardo était très mutilé à la suite de l'accident.

— James, je vois votre visage grimacer, changer d'expression pendant que vous vous remémorez ce rêve.

— C'est une expérience étrange. D'un côté, j'ai l'impression que je ne veux pas aller plus loin, et ma concentration faiblit. Mais de l'autre je suis attiré par le rêve. Il a un pouvoir. »

Le rêve me semblait avoir une telle importance que j'insistai. « Comment interprétez-vous votre remarque : “Eduardo a bonne mine” ? Vous l'avez répétée à trois reprises.

— Eh bien, il avait *réellement* bonne mine. Bronzé, en bonne santé.

— Mais, James, il était mort. Comment expliquez-vous qu'un mort ait l'air en bonne santé ?

— Je ne sais pas... Qu'est-ce que vous en pensez, *vous* ?

— Je pense, répondis-je, que vous lui avez trouvé bonne mine parce que vous désiriez très fortement qu'il soit encore en vie.

— Si je réfléchis, je me dis que vous avez raison. Mais les mots ne sont que des mots. Et ce n'est pas ce que je ressens.

— À seize ans, perdre son frère aîné dans ces conditions, gravement mutilé dans un accident, est une expérience qui a marqué toute votre vie. Peut-être est-il temps d'éprouver un peu de compassion pour ce garçon de seize ans. »

James hocha lentement la tête.

« Vous semblez triste, James. À quoi pensez-vous ?

— Je me souviens de l'appel téléphonique qui a annoncé à ma mère la mort d'Eduardo. J'ai écouté pendant un moment, compris qu'il s'était passé quelque chose de grave, et je suis allé dans la pièce à côté. Je suppose que je refusais de savoir.

— Refuser d'entendre et d'écouter, c'est ce que vous avez fait avec votre chagrin. Et ce refus d'admettre les choses, votre alcoolisme, votre trouble – tout cela ne marche plus. La douleur est là ; quand vous lui fermez une porte, elle frappe pour entrer ailleurs – dans le cas présent, elle s'est déversée dans un rêve. »

Voyant James perplexe, j'ajoutai : « Et la façon dont finit le rêve, ce livre sur les ovnis et Roswell ? »

James poussa un profond soupir et regarda le plafond. « Je le savais. Je savais que vous alliez me poser cette question.

— C'est votre rêve, James. C'est vous qui l'avez créé, et vous y avez mis Roswell et les ovnis. Quel rapport ont-ils avec la mort ? Qu'est-ce qui vous vient à l'esprit ?

— Ce n'est pas facile à admettre devant vous, mais j'avais découvert ce livre dans la bibliothèque de mon frère et je l'ai effectivement lu après l'enterrement. Je ne peux pas vraiment l'expliquer, mais c'est quelque chose de ce genre : si je pouvais découvrir exactement d'où nous venons – peut-être d'ovnis et de mondes extraterrestres – alors je vivrais beaucoup mieux. Je saurais pourquoi on nous a mis sur cette terre. »

Je me dis qu'il tentait de garder son frère en vie en habitant ses croyances, mais je doutai fort que cette pensée puisse lui être utile et je gardai le silence.

Ce rêve et notre discussion marquèrent une évolution dans la thérapie. James commença à prendre sa vie, et sa thérapie, plus sérieusement, et nos rapports se renforcèrent. Je n'entendis plus de remarques acides sur ma caisse enregistreuse ni de questions sur la durée et le résultat de la thérapie. James savait désormais que la mort avait profondément marqué sa jeunesse, que le chagrin d'avoir perdu son frère avait influencé beaucoup de ses choix, et pour finir que cette douleur intense l'avait empêché de se pencher sur lui-même et sur sa propre mortalité.

Sans pour autant perdre son intérêt pour le paranormal, il en arriva à changer profondément sur le plan personnel : il cessa brusquement de boire (sans l'aide d'un programme de désintoxication), améliora considérablement ses relations avec sa femme, quitta son travail et se lança dans le dressage de chiens d'aveugle – une profession qui avait une vraie signification en lui permettant d'offrir quelque chose d'utile au monde.

Une décision majeure comme expérience révélatrice

Les décisions majeures ont souvent des racines profondes. Tout choix implique un renoncement, et chaque renoncement nous fait prendre conscience des limitations et de la temporalité.

Étiquetée et assujettie : Pat

Quarante-cinq ans, conseillère financière, divorcée depuis quatre ans, Pat suivait une thérapie parce qu'elle avait du mal à établir une nouvelle relation. Je l'avais vue pendant plusieurs mois cinq ans auparavant, quand elle avait décidé de divorcer. Elle avait voulu reprendre contact avec moi parce qu'elle avait rencontré un homme qui l'attirait, Sam, mais qui avait déchaîné en elle un déferlement de crises d'angoisse.

Pat se disait enfermée dans un paradoxe : elle aimait Sam, mais continuer à le voir la mettait au supplice. La goutte d'eau finale qui l'avait poussée à me téléphoner était une invitation à une soirée à laquelle assisteraient beaucoup de ses amis et relations d'affaires. Devait-elle ou non y emmener Sam ? Le dilemme avait pris de plus en plus d'importance jusqu'à devenir une obsession.

Pourquoi un tel tourment ? À notre première séance, après avoir en vain cherché à la faire réfléchir sur la cause de son malaise, je tentai une approche indirecte et suggérai un fantasme provoqué.

« Pat, essayez ceci ; cela peut vous aider. Fermez les yeux et imaginez-vous en train d'arriver à cette soirée avec Sam. Vous entrez tous les deux dans la pièce main dans la main. Vos amis vous aperçoivent ; ils vous font signe et se dirigent vers vous. » Je m'interrompis. « Est-ce que vous voyez la scène en esprit ? »

Elle hocha la tête.

« Maintenant continuez à vous représenter cette soirée et laissez vos sentiments s'exprimer. Regardez en vous-même et dites-moi ce que vous ressentez. Efforcez-vous d'être détendue. Dites tout ce qui vous passe par la tête.

— Tout me fait horreur. » Elle fit une grimace de dégoût. « Je lâche la main de Sam. Je n'ai pas envie qu'on me voie avec lui.

— Continuez. Pourquoi ?

— Je ne sais pas pourquoi ! Il est plus âgé que moi, mais de deux ans à peine. Il travaille dans les relations publiques et il sait comment se comporter en société. Mais je me dis qu'on va nous cataloguer comme un couple. Un vieux couple. Je serais étiquetée. Assujettie. Obligée de dire non à tous les autres hommes. Étiquetée – elle ouvrit les yeux – vous savez, c'est la première fois que m'apparaît le double sens du mot. C'est comme au collège quand vous portez l'insigne d'un copain, vous êtes étiquetée.

— C'est une bonne façon de dépeindre votre dilemme, Pat. D'autres impressions ? »

Elle referma les yeux et se plongea à nouveau dans son fantasme. « Certaines choses concernant mon mariage surgissent. Je me sens coupable d'avoir tout gâché. Je sais grâce à notre précédente thérapie que ce n'est pas vrai – nous avons travaillé d'arrache-pied sur la culpabilité –, mais voilà que tout refait surface maintenant. Le fiasco de mon mariage a été le premier échec que j'ai essuyé dans la vie – avant, tout allait en progressant. Bien sûr, c'est du passé. Bel et bien fini. Mais soudain le fait de choisir un autre homme donne une réalité au divorce. Il signifie que je ne pourrai pas revenir en arrière – jamais. C'est un épisode ancien de mon existence. Irréversible… une époque révolue. Oui, oui, je le savais déjà, mais pas aussi clairement qu'aujourd'hui. »

L'histoire de Pat illustre la relation entre liberté et mortalité. Des décisions difficiles ont souvent leurs racines ancrées au plus profond d'inquiétudes existentielles et de responsabilités personnelles. Examinons pourquoi la décision de Pat était à ce point déchirante.

Tout d'abord, elle annonçait le renoncement. À chaque oui correspond un non. Une fois qu'elle est « assujettie » à Sam, d'autres possibilités – des hommes plus jeunes, peut-être supérieurs – sont exclues. Ainsi qu'elle le fait remarquer, elle ne serait pas seulement en couple avec Sam, mais assujettie. Elle s'interdirait d'autres possibilités. Cette restriction a un côté sombre : plus vous vous fermez à d'autres possibilités, plus votre vie paraît réduite, plus courte et moins riche.

Heidegger a dit de la mort qu'elle était « l'impossibilité d'une autre possibilité ». Ainsi l'angoisse de Pat – ostensiblement relative à quelque chose de superficiel, la décision d'emmener un homme à une soirée – provenait de la profondeur de son angoisse de la mort. Elle servit d'expérience révélatrice : en nous concentrant sur la signification profonde de sa décision nous augmentâmes considérablement l'efficacité de notre travail.

Notre analyse de la responsabilité l'amena d'abord à mieux accepter l'impossibilité de retrouver sa jeunesse. Sa vie avait paru progresser jusqu'à son divorce, mais elle prenait conscience à présent que le divorce était irréversible. Pour finir, elle renonça à lutter, accepta le renoncement, se tourna vers l'avenir et fut capable de s'engager avec Sam.

Pat croyait que nous sommes constamment en train de nous développer, de progresser, d'aller toujours plus haut. Cette illusion n'est pas inhabituelle. Elle a été grandement renforcée par l'idée de progrès propre à la civilisation occidentale depuis le siècle des Lumières, et par l'impératif américain de l'ascension sociale. Naturellement, le progrès n'est qu'une construction mentale; il y a d'autres moyens de conceptualiser l'histoire. Les Grecs de l'Antiquité ne souscrivaient pas à l'idée de progrès : au contraire, ils regardaient en arrière vers un âge d'or qui brillait d'un éclat plus vif avec le passage des siècles. Prendre conscience qu'une progression indéfinie n'est qu'un mythe peut provoquer un choc, comme ce fut le cas pour Pat, et oblige à modifier considérablement idées et certitudes.

Les jalons de la vie comme expériences révélatrices

D'autres exemples d'expériences révélatrices – à la fois plus courantes et plus subtiles – sont associés aux jalons de l'existence que sont les réunions d'école et d'université, les célébrations et les commémorations, la disposition de ses biens et la rédaction d'un testament, ainsi que certains anniversaires, notamment le cinquantième et le soixantième.

Les réunions d'anciens de l'école et de l'université

Les réunions d'anciens élèves, en particulier lorsque vingt-cinq années se sont écoulées, sont potentiellement riches d'expérience. Rien n'illustre mieux le cycle de la vie que la vue de ses anciens camarades de classe devenus adultes, voire âgés. Et la liste des camarades qui sont morts est un sujet de réflexion et un rappel à la réalité encore plus forts. Certains arborent au revers de leur veste une photo prise à « cette époque » et les participants circulent dans la salle comparant les photos et les visages, cherchant à retrouver de jeunes regards innocents dans les masques ridés qui leur font face. Et qui ne penserait : « Si vieux, ils sont tous tellement vieux. Qu'est-ce que je fais dans ce groupe ? De quoi ai-je l'air à leurs yeux ? »

Pour moi une réunion d'anciens élèves est semblable à la conclusion de récits commencés il y a trente, quarante ou cinquante ans auparavant. Les camarades de classe ont une histoire commune, un sentiment de profonde intimité les uns envers les autres. Ils vous ont connu quand vous étiez jeune et frais, avant que vous n'ayez acquis une personnalité adulte. C'est peut-être pour cette raison que les réunions occasionnent un nombre étonnant de nouveaux mariages. Les anciens camarades de classe inspirent confiance, les anciennes amours se rallument, tous sont acteurs d'une pièce de théâtre commencée voilà longtemps dans une atmosphère d'espoir illimité. J'encourage mes patients à assister à leurs réunions d'anciens et à tenir un journal de leurs réactions lors de ces occasions.

Transmettre son patrimoine

Disposer de ses biens éveille inévitablement une conscience existentielle au moment où vous discutez de votre mort et du choix de vos héritiers, et réfléchissez à la disposition de l'argent et des biens que vous avez acquis durant votre existence. Ce processus d'inventaire soulève de nombreuses questions : quels sont ceux que j'aime ? quels sont ceux que je n'aime pas ? qui me regrettera ? envers qui devrais-je me montrer généreux ? Au moment où vous passez votre vie en revue, vous devez prendre des mesures pratiques pour faire face à la fin, des dispositions pour les funérailles, pour affronter et résoudre les problèmes laissés en suspens.

Un de mes patients atteint d'une maladie mortelle, qui avait commencé à mettre ses affaires en ordre, passait des jours à effacer dans ses e-mails les messages qui pourraient perturber sa famille. Alors qu'il effaçait les courriers d'anciennes maîtresses, il était submergé par l'émotion. La suppression définitive des photos et souvenirs, des moments exaltants et passionnés de la vie, suscite toujours une angoisse existentielle.

Anniversaires et commémorations

Les anniversaires et commémorations peuvent également être d'éventuelles expériences révélatrices. Bien que les anniversaires s'accompagnent en général de cadeaux, cartes de vœux, gâteaux et joyeuses réunions, quelle est la cause véritable de la célébration ? Peut-être une tentative d'évacuer un triste rappel de la fuite inexorable du temps. Les thérapeutes seraient bien avisés de noter les dates des anniversaires de leurs patients – surtout ceux qui sont significatifs, les grandes décennies – et de s'enquérir des sentiments qu'ils inspirent.

La cinquantaine : Will

Tout thérapeute sensible aux questions liées à la mortalité sera frappé par leur omniprésence. J'ai maintes fois commencé un chapitre de ce livre et vu le même jour un patient m'en apporter une illustration clinique sans que j'aie consciemment cherché à l'obtenir. Par exemple, cette séance d'une heure qui s'est déroulée au moment où j'écrivais ce chapitre sur l'expérience révélatrice.

C'était ma quatrième rencontre avec Will, un avocat de quarante-neuf ans extrêmement cérébral, qui avait recours à la thérapie parce qu'il avait perdu sa passion pour le travail et était consterné de ne pas avoir fait meilleur usage de ses dons intellectuels. (Il était sorti diplômé avec les félicitations du jury d'une université réputée.)

Will commença la séance en déclarant que certains de ses associés lui reprochaient ouvertement d'effectuer une trop grande proportion de son travail à titre bénévole et d'avoir peu d'heures facturées. Après avoir décrit sa situation professionnelle pendant un quart d'heure, il raconta en détail qu'il n'avait jamais trouvé sa place dans aucune entreprise. C'était une information importante, et je l'enregistrai comme telle, mais je restai silencieux pendant une grande partie de la séance – me bornant à commenter la compassion qu'il montrait en décrivant ses interventions bénévoles.

Après un bref silence il dit : « À propos, j'ai cinquante ans aujourd'hui.

— Et alors ? Quelle impression cela vous fait-il ?

— Eh bien, ma femme va en faire tout un plat. Elle organise un dîner d'anniversaire ce soir avec quelques amis. Mais je n'en demande pas tant. Je n'aime pas être le centre de l'attention.

— Pourquoi ? En quoi le fait d'être le centre de l'attention vous déplaît-il ?

— Je suis gêné quand on me fait un compliment. Une petite voix intérieure le récuse aussitôt : "Ils ne me connaissent pas vraiment" ou "Si seulement ils savaient".

— S'ils vous connaissaient vraiment, demandai-je, que verraient-ils ?

— Je ne le sais pas moi-même. Et ce n'est pas seulement le fait de recevoir des compliments qui m'embarrasse, mais aussi d'en faire. Je ne comprends pas pourquoi et ne sais comment l'expliquer, sinon qu'il existe un tréfonds obscur auquel je ne peux pas accéder.

— Avez-vous l'impression, Will, que quelque chose va surgir de ce tréfonds ?

— Oui. La mort. Chaque fois que je lis un livre sur la mort, en particulier sur la mort d'un enfant, j'ai une sensation d'oppression.

— Cette impression vous frappe-t-elle quand vous êtes ici avec moi ?

— Je ne crois pas. Pourquoi ? À quoi pensez-vous ?

— Je me souviens qu'à notre première ou deuxième séance une forte émotion vous a saisi et les larmes vous sont montées aux yeux. Vous m'avez dit alors qu'il était très rare que vous pleuriez. Je me souviens mal du contexte. Et vous ?

— Aucun souvenir. En vérité, je ne me rappelle pas cet incident.

— Je crois qu'il avait un rapport avec votre père. Voyons, laissez-moi vérifier. » Je me dirigeai vers mon ordinateur, fis une recherche sur « larmes » dans le dossier de Will, et repris ma place. « Cela *concernait* bien votre père. Vous me disiez, avec tristesse, que vous regrettiez de ne lui avoir jamais parlé sur un plan personnel, et soudain les larmes vous sont venues.

— Oh oui, c'est ça et… oh, mon Dieu, je me rappelle à l'instant que j'ai rêvé de lui la nuit dernière ! J'avais oublié ce rêve ! Si vous m'aviez demandé au début de la séance si j'avais rêvé la nuit dernière je vous aurais répondu non. Or, dans ce rêve je parlais à mon père et à mon oncle. Mon père est mort il y a douze ans et mon oncle deux ans plus tôt. Alors que nous devisions agréablement tous les trois de je ne sais quoi, je m'entendais dire : “Ils sont morts, ils sont morts, mais ne vous inquiétez pas, il y a une raison à tout cela, c'est normal dans un rêve.”

— Il semble que la voix off a pour objectif d'adoucir le rêve, de vous laisser dormir. Rêvez-vous souvent de votre père ?

— Jamais auparavant. Pas que je m'en souvienne.

— Notre séance touche à sa fin, Will, mais laissez-moi vous questionner sur un sujet que nous avons évoqué plus tôt – votre aversion des compliments. Est-ce qu'elle entre en jeu ici, dans cette pièce ? Entre vous et moi ? À un moment, lorsque vous avez décrit votre bénévolat, j'ai parlé de compassion. Vous ne m'avez pas répondu. Je me demande ce que vous avez ressenti en m'entendant dire quelque chose de positif sur vous. Et aurez-vous du mal à dire quelque chose de positif sur moi ? (Je laisse rarement passer une heure sans faire une petite enquête portant sur l'ici et maintenant.)

— Je n'en suis pas certain. Je dois y réfléchir », dit-il en se préparant à se lever.

J'ajoutai : « Une dernière chose, Will. Dites-moi, quels autres sentiments avez-vous ressentis à propos de notre séance aujourd'hui ?

— C'est une bonne séance, répondit-il. J'ai été frappé que vous vous soyez souvenu de mes larmes l'autre jour. Mais j'avoue que j'ai commencé à me sentir vraiment mal à l'aise quand vous m'avez questionné sur mes sentiments concernant vos compliments ou les miens.

— Bon, je suis persuadé que cet embarras aura une influence bénéfique sur la suite de notre travail. »

Notez qu'au cours de cette heure de thérapie avec Will, le thème de la mort était apparu inopinément et spontanément quand je l'avais interrogé sur son « tréfonds obscur ». Il est rare que j'aille consulter mes notes sur mon ordinateur au milieu d'une séance, mais il se montrait tellement cérébral que je voulais explorer l'unique manifestation d'émotion à laquelle il se soit livré au cours de nos séances.

Considérez tous les sujets existentiels que j'aurais pu aborder. D'abord, la célébration de son cinquantième anniversaire. Ce genre d'anniversaires importants plonge en général dans de nombreux replis de la conscience. Puis, quand je l'avais questionné sur son tréfonds obscur, il avait répondu, à ma grande surprise et sans incitation de ma part, qu'il suffoquait chaque fois qu'il lisait un texte sur la mort, en particulier la mort d'un enfant. Ensuite il y avait eu le souvenir, lui aussi imprévu, du rêve dans lequel il parlait à son père et à son oncle décédés.

Quand je me concentrai sur son rêve lors des séances suivantes, Will prit conscience de sa peur cachée de la mort et du deuil – la mort de son père, la mort de jeunes enfants, et, en arrière-plan, sa propre mort. Nous en conclûmes qu'il rejetait les sentiments concernant la mort parce qu'il craignait qu'ils ne le submergent. À plusieurs reprises il s'effondra durant les séances, et je l'aidai à parler librement de son univers obscur et des craintes qu'il n'avait jamais pu exprimer jusqu'ici.

Les rêves en tant qu'expériences révélatrices

Les messages que transmettent les rêves peuvent être révélateurs. Comme ce rêve inoubliable raconté par une jeune veuve qui s'était cloîtrée dans son chagrin. C'est un exemple frappant de la manière dont la perte d'un être cher peut amener celui ou celle qui le pleure à prendre conscience de sa propre mortalité.

Je suis dans la galerie enclose d'un treillage d'un bungalow d'été. Je vois une grosse bête menaçante, avec une bouche énorme, postée à quelques pas de la porte. Je suis terrifiée. J'ai peur que quelque chose n'arrive à ma fille. Je décide de tenter d'apaiser la bête par un sacrifice et lui jette un animal en peluche rouge par la porte. La bête dévore l'appât mais demeure là. Ses yeux flamboient. Ils sont fixés sur moi. Je suis la proie.

Cette jeune veuve comprenait visiblement la signification de son rêve. Elle pensait d'abord que la mort (la bête menaçante), qui avait déjà emporté son mari, était maintenant venue pour sa fille. Mais elle se rendait vite compte qu'elle-même était menacée. Elle arrivait en deuxième position, et la bête était venue pour elle. Elle avait tenté de la distraire et de l'amadouer par un sacrifice, un animal en peluche à carreaux rouges. Elle connaissait, sans que j'aie besoin de le demander, le sens de ce symbole : son mari portait un pyjama écossais rouge quand il était mort. Mais la bête était implacable : la jeune femme était sa proie. La clarté aveuglante de ce rêve permit d'introduire un changement majeur dans la thérapie, qui se déplaça du deuil vers une réflexion sur sa propre finitude et sur la manière dont elle devait vivre.

L'expérience révélatrice est loin d'être un concept insolite et rare : c'est au contraire le pain quotidien du travail clinique. En conséquence je passe beaucoup de temps à enseigner aux thérapeutes comment identifier et utiliser les expériences révélatrices à des fins thérapeutiques – comme dans l'histoire de Mark, où un rêve a ouvert une porte vers l'éveil.

Un rêve douloureux en tant qu'expérience révélatrice

Mark, un psychothérapeute de quarante ans, était sujet à une angoisse chronique et à des crises de panique pendant lesquelles il se voyait mourir. Dès notre première séance, il me parut particulièrement agité et tourmenté. Il restait douloureusement frappé par la mort six ans auparavant de sa sœur aînée, Janet, qui s'était occupée de lui lorsque sa mère avait été atteinte d'un cancer des os quand il avait cinq ans, et était morte dix ans plus tard après de nombreuses rechutes et plusieurs opérations chirurgicales invalidantes.

Vers l'âge de vingt-cinq ans, Janet était devenue alcoolique chronique et avait fini par mourir d'une cirrhose du foie. Malgré son amour fraternel – il avait traversé le pays des dizaines de fois pour lui porter assistance pendant sa maladie –, il restait convaincu qu'il n'en avait pas fait assez, qu'il était coupable et, d'une certaine manière, responsable de sa mort. Son sentiment de culpabilité était tenace, et j'eus de grandes difficultés dans notre travail pour le lui faire surmonter.

Comme je l'ai dit, le chagrin peut être une source d'expérience révélatrice qui se manifeste souvent pour la première fois dans un rêve. Dans un de ses fréquents cauchemars, Mark décrivait le sang jaillissant de la main de sa sœur – une image qui lui rappelait un souvenir lointain. Quand il avait cinq ans, sa sœur était chez des voisins et avait mis son pouce dans un ventilateur électrique. Il se rappelait l'avoir vue courir dans la rue en criant. Il y avait du sang, beaucoup de sang écarlate, et un sentiment de terreur, la sienne mêlée à celle de sa sœur.

Il se souvint de la pensée qu'il avait eue alors (ou probablement eue) : si la personne qui le protégeait, Janet – si grande, forte, expérimentée – était en réalité fragile et vulnérable, alors il avait *vraiment* quelque chose à craindre. Comment pourrait-elle le protéger si elle ne pouvait se protéger elle-même ? Dans ce cas, tapie dans son subconscient se dissimulait cette équation : *si ma sœur est destinée à mourir, alors moi aussi.*

Tandis que nous discutions plus ouvertement de ses craintes de la mort, il se montra de plus en plus agité. Il faisait souvent les cent pas dans mon cabinet pendant nos discussions. Dans la vie, il était constamment en déplacement, voyageait sans cesse, ne ratait pas une occasion de visiter de nouveaux endroits. Il s'était mis dans la tête qu'en s'implantant quelque part, il deviendrait une cible parfaite pour la grande faucheuse : il estimait que sa vie, toute sa vie, n'était qu'une procédure d'attente de la mort.

Après une année d'un sérieux travail en thérapie, il fit ce rêve éclairant qui lui permit de chasser son sentiment de culpabilité concernant la mort de sa sœur :

Mon oncle et ma tante âgés s'apprêtent à rendre visite à Janet, qui habite à sept carrés de distance. (À ce stade Mark demanda du papier et dessina une grille de sept carrés sur sept représentant la géographie du rêve.) Ils vont traverser la rivière pour arriver jusqu'à elle. Je savais que je devais aller la voir moi aussi mais j'avais des choses à faire et décidais de rester chez moi pour l'instant. Comme ils se préparent à partir, je pense à leur confier un petit cadeau à l'intention de Janet. Puis, tandis que s'éloigne leur voiture, je m'aperçois que j'ai oublié de joindre une carte au cadeau et je cours derrière eux. Je me rappelle à quoi ressemblait la carte – plutôt classique et impersonnelle – signée « pour Janet, de la part de ton frère ». Étrangement, je peux voir Janet qui se tient à l'extrémité de la grille de l'autre côté de la rivière, me faisant peut-être signe de la main. Mais je ne ressens presque aucune émotion.

L'expression imagée de ce rêve est d'une transparence exceptionnelle. Les parents âgés meurent (c'est-à-dire, traversent la rivière pour aller voir Janet à sept carrés de distance). À ce stade de la thérapie de Mark, Janet était morte depuis sept ans. Mark avait décidé de rester en arrière, sachant qu'il lui faudrait traverser la rivière plus tard. Il avait des choses à faire et savait que pour rester en vie, il devrait renoncer à sa sœur (comme l'indiquait la carte accompagnant le cadeau et son absence d'émotion en la voyant lui faire signe à l'autre extrémité de la grille).

Le rêve annonçait un changement : l'obsession du passé de Mark s'atténua et il apprit peu à peu à vivre plus intensément dans le présent.

Les rêves ouvrirent de la même façon une porte pour beaucoup de mes patients, comme Ray, un chirurgien proche de la retraite, et Kevan, qui estimait notre travail terminé et s'apprêtait à arrêter la thérapie.

Le chirurgien proche de la retraite : Ray

Ray, un chirurgien de soixante-huit ans, suivait une psychothérapie pour soigner l'angoisse qui le tenaillait à l'approche de sa retraite. Lors de sa deuxième séance, il raconta ce bref épisode d'un rêve :

Je me rends à une réunion d'élèves de mon ancienne école, je suis peut-être en sixième. Je pénètre dans le bâtiment et vois la photo de classe affichée à l'entrée. Je la regarde pendant un long moment avec attention et vois tous les visages de mes camarades, mais je n'y figure pas. Je suis incapable de me trouver.

« Quelle était l'atmosphère de ce rêve ? demandai-je. (C'est toujours ma première question, qui est particulièrement utile pour découvrir les émotions associées au rêve dans son entier ou à des fragments.)

— Difficile à décrire, répondit-il. Oppressante ou sombre, certainement pas joyeuse.

— Racontez-moi vos associations avec le rêve. Le revoyez-vous encore en esprit ? » (Plus le rêve est récent, plus les associations du patient peuvent fournir des informations utiles.)

Il hocha la tête. « Eh bien, le plus important est la photo. Je la vois clairement – je distingue de nombreux visages, mais je sais avec certitude que je n'y suis pas. Je ne peux pas me trouver.

— Et qu'en concluez-vous ?

— Je n'en suis pas sûr – il y a deux possibilités. D'abord il y a mon sentiment de n'avoir jamais fait partie de cette classe – ni d'aucune classe. Je n'ai jamais été populaire. Toujours un étranger. Sauf dans la salle d'opération. » Il se tut.

« Et la deuxième possibilité ?

— C'est la plus évidente. » Il baissa la voix. « La classe est là sur la photo, mais je n'y figure pas – ce qui probablement suggère ou annonce ma mort. »

Ainsi, le rêve offrait un riche matériau qui ouvrait plusieurs directions différentes. Par exemple, j'aurais pu explorer le sentiment de non-appartenance de Ray, son impopularité, son manque d'amis, le fait qu'il ne se sentait nulle part chez lui, sauf dans la salle d'opération. Ou j'aurais pu me concentrer sur sa phrase : « je ne peux pas me trouver » et sa perte de contact avec son moi profond. Le rêve donna le ton de la thérapie au cours de laquelle nous travaillâmes ces sujets.

Mais, surtout, mon attention resta fixée sur une chose : son absence sur la photo de classe. Ses réflexions concernant sa mort semblaient le point le plus important ; après tout, il avait soixante-huit ans, et l'approche de la retraite l'avait conduit à envisager une thérapie. Tout individu proche de la retraite éprouve une appréhension cachée de la mort, et bien souvent cette appréhension se révèle à travers un rêve.

La fin d'une thérapie en tant qu'expérience révélatrice

Un rêve sur la fin de la thérapie : Kevan

Au cours de sa dernière séance, Kevan, un ingénieur de quarante-quatre ans, dont les angoisses de mort récurrentes avaient presque entièrement disparu après quatorze mois de thérapie, fit ce rêve :

Je suis poursuivi à l'intérieur d'un long bâtiment. Je ne sais pas par qui. J'ai peur et je descends en courant un escalier qui mène à une sorte de sous-sol. À un moment je vois un filet de sable qui tombe du plafond comme d'un sablier. Il fait sombre; je continue à courir sans parvenir à trouver de sortie, puis soudain à l'extrémité du couloir du sous-sol je vois les grandes portes d'un entrepôt entrouvertes. Malgré ma frayeur, je franchis ces portes.

Les sensations qui accompagnent ce rêve menaçant ? « La peur et la pesanteur », répondit Kevan. Je l'interrogeai sur d'éventuelles associations, mais il en trouva peu ; le rêve lui paraissait vide. De mon point de vue existentiel, il me sembla que la fin de sa thérapie et le fait de me dire adieu pouvaient lui évoquer d'autres pertes et la peur de la mort. Deux images du rêve retinrent particulièrement mon attention : le sable qui tombait comme celui d'un sablier et les portes de l'entrepôt. Plutôt que d'exprimer mes propres idées, je poussai Kevan à rechercher des associations.

« Qu'évoque le sablier ?

— Le temps. Le temps qui fuit. La vie à demi achevée.

— Et l'entrepôt ?

— Des corps entreposés. Une morgue.

— C'est notre dernière séance, Kevan. Notre temps ensemble s'achève.

— Oui. J'y pensais aussi.

— Et la morgue et les corps entreposés : vous n'avez pas parlé de la mort depuis plusieurs semaines. Et pourtant c'est pour cette raison que vous êtes venu me voir à l'origine. On dirait que la fin de la thérapie réveille d'anciens sujets d'inquiétude chez vous.

— Sans doute – je me demande maintenant si nous sommes vraiment prêts à nous arrêter. »

Les thérapeutes expérimentés savent qu'il ne faut pas prendre ce genre de question en compte pour prolonger la thérapie. Les patients qui ont suivi une thérapie satisfaisante en accueillent généralement la fin avec une certaine ambivalence et connaissent souvent une recrudescence de leurs premiers symptômes. Quelqu'un a un jour qualifié la psychothérapie de cyclothérapie : on revient perpétuellement sur les mêmes sujets, consolidant chaque fois davantage son changement personnel. Je suggérai à Kevan de mettre un terme à notre travail comme prévu, avec une séance de suivi deux mois plus tard. Lors de cette rencontre Kevan allait bien et avait commencé à transférer dans sa vie ce que lui avait appris la thérapie.

Les expériences révélatrices peuvent ainsi aller du sentiment éprouvé sur son lit de mort par Ivan Ilitch aux expériences que connaissent de nombreux malades du cancer en passant par les confrontations plus intimes de la vie quotidienne (comme les anniversaires, les chagrins, les réunions d'anciens élèves, les rêves, le départ des enfants) au cours desquelles l'individu est poussé à se pencher sur les questions existentielles. L'éveil de la conscience peut souvent être aidé par un tiers – un ami ou un thérapeute – qui a une connaissance particulière de ces questions (acquise, je l'espère, à la lecture de ces pages).

Ne perdez pas de vue l'objet de ces incursions : *montrer que la confrontation avec la mort est porteuse d'angoisse mais qu'elle peut aussi enrichir considérablement la vie.* Les expériences révélatrices sont souvent violentes autant qu'éphémères. Les chapitres suivants aborderont la façon de rendre cette expérience plus durable.

4

Le pouvoir des idées

Les idées ont un pouvoir. Les réflexions de nombreux grands penseurs et écrivains au cours des siècles nous aident à dissiper nos appréhensions de la mort et à découvrir des voies signifiantes à travers la vie. Dans ce chapitre, je recenserai les idées qui se sont avérées les plus utiles dans ma pratique face à des patients hantés par l'angoisse de mort.

Épicure et sa sagesse éternelle

Pour Épicure la mission première de la philosophie était de soulager la misère humaine. Et la cause de la misère humaine ? Épicure n'avait aucun doute sur la réponse à cette question : *c'est notre peur omniprésente de la mort.*

Penser à l'inéluctabilité de la mort, insistait Épicure, entrave notre jouissance de la vie et perturbe chacun de nos plaisirs. Aucune activité ne pouvant satisfaire notre désir d'une vie éternelle, toute activité est par essence insatisfaisante. De nombreux individus acquièrent une haine de la vie – même, paradoxalement, au point de se suicider ; d'autres se lancent dans des occupations fébriles et futiles, qui n'ont d'autre objet que d'éviter la souffrance inhérente à la condition humaine.

Épicure répondait à cette quête interminable et vaine de dérivatifs en nous incitant à garder en mémoire les souvenirs d'expériences agréables. Apprenons à faire appel à ces souvenirs autant de fois qu'il est nécessaire, suggérait-il, et nous n'aurons plus besoin de cette incessante recherche hédoniste.

La légende veut qu'il ait suivi ses propres conseils et, sur son lit de mort (survenue à la suite de complications de coliques néphrétiques), conservé une parfaite sérénité malgré ses souffrances en se rappelant d'agréables conversations qu'il avait eues avec son cercle d'amis et d'étudiants.

Un des aspects du génie d'Épicure est d'avoir anticipé la notion contemporaine d'inconscient : il a souligné que les inquiétudes face à la mort ne sont pas conscientes chez la plupart des individus mais certainement inférées de manifestations cachées, par exemple la religiosité excessive, l'accumulation obsessionnelle de richesses, et la poursuite aveugle du pouvoir et des honneurs, qui toutes représentent une version déformée de l'immortalité.

Comment Épicure tenta-t-il de surmonter l'angoisse de mort ? Il avait formulé une série de théories solidement argumentées, que ses disciples apprenaient comme un catéchisme. Ces théories ont été largement débattues durant les deux mille trois cents ans passés, et sont toujours pertinentes. Dans ce chapitre, je m'intéresserai aux trois plus connues d'entre elles, qui m'ont aidé à dissiper l'angoisse de mort aussi bien personnellement que dans mon travail avec de nombreux patients.

1. La mortalité de l'âme.
2. L'ultime néant de la mort.
3. La théorie de la symétrie.

La mortalité de l'âme

Épicure enseignait que l'âme est mortelle et périt avec le corps, une conclusion diamétralement opposée à celle de Socrate, qui, peu avant son exécution un siècle auparavant, avait trouvé le réconfort dans sa croyance en l'immortalité de l'âme et dans son espoir de rejoindre ensuite la communauté éternelle d'individus qui partageaient sa quête de la sagesse. Une grande partie du point de vue de Socrate – décrite en détail dans le dialogue platonicien du *Phédon* – fut adoptée par les néoplatoniciens et en dernier ressort eut une influence considérable sur la conception chrétienne de la vie après la mort.

Épicure condamnait violemment les chefs religieux de son temps qui, cherchant à développer leur propre pouvoir, amplifiaient l'angoisse de mort de leurs disciples en les menaçant de châtiments infligés à ceux qui négligeraient de suivre leurs règles et leurs prescriptions. (Au cours des siècles qui suivirent, l'iconographie de la chrétienté médiévale figurant les châtiments de l'Enfer – comme dans les scènes du Jugement dernier peintes par Jérôme Bosch au XVe siècle – ajoutèrent une dimension sanglante à l'angoisse de mort.)

Si nous sommes mortels et que l'âme ne nous survit pas, insistait Épicure, alors nous n'avons rien à craindre dans l'après. Nous n'aurons aucune conscience, aucun regret de la vie que nous avons quittée, rien à craindre des dieux. Épicure ne niait pas l'existence des dieux (cette attitude eût été dangereuse, Socrate ayant été exécuté pour hérésie moins d'un siècle plus tôt), mais il proclamait que les dieux ne se préoccupaient pas de la vie humaine et nous étaient seulement utiles en tant que modèles de la sérénité et de la béatitude auxquelles nous devions aspirer.

L'ultime néant de la mort

Dans la seconde théorie, Épicure postule que la mort n'est rien pour nous, car l'âme est mortelle et se dissout avec la mort. Ce qui est dissous ne se perçoit pas, et tout ce qui n'est pas perçu n'est rien pour nous. En d'autres termes : là où je suis, la mort n'existe pas ; là où est la mort, je n'existe pas. En conséquence, pensait Épicure, « pourquoi craindre la mort quand nous ne pouvons jamais la percevoir » ?

La théorie d'Épicure est l'antithèse absolue de la plaisanterie de Woody Allen, « je n'ai pas peur de la mort, simplement je préférerais ne pas être là quand elle arrivera ». Épicure nous dit que nous ne serons pas là, que nous ne saurons pas qu'elle arrive car la mort et « moi » ne peuvent coexister. Car morts, nous ignorons que nous sommes morts, et dans ce cas qu'y a-t-il à craindre ?

La théorie de la symétrie

La troisième théorie d'Épicure veut que notre état de non-être après la mort soit identique à celui qui était le nôtre avant la naissance. Malgré les nombreuses querelles philosophiques concernant cette théorie ancienne, je persiste à croire qu'elle a toujours le pouvoir de réconforter les mourants.

Parmi ceux, très nombreux, qui ont réaffirmé cette théorie au cours des siècles, aucun ne l'a fait aussi admirablement que Vladimir Nabokov, le grand romancier russe, dans son autobiographie, *Autres rivages*, qui commence par ces lignes : « Le berceau se balance au-dessus d'un abîme, et le bon sens nous dit que notre existence n'est qu'un bref éclair de lumière entre deux éternités d'obscurité. Bien que tous deux soient d'identiques jumeaux, l'homme, habituellement, considère l'abîme prénatal avec plus de calme que celui vers lequel il se dirige (à quelque quatre mille cinq cents battements de cœur à l'heure). »

Maintes fois, j'ai personnellement trouvé du réconfort dans la pensée que les deux états de non-être – avant la naissance et après la mort – sont identiques et que le second gouffre d'obscurité nous inspire un tel effroi alors que nous sommes si peu concernés par le premier.

Un e-mail envoyé par un lecteur révèle des sentiments du même ordre :

En ce moment j'accepte plus ou moins bien la notion d'oubli. Elle semble être la seule conclusion logique. Depuis l'enfance j'ai pensé qu'après la mort on devait naturellement retourner à l'état qui précède la naissance. L'idée d'une vie après la mort semblait incongrue et compliquée comparée à la simplicité de cette conclusion. Je ne pouvais me résoudre à l'idée d'une vie après la mort parce que la notion d'une existence sans fin, qu'elle soit plaisante ou déplaisante, est à mes yeux plus terrifiante que celle d'une existence finie.

En général, j'expose les théories d'Épicure tôt dans mon travail de thérapie avec mes patients sujets à l'angoisse de mort. Elles me servent à la fois à leur présenter le concept qui sous-tend ce travail et à leur communiquer mon intention d'établir une relation avec eux – c'est-à-dire de pénétrer les profondeurs de leur peur et de disposer de supports dans la suite de notre parcours. Même si les idées d'Épicure peuvent paraître à certains sans fondement ni pertinence beaucoup y trouvent du réconfort – peut-être parce qu'elles leur rappellent que leurs préoccupations sont universelles et que de grands esprits comme Épicure furent confrontés à ce problème.

Rippling, ou l'effet de rayonnement

Parmi toutes les idées nées de ma longue pratique de lutte contre l'angoisse et la détresse qui saisissent une personne devant l'impermanence de la vie, la notion de *rippling* m'est apparue singulièrement efficace.

Le *rippling*, ou effet de rayonnement, se réfère au fait que chacun d'entre nous produit – souvent involontairement, inconsciemment – des cercles d'influence concentriques qui peuvent affecter les autres pendant des années, voire des générations. Dans la réalité, l'effet que nous produisons sur certaines personnes se transmet à son tour à autrui, un peu comme les ondulations à la surface d'un lac se propagent sans fin jusqu'à devenir invisibles. L'idée de transmettre quelque chose de nous-mêmes, même inconsciemment, est une réponse persuasive à ceux qui prétendent que l'insignifiance de notre vie découle inévitablement de notre finitude et de notre impermanence.

L'effet de rayonnement ne signifie pas nécessairement que vous laissez derrière vous votre image ou votre nom. Nombreux parmi nous ont appris dans leur jeunesse la futilité de cette stratégie en lisant ces vers de Shelley :

Mon nom est Ozymandias, Roi des Rois :
Contemplez mon œuvre, ô tout-puissants,
et désespérez.

Tenter de conserver son identité personnelle est toujours futile. L'impermanence durera éternellement. Le *rippling*, comme j'en fais usage, consiste au contraire à laisser derrière soi une partie de l'expérience acquise au cours d'une vie : un trait de caractère, un exemple de sagesse, un avis, un acte de vertu, une parole de réconfort qui se transmet aux autres, qu'il soit reconnu ou non. L'histoire de Barbara en est une illustration.

« Cherchez-la parmi ses amis » : Barbara

Barbara, qui avait souffert de l'angoisse de mort pendant des années, fit part de deux événements qui réduisirent considérablement ses craintes.

Le premier eut lieu au cours d'une réunion d'anciennes élèves, quand, pour la première fois après trente ans, elle revit Allison, une amie de classe, légèrement plus jeune, qui se précipita vers elle, la serra chaleureusement dans ses bras et la remercia pour tous les bons conseils qu'elle lui avait prodigués dans sa jeunesse.

Barbara avait depuis longtemps compris instinctivement le concept général du *rippling*. En tant qu'enseignante, elle avait trouvé normal d'influencer ses étudiants d'une manière entièrement distincte du souvenir qu'ils gardaient d'elle. Mais sa rencontre avec cette amie d'enfance oubliée donna une réalité à ce concept. Elle s'étonna un peu d'apprendre que tant de ses conseils et de ses avis survivaient dans la mémoire de cette amie, mais éprouva un véritable choc le lendemain en rencontrant la fille d'Allison, âgée de treize ans, qui était visiblement surexcitée à la pensée de faire la connaissance de la légendaire amie de sa mère.

Réfléchissant à cette rencontre, Barbara eut une illumination qui lui ouvrit une nouvelle perspective sur la mort. Se pouvait-il que celle-ci ne fût pas le retour au néant qu'elle avait cru ? Que l'essentiel ne fût pas la survie de sa personne – voire des *souvenirs* de sa personne ? L'important était peut-être simplement que les ondes qu'elle transmettait se perpétuent, les ondes d'une action ou d'une idée qui aideraient les autres à atteindre la joie et la vertu dans l'existence, les ondes qui la rempliraient de fierté et permettraient de compenser l'immoralité, l'horreur et la violence qui dominent les médias et le monde extérieur.

Ces réflexions furent renforcées par un deuxième événement, deux mois plus tard, lorsque sa mère mourut et qu'elle prononça une courte allocution au cours des funérailles. Une des phrases favorites de sa mère lui revint à l'esprit : *Cherchez-la parmi ses amis.*

Ces mots avaient un pouvoir évocateur : Barbara savait que la bienveillance de sa mère, sa tendresse, son amour de la vie vivaient en elle, sa fille unique. Tandis qu'elle prononçait son discours et parcourait l'assemblée du regard, elle ressentit physiquement les qualités de sa mère qui avaient irradié vers ses amis, qui à leur tour les transmettraient à leurs enfants et aux enfants de leurs enfants.

Depuis l'enfance, rien ne terrifiait autant Barbara que la notion du néant. Les théories épicuriennes que j'avais développées n'avaient aucun sens pour elle. Que je souligne, par exemple, qu'elle ne ressentirait jamais l'horreur du néant parce que sa conscience n'existerait plus après la mort ne la soulageait pas. Mais la notion de rayonnement – d'une existence se perpétuant à travers les marques d'affection, d'amour et d'attention qu'elle prodiguait aux autres – atténuait considérablement son angoisse.

« Cherchez-la parmi ses amis » – dans cette idée résidait un message de réconfort, une puissante structuration du sens de la vie. Comme je l'expose plus loin dans le chapitre cinq, je crois que le message séculier délivré par *Everyman*, le récit liturgique du Moyen Âge, est que Good Deeds, le personnage personnifiant les bonnes actions, accompagne chacun jusqu'à la mort et continue d'influencer les générations successives.

Barbara retourna au cimetière un an plus tard pour l'inauguration du tombeau de sa mère et fit l'expérience d'une variante du *rippling.* Plutôt que de se sentir déprimée à la vue des tombes de son père et de sa mère parmi celles des membres de sa famille, elle éprouva un sentiment extraordinaire de soulagement et de légèreté. Pourquoi ? Elle ne sut l'exprimer plus clairement qu'en disant : « S'ils peuvent le faire, je le peux moi aussi. » Même dans la mort ses aïeux lui avaient transmis quelque chose.

D'autres exemples de rippling

Les exemples de *rippling* sont légion et bien connus. Qui n'a pas éprouvé une bouffée de satisfaction en apprenant qu'il avait, directement ou indirectement, compté pour quelqu'un d'autre ? Dans le chapitre six, j'expose comment mes propres maîtres ont rayonné jusqu'à moi et, à travers ces pages, jusqu'à vous. En réalité, mon désir d'être utile aux autres est pour une grande part ce qui m'a retenu devant mon clavier bien longtemps après l'âge normal de la retraite.

Dans *L'Art de la thérapie*, je décris le cas d'une patiente qui avait perdu ses cheveux à la suite d'une radiothérapie et redoutait que quelqu'un puisse la voir sans sa perruque. Le jour où elle prit le risque de la retirer dans mon cabinet, ma réaction fut de passer mes doigts dans les rares mèches qui lui restaient. Des années plus tard, je la revis pour une brève thérapie, et elle me dit qu'elle avait récemment relu mon livre et s'était réjouie d'y voir inclus le passage la concernant. Elle était heureuse, me dit-elle, que son expérience puisse profiter à d'autres, même à des gens qu'elle ne connaissait pas.

Le *rippling* s'apparente à de nombreuses stratégies qui partagent l'aspiration désespérée de chacun de se projeter dans l'avenir. La plus manifeste est le désir de se perpétuer biologiquement à travers nos enfants qui transmettent nos gènes, ou par des dons d'organes, grâce auxquels nos cœurs battent pour d'autres ou nos cornées leur redonnent la vue. Il y a une vingtaine d'années, j'ai bénéficié du remplacement de la cornée de chaque œil, et bien qu'ignorant l'identité du donneur décédé, j'éprouve encore une immense gratitude à l'égard de cet inconnu.

Le *rippling* peut avoir d'autres effets. Par exemple :

Devenir célèbre en réussissant dans la politique, les arts ou la finance.

Avoir son nom inscrit sur des bâtiments, ou attaché à des institutions, fondations ou bourses.

Avoir contribué à des découvertes scientifiques fondamentales, à partir desquelles d'autres savants poursuivront leurs travaux.

Rejoindre la nature par la dispersion de ses propres gênes susceptibles de servir de fondement pour une vie future.

Peut-être me suis-je particulièrement attardé sur le *rippling* parce que ma position de thérapeute me donne une vision privilégiée des transmissions silencieuses, paisibles et secrètes qui se produisent d'un individu à l'autre.

Le réalisateur japonais Akira Kurosawa décrit avec une force particulière le processus du rayonnement dans son chef-d'œuvre de 1952, *Vivre*, qui continue à être projeté dans le monde entier. C'est l'histoire de Watanabe, un bureaucrate japonais qui apprend qu'il a un cancer de l'estomac et qu'il ne lui reste que quelques mois à vivre. Le cancer tient lieu d'expérience révélatrice à cet homme qui avait précédemment mené une vie si mesquine que ses employés l'avaient surnommé « la momie ».

Informé du diagnostic, il ne se rend pas à son travail pour la première fois en trente ans, retire une grosse somme d'argent de sa banque et tente de retrouver goût à la vie en dépensant sans compter dans des boîtes de nuit. À la fin de cette période de folles dépenses, il tombe par hasard sur une de ses ex-collègues qui a quitté son bureau parce qu'elle y étouffait. Elle voulait vivre ! Fasciné par la vitalité et l'énergie de cette femme, il la suit et la supplie de lui enseigner comment profiter de la vie. Elle lui dit simplement qu'elle détestait son ancien job parce qu'il reflétait une bureaucratie dénuée de sens. Fabriquant aujourd'hui des poupées dans une usine de jouets, elle est portée par la pensée de travailler pour le bonheur des enfants. Quand il lui parle de son cancer et de la proximité de sa mort, elle s'effraie et prend la fuite, lui lançant un seul message : « Faites quelque chose ! »

Transformé, Watanabe regagne son bureau, refuse de se plier au rituel administratif, enfreint toutes les règles et consacre le reste de sa vie à la création d'un parc dans son quartier, dont les enfants profiteront pendant des générations. Dans la dernière scène, Watanabe, dont la mort approche, est assis sur une balançoire dans le parc. Malgré les bourrasques de neige, il reste paisible et s'avance vers sa fin avec une nouvelle sérénité.

Le phénomène du *rippling*, de pouvoir créer quelque chose à transmettre aux autres afin de donner une nouvelle dimension à leur vie, transforme sa terreur en une profonde satisfaction. Le film fait aussi ressortir que c'est le parc, et non la transmission de son identité, qui est primordial pour Watanabe. En fait, pendant qu'ils le veillent en buvant, ses collègues municipaux se lancent dans une longue discussion pour savoir si Watanabe a réellement joué un rôle dans la création du parc.

Rippling et impermanence

Nombreux sont ceux qui déclarent penser rarement à leur mort mais sont obsédés par l'idée et la peur de l'impermanence. Chaque moment agréable est empoisonné par le sentiment latent qu'il est fugitif et finira bientôt. Une promenade avec un ami est gâchée par la pensée que tout est destiné à disparaître – l'ami mourra, la forêt sera envahie par la ville. À quoi bon tout ça puisque tout doit retourner à la poussière.

Freud exprime magnifiquement ce point de vue (et son contraire) dans un court essai intitulé « Passagèreté », qui raconte une promenade d'été avec deux amis, un poète et un confrère analyste. Le poète se lamente en pensant que toute beauté est destinée à se dissoudre dans le néant et que sa disparition ultime ôtait sa valeur à tout ce qu'il aimait. Freud s'oppose à la conclusion nostalgique du poète et conteste vigoureusement que l'impermanence ôte toute réalité à la valeur ou au sens.

« Il la renforce, bien au contraire ! Une limite aux possibilités de jouissance en augmente le sens. » Suit un contre-argument éloquent de l'idée selon laquelle l'absence de sens est inhérente à la passagèreté :

Je déclarai incompréhensible que la pensée de la passagèreté du beau dût troubler la joie que nous y trouvons. En ce qui concerne la beauté de la nature, après chaque destruction par l'hiver elle réapparaît l'année suivante, et ce retour peut bien, par rapport à notre durée de vie, être qualifié d'éternel. La beauté du corps et du visage humains, nous la voyons disparaître pour toujours dans l'espace de notre propre vie, mais cette brièveté de vie ajoute un nouvel attrait à ceux de la beauté. S'il existe une fleur qui ne fleurit qu'une seule nuit, sa floraison ne nous en paraît pas moins magnifique. Que la beauté et la perfection de l'œuvre d'art et de la production intellectuelle dussent être dévalorisées par leur limitation temporelle, j'étais tout aussi peu disposé à l'envisager. À supposer que vienne un temps où les tableaux et les statues que nous admirons aujourd'hui se soient désagrégés, ou que vienne après nous une race d'hommes qui ne comprenne plus les œuvres de nos poètes et penseurs, voire même une époque géologique dans laquelle tout ce qui vit sur terre soit devenu muet, la valeur de tout ce beau et de tout ce parfait est déterminée uniquement par sa significativité pour notre vie de sensation, elle n'a même pas besoin de durer plus longtemps que ne le fait cette dernière et elle est par là indépendante de la durée temporelle absolue[1].

Ainsi Freud tente-t-il d'atténuer la terreur de la mort en dissociant les valeurs et l'esthétique humaines de l'emprise de la mort et en affirmant que l'impermanence n'a pas d'effet sur ce qui est d'importance vitale dans la vie émotionnelle d'un individu.

De nombreuses traditions cherchent à prendre le dessus sur l'impermanence en mettant l'accent sur l'importance de vivre le moment présent et de se concentrer sur la sensation immédiate. La pratique bouddhiste, par exemple, comprend une série de méditations sur l'*amicca* (l'impermanence) dans lesquelles on se concentre sur le dessèchement et la chute des feuilles d'un arbre puis sur la future impermanence de l'arbre lui-même et, pour finir, sur celle de son propre corps. On pourrait considérer cette pratique comme un « déconditionnement », une forme de thérapie d'exposition par laquelle on s'habitue à l'angoisse en s'immergeant volontairement en elle. La lecture de ce livre aura peut-être un effet similaire sur certains lecteurs.

---

1. Sigmund Freud, *Passagèreté*, in *Œuvres complètes*, vol. XIII, André Bourguignon, Pierre Cotet et Jean Laplanche éd., Paris, Presses universitaires de France, 2005.

Le *rippling* atténue la souffrance de l'impermanence en nous rappelant que quelque chose en chacun de nous perdure, que nous en soyons conscients ou non.

Des pensées fortes pour aider à surmonter l'angoisse de mort

Quelques phrases vigoureuses, un aphorisme émis par un philosophe ou un penseur peuvent souvent nous aider à réfléchir utilement à notre propre angoisse de mort et à notre accomplissement dans la vie. Que ce soit par l'ingéniosité de leur formulation, la qualité de leur expression, la résonance de leurs phrases, ou parce qu'elles sont étroitement lovées sur elles-mêmes, bourrées d'énergie cinétique – de telles idées peuvent arracher un lecteur solitaire ou un patient à un comportement familier mais statique. Peut-être, comme je l'ai suggéré, est-il réconfortant de songer que des géants de la pensée ont eux-mêmes affronté des préoccupations similaires avant d'en triompher. Ou peut-être des mots aussi impérissables montrent-ils que le désespoir peut être transformé en art.

Nietzsche, le plus grand des aphoristes, fournit la description la plus pertinente du pouvoir des pensées : « Un bon aphorisme résiste aux griffes du temps et n'est pas consumé par les millénaires, bien qu'il serve chaque fois de nourriture : c'est ici le grand paradoxe de la littérature, l'immuable au milieu de l'incertain, la nourriture qui demeure toujours estimée, comme le sel, et ne perd jamais sa saveur. »

Certains de ces aphorismes reflètent explicitement l'angoisse de mort ; d'autres nous encouragent à regarder plus profondément en nous et résistent aux préoccupations triviales.

« Tout s'efface : choisir exclut »

Dans le superbe roman de John Gardner, *Grendel*, le monstre tourmenté de la légende de Beowulf est à la recherche d'un sage qui lui apprendra le secret du mystère de la vie. Le sage lui dit : « Le mal ultime est que le temps se consume perpétuellement, et qu'être actuel condamne à être exclu. » Il résuma le résultat d'une vie de méditations en cinq mots, en deux phrases laconiques : « Tout s'efface : choisir exclut. »

Comme j'ai déjà eu beaucoup à dire sur « tout s'efface », je développerai les implications de la deuxième proposition. « Choisir exclut » est la raison sous-jacente pour laquelle tant de gens s'affolent quand il devient nécessaire de prendre une décision. Pour chaque oui il doit y avoir un non, et chaque choix positif signifie le renoncement à d'autres choix. Nombreux sont ceux qui refusent d'appréhender pleinement les limites, les reculs, les pertes qui font partie intégrante de l'existence.

Le renoncement était un problème majeur pour Les, un médecin de trente-sept ans qui avait passé des années à hésiter entre plusieurs fiancées. Quand il avait fini par se marier, il était allé s'installer chez sa femme à cent cinquante kilomètres de chez lui et avait ouvert un deuxième cabinet dans sa nouvelle ville. Pendant plusieurs années, néanmoins, il avait continué à consulter dans son ancien cabinet un jour et demi par semaine, passant la nuit à retrouver d'anciennes petites amies.

Au cours de la thérapie, nous nous concentrâmes sur sa difficulté à refuser d'autres choix. Comme je le poussais à m'expliquer ce que signifiait l'impossibilité de dire non – fermer son cabinet et mettre fin à ses liaisons –, il prit peu à peu conscience de l'image supérieure qu'il avait de lui. Il avait été le surdoué de sa famille – musicien, sportif, scientifique nationalement reconnu. Il se savait capable de réussir dans n'importe quelle profession, sans les contraintes qui affectaient les autres, jouissant du privilège de ne renoncer à rien. « Choisir exclut » pouvait s'appliquer aux autres, mais pas à lui. Son mythe personnel était : la vie est une spirale perpétuellement ascendante, vers un futur aux possibilités infinies. Et il refusait tout ce qui menaçait ce mythe.

Au commencement, la thérapie devait s'orienter vers le désir sexuel, la fidélité et l'indécision, mais elle exigea vite une exploration d'un sujet existentiel plus profond : la conviction de Les qu'il était destiné à croître et à réussir sans être soumis aux limites imposées aux autres mortels, y compris la mort. Les (comme Pat au chapitre trois) se sentait directement menacé par tout ce qui comportait un soupçon de renoncement : il tentait d'échapper à la règle « choisir exclut », et c'est l'analyse de cette tentative qui nous permit d'accélérer le travail de la thérapie. Lorsqu'il fut capable de renoncer, de se libérer de son attachement à tout ce qu'il avait possédé, nous pûmes nous tourner vers l'expérience de sa vie et en particulier ses relations avec sa femme et ses enfants dans le présent immédiat.

La croyance selon laquelle la vie est une spirale ascendante se rencontre fréquemment en psychothérapie. J'ai un jour traité une femme de cinquante ans dont le mari septuagénaire, un savant reconnu, avait été frappé de sénilité à la suite d'une attaque cérébrale. Elle était particulièrement perturbée par la vue de son mari malade assis toute la journée à regarder la télévision. Malgré elle, elle ne pouvait s'empêcher de l'exhorter à faire quelque chose, n'importe quoi, qui nourrisse son esprit : lire, jouer aux échecs, améliorer son espagnol, faire des mots croisés. La sénilité de son mari avait brisé sa vision d'une existence s'élevant toujours vers plus de connaissance, plus de découvertes et de succès ; et l'autre terme de l'alternative était difficile à supporter – que chacun d'entre nous a une existence finie, qui va de la petite enfance et de l'enfance, à travers la maturité, jusqu'au déclin ultime.

« Quand nous sommes fatigués, nous sommes assaillis par des pensées que nous avons dominées il y a longtemps »

Cette phrase de Nietzsche joua un rôle dans mon travail avec Kate, médecin divorcée, que j'avais vue à trois reprises auparavant. À l'âge de soixante-huit ans, c'était l'angoisse omniprésente de la proximité de la retraite, du vieillissement et de la mort qui l'avait poussée à venir me consulter.

Un jour, au cours de la thérapie, elle s'était réveillée à quatre heures du matin et, glissant dans sa salle de bains, s'était profondément entaillé le cuir chevelu. Bien qu'elle saignât abondamment, elle n'avait appelé ni ses voisins, ni ses enfants, ni le service des urgences. Ses cheveux s'étaient tellement éclaircis qu'elle portait une perruque et était incapable d'affronter le supplice d'apparaître sans elle, vieille femme chauve, devant ses collègues à l'hôpital.

S'emparant d'une serviette, d'un sac réfrigérant et d'un litre de glace au café elle était allée se coucher, avait appliqué le sac réfrigérant et la serviette sur son crâne, et mangé la glace, pleurant sa mère (décédée depuis vingt-deux ans), se sentant totalement abandonnée. À l'aube, elle avait appelé son fils qui l'avait conduite chez un collègue. L'entaille suturée, ce médecin lui avait ordonné de ne pas porter sa perruque pendant au moins une semaine.

Lorsque je vis Kate trois jours plus tard, elle avait un châle enroulé autour de la tête, et était honteuse de sa perruque, de son divorce, de son statut de célibataire dans une culture de couples. Honteuse, aussi, de sa mère psychotique (qui lui donnait toujours de la glace au café quand elle était malheureuse), de la pauvreté dont elle avait souffert tout au long de son enfance et d'un père irresponsable qui avait abandonné sa famille quand elle était enfant. Elle était submergée par une sensation d'échec. Elle pensait n'avoir fait aucun progrès après deux années de thérapie pas plus qu'à l'époque de ses premières séances.

Ne voulant pas être vue sans sa perruque, elle avait passé la semaine entière enfermée chez elle (à l'exception de notre unique séance) et s'était lancée dans un grand nettoyage. En rangeant les placards, elle avait découvert des notes prises durant nos séances précédentes et constaté avec stupéfaction que nous avions abordé exactement les mêmes thèmes vingt ans plus tôt. Nous avions travaillé non seulement à dominer son sentiment de honte mais à la libérer de sa mère abusive et perturbée, qui était alors encore en vie.

Ses notes à la main, la tête couverte d'un élégant turban, elle arriva à notre séance suivante profondément découragée par cette absence de progrès.

« J'étais venue vous voir pour des raisons qui tenaient au vieillissement et à la peur de la mort, et me voilà à nouveau, après tant d'années, honteuse, pleurant une mère folle et me consolant avec sa glace au café.

— Kate, je sais ce que vous devez ressentir en apportant un matériel aussi ancien. Je vais vous dire quelque chose qui va peut-être vous soulager, des mots que Nietzsche a prononcés voilà un siècle : « Quand nous sommes fatigués, nous sommes assaillis par des pensées que nous avons dominées il y a longtemps. »

Kate, qui ne restait jamais silencieuse et parlait avec conviction à une cadence accélérée, devint tout à coup muette.

Je répétai la phrase de Nietzsche. Elle hocha lentement la tête, et dès la séance suivante nous travaillâmes à nouveau sur ses peurs de vieillir et ses craintes de l'avenir.

L'aphorisme ne contenait rien de nouveau : je l'avais auparavant rassurée en lui disant qu'elle avait simplement subi une régression en réaction à son trauma. Pourtant l'élégance de l'expression et l'idée qu'elle partageait son expérience avec de grands esprits tels que Nietzsche l'aidèrent à réaliser que sa perturbation n'était que temporaire. Elle comprit, au fond d'elle-même, qu'elle avait un jour vaincu ses démons intérieurs et le ferait à nouveau. Les bonnes idées, même les plus fortes, suffisent rarement si on les utilise une seule fois : il est nécessaire de renouveler la dose.

Vivre la même vie, indéfiniment, pour l'éternité

Dans *Ainsi parlait Zarathoustra*, Nietzsche met en scène un vieux sage, qui décide de descendre de sa montagne et de partager avec les autres ce qu'il a appris.

De toutes les notions qu'il prêche, il en est une qu'il considère comme son « idée la plus profonde » – l'idée d'éternel retour. Zarathoustra lance un défi : qu'en serait-il si vous deviez vivre une même vie toujours recommencée durant l'éternité – en quoi cela vous transformerait-il ? Les mots angoissants que je cite ici sont sa première description de l'expérience de pensée de « l'éternel retour ». Je les ai souvent lus à voix haute à mes patients. Essayez d'en faire autant de votre côté.

Que dirais-tu si un jour, si une nuit, un démon se glissait jusque dans ta solitude la plus reculée et te dise : « Cette vie, telle que tu la vis maintenant et que tu l'as vécue, tu devras la vivre encore une fois et d'innombrables fois; et il n'y aura rien de nouveau en elle si ce n'est que chaque douleur et chaque plaisir, chaque pensée et chaque gémissement, et tout ce qu'il y a d'indiciblement petit et grand dans ta vie, devront revenir pour toi et le tout dans le même ordre et la même succession – cette araignée-là également, et ce clair de lune entre les arbres, et cet instant-ci et moi-même. L'éternel sablier de l'existence ne cesse d'être renversé à nouveau – et toi avec lui ô grain de poussière de la poussière ! » Ne te jetterais-tu pas sur le sol, grinçant des dents et maudissant le démon qui te parlerait de la sorte ? Ou bien te serait-il arrivé de vivre un instant formidable où tu aurais pu lui répondre : « Tu es un Dieu et jamais je n'entendis choses plus divines ! » Si cette pensée exerçait sur toi son empire, elle te transformerait, faisant de toi, tel que tu es, un autre, te broyant peut-être[1].

La seule pensée de revivre à jamais la même vie peut être déstabilisante, comme une thérapie de choc existentielle en réduction. Elle sert souvent d'expérience de réflexion sur soi, conduisant à analyser sérieusement la manière dont on vit. Comme le fantôme de l'avenir elle vous fait prendre pleinement conscience que votre vie, votre *unique* vie, devrait être totalement et harmonieusement vécue, laisser derrière elle aussi peu de regrets que possible. Nietzsche nous sert ainsi de guide, nous détournant des préoccupations futiles pour y substituer l'objectif d'une vie pleinement vécue.

Aucun changement positif ne peut intervenir dans votre vie tant que l'idée reste ancrée en vous que les causes de votre vie imparfaite sont à chercher

1. Friedrich Nietzsche, *Le Gai Savoir*, trad. Pierre Klossowski, Paris, Gallimard, « Folio essai », 1985.

au-dehors de vous-même. Tant que vous accuserez les autres de vous traiter injustement – un butor de mari, un patron exigeant et peu enclin à vous soutenir, des gènes défectueux, des pulsions irrésistibles –, vous ne sortirez pas de l'impasse. *Vous et vous seul* êtes responsable des aspects fondamentaux de votre vie, et vous seul avez le pouvoir de la changer. Et même si vous vous heurtez à d'énormes contraintes extérieures, vous avez malgré tout la liberté et le choix d'adopter des attitudes diverses face à elles.

Une des formules favorites de Nietzsche est *amor fati* (aime ton destin) : en d'autres termes, *crée un destin que tu peux aimer.*

Dès le début, Nietzsche avança la notion de l'éternel retour comme une proposition sérieuse. Si le temps était infini, disait Nietzsche, et la matière finie, toutes les combinaisons de la matière devraient se recomposer au hasard à l'infini, comme une hypothétique armée de singes dactylographes qui au terme d'une période d'un milliard d'années se retrouveraient en train d'écrire l'*Hamlet* de Shakespeare. Les mathématiques sont ici impuissantes et ont été sérieusement critiquées par les logiciens. Je suis allée à Pforta, l'école où Nietzsche a fait ses études de l'âge de quatorze à vingt ans, et j'ai eu l'autorisation de feuilleter ses carnets de notes, qui montraient qu'il avait obtenu de très bons résultats en grec et en latin ainsi que dans les matières classiques (bien qu'il ne fût pas, comme le fit remarquer le vieil archiviste qui me servait de guide, le meilleur de sa classe), mais qu'il était particulièrement mauvais en mathématiques. Finalement, peut-être conscient que la spéculation n'était pas son point fort, Nietzsche se focalisa plus particulièrement sur le retour éternel comme expérience de pensée.

Si vous vous engagez dans cette expérience et la jugez pénible, voire insupportable, il y a une explication : vous croyez avoir mal vécu votre vie. Je continuerais alors en vous demandant : Dans quel sens vous n'avez pas bien vécu votre vie ? Quels regrets vous laisse-t-elle ?

Mon but n'est pas de noyer quiconque dans un océan de regrets, mais, en définitive, de diriger son regard vers l'avenir et vers cette question qui peut changer sa vie : *que pouvez-vous faire aujourd'hui dans votre existence pour ne pas, dans un ou cinq ans, regarder en arrière et éprouver le même désarroi à l'égard de nouveaux regrets que vous auriez accumulés ? En bref, pouvez-vous vivre sans continuer à accumuler des regrets ?*

L'expérience de pensée de Nietzsche est un outil efficace pour le clinicien qui désire aider ceux dont l'angoisse de mort a pour origine le sentiment de n'avoir pas vécu pleinement leur vie. Dorothy nous en offre une explication clinique.

La part de dix pour cent : Dorothy

Dorothy, une comptable de quarante ans, avait le sentiment omniprésent d'être incapable d'avancer dans la vie. Elle passait son temps à regretter ce qu'elle avait fait : elle avait refusé de pardonner à son mari une liaison qui l'avait conduite à mettre fin à son mariage ; s'était montrée incapable de se réconcilier avec son père avant sa mort ; avait choisi malgré elle un travail peu gratifiant dans une ville qu'elle n'aimait pas.

Après avoir vu une annonce pour une situation à Portland, dans l'Oregon, une ville apparemment agréable à vivre, elle songea sérieusement à s'y installer. Mais son enthousiasme fut rapidement refroidi par une avalanche de réflexions négatives et décourageantes : elle était trop vieille pour déménager, ses enfants ne supporteraient pas de quitter leurs amis, elle ne connaissait pas un chat à Portland, le salaire était inférieur, et elle n'était pas certaine d'aimer ses futurs collègues de bureau.

« Après avoir nourri cet espoir pendant un temps, me dit-elle, me revoilà piégée comme avant.

— Il me semble aussi, lui répondis-je, que vous êtes surtout prisonnière de vous-même. Je comprends que ces raisons vous empêchent de changer d'existence, mais je me demande si elles sont seules en jeu. Disons que toutes ces raisons objectives sur lesquelles vous n'avez pas de contrôle – vos enfants, votre âge, l'argent, vos collègues – expliquent quatre-vingt-dix pour cent de votre inertie ; mais je me demande s'il n'y a pas une partie qui ne tient qu'à vous – même si elle n'est que de dix pour cent ? »

Elle hocha la tête.

« Donc, ce sont ces dix pour cent que nous allons examiner maintenant dans le cadre de notre thérapie parce que c'est *la part*, la seule part, que vous pouvez modifier. » C'est alors que je décrivis l'expérience de pensée de Nietzsche et lui lus le passage concernant le retour éternel. Puis je demandai à Dorothy de se projeter dans l'avenir en accord avec cette expérience.

Je terminai par cette suggestion : « Supposons qu'une année se soit écoulée, et que nous nous rencontrions à nouveau dans ce même cabinet. D'accord ? »

Dorothy acquiesça. « D'accord, mais je crois savoir où cela va nous mener.

— Peu importe, faisons l'essai. Nous sommes à un an d'ici. » Je commençai : « Dorothy, jetons un regard sur l'année passée. Dites-moi, avez-vous de nouveaux regrets ? Ou, selon les mots de Nietzsche, seriez-vous prête à revivre à jamais cette année ?

— C'est hors de question, je ne veux pas rester coincée ainsi toute ma vie – trois enfants, peu d'argent, un boulot détestable, sans possibilité de m'échapper.

— À présent, considérons votre responsabilité, vos dix pour cent, dans la manière dont les choses se sont déroulées l'année dernière. Que regrettez-vous de ne pas avoir fait pendant ces derniers douze mois ?

— Bon, la porte de la prison s'est entrouverte, à peine, une fois – cette éventualité d'un job à Portland.

— Et si vous aviez le pouvoir de revivre cette année…

— D'accord, d'accord, je vois ce que vous voulez dire. Je vais probablement passer mes journées à regretter de n'avoir même pas essayé d'obtenir ce poste à Portland.

— Bien, c'est exactement ce que je veux dire en laissant entendre que vous êtes à la fois prisonnière et geôlière. »

Dorothy fit acte de candidature, passa un entretien, visita la ville et obtint le job, mais elle finit par décliner l'offre après s'être informée sur les écoles, la météo, les prix de l'immobilier et le coût de la vie. La démarche, cependant, lui ouvrit les yeux (et la porte de sa prison). Elle s'apprécia sous un jour différent simplement parce qu'elle avait envisagé pour de bon de partir ; quatre mois plus tard, elle se porta candidate pour un poste plus intéressant que le sien et plus près de chez elle, fut retenue et accepta.

Nietzsche revendiquait deux phrases de « granit » suffisamment dures pour résister à l'érosion du temps : « Deviens qui tu es » et « Ce qui ne me tue pas me rend plus fort ». Toutes les deux ont en effet résisté. Elles ont pris place dans le vocabulaire général de la thérapie. Nous les examinerons chacune à son tour.

« Deviens qui tu es »

Le concept de la première phrase de granit – « Deviens qui tu es » – était bien connu d'Aristote et se transmit à travers Spinoza, Leibniz, Goethe, Nietzsche, Ibsen, Karen Horney, Abraham Maslow et le Human Potential Movement des années 1960 jusqu'à nos idées contemporaines de réalisation de soi.

La notion de devenir « qui tu es » est étroitement liée à d'autres propositions de Nietzsche, « consume ta vie » et « meurs à temps ». Dans toutes ses variantes, Nietzsche nous exhorte à renoncer à une vie qui n'est pas vécue. Il disait, accomplissez-vous, réalisez votre potentiel, vivez hardiment et pleinement. *Puis alors, et alors seulement*, mourez sans regret.

Jennie, trente et un ans, secrétaire dans un cabinet juridique, vint me consulter parce qu'elle souffrait d'une profonde angoisse de mort. Après la quatrième séance, elle fit ce rêve :

Je suis à Washington, où je suis née, et je marche dans la ville avec ma grand-mère, aujourd'hui décédée. Puis nous arrivons dans un très beau quartier de grandes demeures. Celle où nous allons est énorme et entièrement blanche. Une amie de classe y vit avec sa famille. Je suis heureuse de la voir, et elle me fait visiter sa maison. Je suis stupéfaite – c'est une demeure magnifique qui comporte une quantité énorme de pièces. Trente et une, toutes meublées ! Je lui dis : « Ma maison a cinq pièces, et seulement deux sont meublées. » Je me suis réveillée très angoissée, et furieuse contre mon mari.

Elle pensait intuitivement que les trente et une pièces représentaient ses trente et un ans et les différents aspects d'elle-même qu'elle avait besoin d'explorer. Le fait que sa propre maison ne comportait que cinq pièces dont deux seulement étaient meublées renforçait l'idée qu'elle ne menait pas la vie qu'elle souhaitait. La présence de sa grand-mère, qui était morte quelques mois plus tôt, baignait le rêve de terreur.

Son rêve fut un point de départ important pour notre travail. Je la questionnai sur sa colère envers son mari et, embarrassée, elle me révéla qu'il l'avait souvent battue. Elle savait qu'elle devait prendre une décision, mais elle était terrifiée à l'idée de rompre son mariage : elle avait peu d'expérience des hommes et était certaine qu'elle n'en trouverait jamais un autre.

Elle avait si peu d'estime d'elle-même qu'elle avait supporté ses mauvais traitements pendant des années plutôt que de mettre son mariage en jeu et d'exiger de son mari des changements radicaux. Elle ne rentra pas chez elle après cette séance, mais alla s'installer chez ses parents pendant plusieurs semaines. Elle adressa un ultimatum à son mari, le sommant de suivre une thérapie de couple. Il accepta, et après une année de thérapie de couple et de thérapie individuelle leurs relations s'améliorèrent considérablement.

« Ce qui ne me tue pas me rend plus fort »

Les auteurs contemporains ont usé et abusé de la deuxième phrase de granit de Nietzsche. C'était entre autres exemples l'un des thèmes favoris d'Hemingway. (Dans *L'Adieu aux armes* il ajoutait : « les fractures nous rendent plus forts ».) Mais ce concept rappelle qu'une expérience difficile peut permettre à quelqu'un de mieux résister et de s'adapter à l'adversité. Cet aphorisme est étroitement lié à l'idée de Nietzsche selon laquelle un arbre qui enfouit puissamment ses racines dans le sol et résiste aux tempêtes devient plus vigoureux et plus grand.

Une autre variante de ce thème me fut offerte par une de mes patientes, une femme efficace et pleine de ressources, alors directrice générale d'une importante société industrielle. Enfant elle avait souffert des insultes haineuses de son père. Au cours d'une séance elle décrivit un rêve éveillé, une représentation fantaisiste d'une thérapie futuriste.

« Dans mon rêve éveillé, je consultais une thérapeute qui possédait une technique permettant d'effacer totalement la mémoire. Peut-être ai-je emprunté l'idée au film de Jim Carrey *Du soleil plein la tête.* J'imaginais qu'elle me demandait si je désirais qu'elle efface totalement le souvenir de l'existence de mon père. J'aurais seulement l'impression qu'il n'y avait pas eu de père à la maison. L'idée me parut formidable au début. Puis, à la réflexion, je me rendis compte que c'était une question difficile à trancher.

— Pourquoi difficile ?

— Eh bien, à première vue, c'était une évidence : mon père était un monstre qui nous avait terrifiés, moi et mes frères et sœurs, durant toute notre enfance. Mais, en fin de compte, j'ai décidé de laisser ma mémoire en paix et de ne rien gommer. En dépit du terrible traitement dont j'avais souffert, j'ai réussi dans la vie au-delà de mes espérances les plus optimistes. D'une certaine façon, j'ai acquis une grande résilience et la faculté de me débrouiller seule. Est-ce *en dépit* de mon père ? Ou *à cause* de lui ? »

Ce fantasme fut la première étape d'un changement radical dans son regard sur le passé. Il était moins question de pardonner à son père que d'arriver à accepter l'inaltérabilité du passé. Elle avait été déconcertée lorsque je lui avais dit que tôt ou tard elle devrait abandonner l'espoir d'un meilleur passé. Elle avait été façonnée et endurcie par les épreuves qu'elle avait endurées chez elle ; elle avait appris à les surmonter et fait appel à des stratégies astucieuses qui lui furent utiles tout au long de sa vie.

« Certains refusent le prêt de la vie pour éviter la dette de la mort »

C'est son état d'exaspération qui poussa Bernice à entamer une thérapie. Bien qu'elle formât avec Steve un couple heureux depuis plus de vingt ans, elle était inexplicablement irritée par lui. Elle s'en éloignait de plus en plus au point de nourrir des idées de séparation.

J'étais curieux de savoir de quand datait ce sentiment. Elle me donna une réponse précise : les choses avaient commencé à se détériorer le jour de son soixante-dixième anniversaire, quand il avait soudainement cessé son activité d'agent de change et s'était mis à gérer son portefeuille personnel chez lui.

Elle s'étonnait de la colère qu'elle ressentait à son égard. Bien qu'il fût toujours le même, elle trouvait aujourd'hui une quantité de choses à lui reprocher : son manque d'ordre, le temps excessif qu'il passait devant la télévision, le peu d'intérêt qu'il portait à son apparence, son manque d'exercice physique. Certes Steve avait vingt-cinq ans de plus qu'elle, mais il avait *toujours été* son aîné de vingt-cinq ans. C'était lorsqu'il avait passé le cap de la retraite qu'elle s'était brusquement rendu compte qu'il était un vieil homme.

Plusieurs dynamiques se dégagèrent de notre discussion. Tout d'abord elle espérait s'éloigner de Steve pour éviter de se trouver, comme elle le disait, prise dans un processus d'« avance accélérée » vers la vieillesse. Ensuite, elle n'avait jamais pu effacer la douleur de la mort de sa mère survenue quand elle avait dix ans ; elle ne voulait pas affronter la résurgence d'une perte cruelle qui se produirait certainement à la mort de Steve.

Il me sembla que Bernice cherchait à se protéger de la douleur de perdre Steve en freinant l'attachement qu'elle éprouvait pour lui. Je suggérai que ni la colère ni le repli sur elle-même n'étaient les moyens appropriés pour éviter la fin et le deuil. Je parvins à lui faire comprendre clairement sa propre attitude en citant Otto Rank, un des collègues de Freud, qui disait : « Certains refusent le prêt de la vie pour éviter la dette de la mort. » Cette tendance n'est pas inhabituelle. Je pense que nous avons tous connu des personnes qui restent inertes et refusent de se lancer dans la vie parce qu'elles sont terrorisées à l'idée de trop perdre.

Je poursuivis : « C'est comme si vous partiez en croisière et refusiez de faire connaissance avec les autres passagers ou de participer aux activités pour éviter la souffrance de l'inéluctable fin de croisière.

— Vous avez tout compris, répliqua-t-elle.

— Ou que vous refusiez d'admirer le lever du soleil parce que…

— D'accord, d'accord, vous m'avez convaincue », m'interrompit-elle en riant.

Comme nous abordions le problème du changement, plusieurs thèmes apparurent. Elle craignait de rouvrir la blessure dont elle avait souffert à l'âge de dix ans à la mort de sa mère. Après plusieurs séances, elle commença à comprendre l'inefficacité de sa stratégie inconsciente. Pour commencer, elle n'était plus une fillette sans défense, sans moyens. Non seulement le chagrin ne lui serait pas épargné quand Steve mourrait, mais il serait considérablement amplifié par le remords de l'avoir abandonné au moment où il avait le plus besoin d'elle.

Otto Rank postulait une dynamique utile, une tension permanente entre *l'angoisse de vie* et *l'angoisse de mort*, dynamique qui peut être extrêmement profitable pour le thérapeute. Selon Rank, en progressant dans l'existence, un individu recherche la différenciation, la croissance et la réalisation de son potentiel. Mais il y a un prix à payer. En émergeant, en se développant et en se distinguant, il rencontre l'angoisse de vie, ressent une épouvantable solitude, un sentiment de vulnérabilité, une perte de sa relation élémentaire avec un ensemble plus vaste. Quand cette angoisse existentielle devient intolérable, que faisons-nous ? Nous changeons d'orientation : nous reculons ; nous abandonnons la singularité et recherchons le confort par la fusion – c'est-à-dire, par la fusion avec l'autre.

Mais en dépit de son confort et de son attrait, la solution de la fusion est instable : on finit par reculer devant la perte de son moi unique. Ainsi, la fusion fait naître l'« angoisse de mort ». Entre ces deux pôles – angoisse de vie et angoisse de mort, ou individuation et fusion –, les gens vont et viennent leur vie durant. Cette formulation est devenue en fin de compte l'épine dorsale du livre remarquable d'Ernest Becker, *The denial of Death*.

Quelques mois après la fin de sa thérapie, Bernice fit un cauchemar étrange qui la troubla profondément et elle demanda à venir en discuter avec moi. Elle décrivait ce rêve dans un e-mail :

Je suis terrifiée par un crocodile qui me poursuit. Bien que je sois capable de faire des bonds de six mètres en l'air pour lui échapper, il continue à se rapprocher. Où que je me cache il me trouve. Je me réveille tremblante et en nage.

Lors de notre séance, elle s'efforça de découvrir la signification du rêve. Elle savait que le crocodile représentait la mort qui la poursuivait. Elle comprit aussi qu'il n'y avait pas d'issue. Mais pourquoi maintenant ? La réponse parut évidente quand elle explora les événements survenus la veille du cauchemar. Ce soir-là, Steve, son mari, avait évité de peu un grave accident de voiture, et ils avaient ensuite eu une terrible dispute quand elle lui avait demandé de renoncer à conduire la nuit car il y voyait mal.

Mais pourquoi un crocodile ? D'où sortait-il ? Elle se souvenait d'être allée se coucher le même soir après avoir regardé à la télévision un reportage sur la mort horrible de Steve Irwin, l'« homme crocodile » australien qui avait été tué par une raie pastenague dans un accident de plongée. Elle poussa un « Ahh » entendu en réalisant que le nom Steve Irwin était une combinaison du nom de son mari et du mien – les deux hommes âgés dont elle redoutait le plus la mort.

Trois essais de Schopenhauer : ce qu'est l'homme, ce qu'a l'homme, ce que l'homme représente

Qui n'a pas connu quelqu'un (y compris peut-être soi-même) que l'influence de l'extérieur, l'enrichissement ou l'opinion d'autrui dominent au point d'en perdre tout sens de lui-même ? Une telle personne, quand on lui pose une question, cherche la réponse à l'extérieur plutôt qu'à l'intérieur ; ce qui signifie qu'elle observe le visage de ses interlocuteurs pour deviner quelle réponse ils attendent ou désirent.

Pour un tel individu, je trouve utile de résumer les trois essais que Schopenhauer a écrits tard dans sa vie. (Pour qui s'intéresse à la philosophie, ils sont rédigés dans un langage clair et accessible.) Ces essais insistent essentiellement sur le fait que seul compte ce qu'*est* un individu ; ni la richesse, ni les biens matériels, ni le statut social ni une bonne réputation ne garantissent le bonheur. Bien que ces réflexions ne se rapportent pas spécifiquement à des questions existentielles, elles nous aident néanmoins à passer d'un terrain superficiel à des sujets plus profonds.

a – *ce que nous possédons.* Les biens matériels sont des illusions. Schopenhauer démontre avec élégance que l'accumulation de richesses n'en finit jamais et n'apporte que déception ; plus nous possédons, plus nos exigences s'accroissent. La richesse est comme l'eau de mer : plus nous en buvons, plus nous avons soif. Finalement, nous ne possédons pas nos biens : ils nous possèdent.

b – *ce que nous représentons aux yeux des autres.* La réputation est aussi fugace que la richesse matérielle. Schopenhauer écrit : « La moitié de nos soucis et de nos anxiétés trouvent leur cause dans l'opinion des autres… Nous devons ôter cette épine de notre chair. » Si forte est l'envie de faire bonne figure que certains prisonniers marchent à leur exécution en pensant d'abord à la façon dont ils sont habillés et aux gestes qu'ils vont faire dans leurs derniers instants. L'opinion des autres est un fantasme qui peut changer à tout moment. Les opinions ne tiennent qu'à un fil et nous rendent esclaves de ce que les autres pensent, ou pire, de *ce qu'ils semblent penser* – car nous ne pouvons jamais savoir ce qu'ils pensent réellement.

c – *ce que nous sommes.* C'est seulement ce que nous sommes qui importe vraiment. Une bonne conscience, dit Schopenhauer, signifie davantage qu'une bonne réputation. Notre but principal, selon lui, devrait être une bonne santé et une grande richesse intellectuelle, qui permet d'avoir accès à une quantité illimitée d'idées, à l'indépendance et à une vie morale. *Ce ne sont pas les choses elles-mêmes qui nous troublent, mais notre interprétation des choses*; le savoir conduit à la sérénité.

Cette dernière notion – suivant laquelle c'est la manière dont nous interprétons nos expériences qui détermine la qualité de notre vie, et non les expériences elles-mêmes – est la base d'une doctrine thérapeutique importante datant de l'Antiquité. Principe essentiel de l'école des stoïciens, il a été adopté tour à tour par Zénon, Sénèque, Marc Aurèle, Spinoza, Schopenhauer et Nietzsche, pour devenir un concept fondamental des thérapies comportementales/cognitives et des thérapies dynamiques.

Des notions telles que les propositions épicuriennes, le *rippling*, le refus de la vie non vécue et l'accent mis sur l'authenticité dans les aphorismes que je cite ont toutes leur utilité dans la lutte contre l'angoisse de mort. Mais leur efficacité est accrue par un autre facteur – la relation aux autres – qui fait l'objet du chapitre suivant.

5

Surmonter la peur de la mort par la relation aux autres

Lorsque, enfin, nous réalisons que nous sommes en train de mourir et qu'il en est de même pour tous les êtres sensibles, nous commençons à éprouver le sentiment aigu, presque déchirant, de la fragilité et de la valeur inestimable que revêtent chaque moment et chaque être. Cette réalisation peut engendrer une compassion profonde, lucide et illimitée pour tous les êtres.

Sogyal Rinpoché, *Le Livre tibétain de la vie et de la mort*[1]

La mort est notre destinée. Le désir de survivre et la peur de l'annihilation seront toujours présents. C'est une tendance instinctive – inscrite dans notre protoplasme – qui a un effet capital sur notre manière de vivre.

Durant des siècles, nous autres humains avons inventé une quantité considérable de méthodes – certaines

1. Sogyal Rinpoché, *Le Livre tibétain de la vie et de la mort*, trad. Gisèle Gaudebert et Marie-Claude Morel, Paris, La Table Ronde, « Les chemins de la sagesse », 1996.

conscientes, d'autres inconscientes, peut-être aussi nombreuses qu'il y a d'individus – pour circonvenir l'angoisse de mort. Les unes sont efficaces, les autres non. Parmi les personnes qui ont pris le risque d'approcher la mort et d'intégrer son ombre dans leur moi profond, je citerai la jeune femme qui écrivit cet e-mail :

J'ai perdu mon père bien-aimé il y a deux ans et j'ai connu depuis un développement personnel que je n'aurais pas imaginé. Auparavant, je m'étais souvent interrogée sur ma capacité à affronter ma propre finitude et j'étais hantée par la pensée que, moi aussi, je quitterais un jour cette vie. Pourtant, j'ai aujourd'hui trouvé dans ces peurs et ces angoisses un amour de la vie que j'ignorais. Je me sens parfois éloignée de mon entourage parce que je m'intéresse moins à des événements ou à des modes mineures et transitoires. Mais je l'accepte car j'ai conscience d'avoir une vraie perception de ce qui est et de ce qui n'est pas important. Je dois apprendre à faire ce qui enrichit ma vie par opposition à ce que la société attend de moi… C'est merveilleux de savoir que mon ambition retrouvée est davantage qu'un prétexte servant à masquer ma peur de la mort. C'est, en réalité, une volonté d'accepter et de reconnaître la mortalité. Je crois avoir acquis une réelle confiance dans ma capacité d'« appréhender » la réalité.

Ceux qui ne possèdent pas cette capacité composent habituellement avec la mortalité en s'abritant derrière le déni, la diversion ou la transposition. Nous avons vu plus haut des exemples de ce genre de parades : Julia, qui vivait dans une terreur permanente et refusait de participer à toute activité comportant le moindre risque, Susan, qui reportait l'angoisse de mort sur des problèmes secondaires (voir chapitre trois) ; et d'autres hantés par des cauchemars, ou qui se replient sur eux-mêmes, « refusant le prêt de la vie pour éviter la dette de la mort ». D'autres encore qui recherchent avec frénésie la nouveauté, le sexe, la richesse, le pouvoir.

Les adultes qui sont poursuivis par l'angoisse de mort ne sont pas des originaux touchés par une maladie bizarre, mais des hommes et des femmes dont la famille et la culture ne sont pas parvenus à tisser l'étoffe protectrice capable de les aider à supporter le souffle glacé de la mortalité. Il est possible qu'ils aient été exposés trop souvent à la mort dans leur jeune âge ; ils n'ont peut-être pas connu un foyer aimant, sûr et protecteur ; ce sont peut-être des individus plongés dans l'isolement, qui n'ont jamais partagé leurs inquiétudes sur la mort ; ou des êtres hypersensibles, particulièrement conscients d'eux-mêmes, qui ont rejeté le confort des mythes religieux basés sur le déni de la mort que leur offre leur culture.

Chaque époque historique développe ses propres méthodes pour faire face à la mort. De nombreuses cultures – l'ancienne Égypte par exemple – étaient explicitement organisées autour du déni de la mort et de la promesse d'une vie d'outre-tombe. Les tombeaux – du moins ceux de la classe supérieure (qui nous sont parvenus) – étaient emplis d'objets de la vie quotidienne destinés à rendre l'existence plus confortable dans l'au-delà.

Pour citer un exemple étrange, le Musée national de Brooklyn renferme des statues funéraires d'hippopotames qui avaient été enterrées avec les morts dans le but de les distraire. Afin cependant que ces animaux de pierre n'effraient pas les défunts, on les avait dotés de pattes si courtes qu'ils ne présentaient aucun danger.

En Europe et dans les pays de culture occidentale, à une période plus récente, la mort était plus visible en raison du taux de mortalité élevé des enfants et des femmes en couches. Les mourants n'étaient pas isolés dans leur lit d'hôpital comme aujourd'hui ; en réalité la plupart des gens mouraient chez eux, entourés de leurs proches. Il n'existait pratiquement aucune famille qui ne soit frappée par une mort prématurée, et les cimetières, fréquemment visités, étaient situés à proximité des habitations. Parce que la religion chrétienne promet la vie éternelle après la mort et que le clergé détenait les clés officielles de l'entrée dans la vie et de sa sortie, les gens cherchaient massivement la consolation d'une religion contenant l'assurance d'une vie dans l'au-delà. Naturellement nombreux sont ceux qui encore de nos jours sont réconfortés par ces croyances. À propos de la consolation religieuse dans le chapitre six, j'essaierai de faire la différence entre la consolation face à la finalité de la mort et la consolation par le déni, ou la dé-mortalisation de la mort.

Pour moi, à titre personnel et dans ma pratique de la psychothérapie, l'approche la plus efficace pour lutter contre l'angoisse de mort est l'approche existentielle. Jusqu'ici, j'ai exposé brièvement un certain nombre d'idées fortes qui ont une valeur propre, mais dans ce chapitre je voudrais discuter d'un facteur supplémentaire nécessaire pour donner à ces concepts leur pouvoir de transformation : la relation aux autres. C'est cette synergie entre concepts et relation intime aux autres qui peut efficacement réduire l'angoisse de mort et utiliser l'expérience révélatrice aux fins d'un changement personnel.

Les relations entre êtres humains

Nous autres humains sommes tous programmés pour être en relation les uns avec les autres. Quel que soit l'angle sous lequel nous étudions la société, que ce soit sous celui de son évolution historique générale ou celui du développement d'un individu isolé, nous sommes obligés de considérer l'être humain dans son contexte interpersonnel – dans sa relation aux autres. De nombreuses études portant sur les primates, les civilisations primitives et sur la société contemporaine démontrent que notre besoin d'appartenir à un groupe est fondamental : nous avons toujours vécu en groupes dont les membres étaient unis par des relations intenses et permanentes. Nous en avons partout la confirmation : pour ne citer qu'un exemple, des études récentes de psychologie positive soulignent que les relations personnelles intimes sont un élément essentiel du bonheur.

Mourir, en revanche, est un événement solitaire, le plus solitaire de toute une vie. Mourir non seulement vous sépare des autres, mais vous expose également à une autre forme, encore plus effrayante, de solitude : la séparation d'avec le monde.

Deux sortes de solitude

Il y a deux sortes de solitude : quotidienne et existentielle. La première est interpersonnelle, c'est la douleur d'être séparé des autres. Cette solitude – souvent liée à la crainte de l'intimité ou à des sentiments de rejet, de honte, ou d'impossibilité d'être aimé – est familière à chacun d'entre nous. En fait, la plus grande partie du travail en psychothérapie tend à apprendre aux patients à former des relations plus étroites, plus soutenues et plus durables avec autrui.

La solitude accroît considérablement l'angoisse de mort. Trop souvent, notre culture tend un rideau de silence et d'isolement autour du mourant. En présence du mourant, les amis et la famille deviennent souvent plus distants parce qu'ils ne savent pas quoi dire. Ils craignent d'inquiéter celui qui est en train de mourir. Et ils évitent de trop s'approcher de peur d'être personnellement confrontés à leur propre mort. Même les dieux grecs s'enfuyaient pris de panique quand approchait le moment d'une mort humaine.

Cette solitude ordinaire a deux effets : non seulement les bien portants ont tendance à éviter les mourants, mais les mourants s'enferment souvent dans leur isolement. Ils se taisent de peur d'entraîner ceux qu'ils aiment dans leur univers macabre et déprimé. Une personne qui n'est pas physiquement malade, mais traverse une crise d'angoisse de mort, peut éprouver un sentiment similaire. Ce genre de solitude, naturellement, aggrave la terreur. Comme l'écrivait William James il y a un siècle, « une punition d'une cruauté diabolique, si elle était physiquement réalisable, consisterait à abandonner un homme dans la société en empêchant que nul ne l'y remarquât ».

La deuxième forme de solitude, l'isolement existentiel, est plus profonde et a pour origine un fossé infranchissable entre l'individu et son entourage. Ce fossé résulte non seulement du fait que chacun de nous a été lâché seul dans l'existence et doit la quitter seul, mais aussi que chacun de nous habite un monde qui n'est connu dans sa totalité que de nous-mêmes.

Au XVIIIe siècle, Emmanuel Kant a fait voler en éclats l'hypothèse de bon sens suivant laquelle nous entrons tous dans un monde fini, organisé, partagé par tous. Aujourd'hui, nous savons que par son appareil neurologique, chaque individu joue un rôle important dans la création de sa propre réalité. En d'autres termes, chacun a en soi un certain nombre de catégories préétablies (par exemple, quantité, qualité, cause et effet) qui entrent en jeu quand il est confronté à des données sensorielles extérieures et lui permettent automatiquement et inconsciemment d'élaborer le monde d'une manière unique.

Ainsi, l'isolement existentiel est lié à la perte non seulement de votre vie biologique, mais aussi de ce riche univers personnel, miraculeusement détaillé, qui n'existe sous cette forme dans l'esprit d'aucun autre. Mes souvenirs personnels – mon visage enfoui dans la légère odeur de camphre et de renfermé du manteau d'astrakan de ma mère, les regards pleins de promesses échangés avec les filles le jour de la Saint-Valentin à l'école, les parties d'échecs avec mon père et de pinochle avec mes oncles sur une table aux pieds d'ébène incurvés recouverte d'un cuir rouge, la construction d'un stand de feu d'artifice avec mon cousin à l'âge de vingt ans – tous ces souvenirs et d'autres plus nombreux que les étoiles dans le ciel ne sont accessibles que de moi seul. Et chacun d'eux n'est qu'une image fantomatique qui s'éteindra à jamais avec ma mort.

Nous éprouvons tous l'isolement interpersonnel (le sentiment ordinaire de solitude) à des degrés divers pendant toutes les phases de notre vie. Mais l'*isolement existentiel* est moins courant au début de la vie ; on le ressent de manière plus aiguë à un âge avancé et plus proche de la mort. Nous prenons alors conscience du fait que notre univers est destiné à disparaître, lui aussi, et que personne ne peut nous assister complètement dans notre lugubre voyage vers la mort. Comme ce vieux chant religieux nous le rappelle, « Vous devez parcourir seul cette vallée solitaire ».

L'histoire et la mythologie sont pleines de tentatives d'atténuer la solitude du mourant. Rappelez-vous les pactes de suicides, les monarques dans différentes civilisations qui faisaient enterrer avec eux des esclaves vivants, ou la pratique indienne du *sati*, qui voulait que la veuve soit immolée sur le bûcher funéraire de son mari. La réunion céleste et la résurrection. Socrate et sa certitude absolue qu'il allait passer l'éternité à converser avec d'autres grands esprits. Et cette singulière coutume paysanne pratiquée en Chine dans les canyons desséchés du plateau de lœss – où les parents d'un fils célibataire qui vient de mourir achètent une morte (aux pilleurs de tombes) et enterrent les deux ensemble comme un couple.

Cris et chuchotements : le pouvoir de l'empathie

L'empathie est l'outil le plus puissant dont nous disposions pour entrer en relation avec autrui. C'est le ciment des relations humaines, qui nous permet de sentir profondément en nous ce qu'un autre éprouve.

Nulle part la solitude devant la mort et le besoin d'une relation ne sont décrits avec plus de force et de réalisme que dans le chef-d'œuvre d'Ingmar Bergman *Cris et chuchotements.* Dans le film, Agnès, une femme qui est en train de mourir dans la douleur et la terreur, cherche désespérément un contact intime avec un autre être. Ses deux sœurs sont profondément affectées par son agonie. L'une d'elles prend conscience brusquement que sa vie n'a été qu'un « tissu de mensonges ». Mais ni l'une ni l'autre ne peut se résoudre à toucher Agnès. Aucune n'est capable d'avoir une relation intime avec quiconque, y compris avec elles-mêmes, et, saisies de terreur, toutes deux s'éloignent de leur sœur mourante. Seule Anna, la servante, accepte de prendre Agnès contre elle, chair contre chair.

Peu après la mort d'Agnès, son fantôme solitaire revient et implore, avec la voix plaintive et effrayante d'un jeune enfant, les deux sœurs de le toucher, ce qui lui permettrait de mourir pour de bon. Les deux femmes tentent de s'en approcher mais, apeurées par la peau marbrée de la morte et la perspective de leur propre fin, s'enfuient horrifiées de la pièce. Une fois encore, c'est l'étreinte d'Anna qui permet à Agnès d'accomplir sa traversée vers la mort.

Vous ne pouvez avoir de relation étroite avec un mourant ou lui offrir ce qu'Anna offre dans le film à moins d'accepter d'affronter vos propres craintes et de rejoindre l'autre sur un même terrain. Faire ce sacrifice pour l'autre est la base d'un véritable acte de compassion, dicté par l'empathie. Accepter de communier avec sa souffrance a fait partie des traditions de la consolation, séculières autant que religieuses, pendant des siècles.

Ce n'est pas un geste facile. Comme les sœurs d'Agnès, les membres de la famille ou les amis proches peuvent être désireux d'aider mais sont trop inhibés ; ils craignent de s'imposer ou de perturber le mourant en abordant des sujets lugubres. C'est en général au mourant de conduire la discussion s'agissant de la crainte de la mort. Si vous êtes sur le point de mourir ou terrorisé à la pensée de la mort et que votre famille ou vos amis restent distants ou évasifs, je vous suggère de rester dans l'ici et maintenant (qui sera abordé plus en détail dans le chapitre sept) et d'aborder franchement la question – par exemple en disant : « Je remarque que vous ne réagissez pas directement quand je parle de mes craintes. En parler ouvertement avec un ami proche tel que vous me serait d'une grande aide. Est-ce trop demander, trop pénible pour vous ? »

Il existe aujourd'hui beaucoup plus d'occasions pour ceux qui éprouvent l'angoisse de mort, sous une forme quelconque, d'établir une relation, non seulement avec des êtres chers, mais avec une plus vaste communauté. Grâce à une plus grande ouverture de la médecine et des médias, et à l'accès aux groupes, l'individu confronté à la mort dispose de nouvelles ressources pour atténuer la souffrance de l'isolement. Aujourd'hui la plupart des centres de traitement du cancer, par exemple, proposent des groupes de soutien aux patients. Il y a seulement trente-cinq ans, celui que j'avais formé pour des malades du cancer en phase terminale était, si mes souvenirs sont exacts, le premier de ce type dans le monde.

En outre, l'accès par l'Internet à des groupes de soutien divers et variés se développe à grande vitesse : une étude récente montre qu'en une seule année, quinze millions de personnes ont fait appel à une forme ou à une autre de groupe de soutien en ligne. J'incite toute personne atteinte d'une maladie mortelle à s'adresser à ces réunions composées d'individus souffrant du même mal. De tels groupes, qu'ils soient composés de bénévoles ou animés par des professionnels, sont faciles à trouver.

Les groupes les plus efficaces sont en général dirigés par des professionnels. Les études montrent que des groupes de personnes souffrant du même mal, que dirigent des professionnels, améliorent la qualité de vie des participants. En faisant preuve d'empathie les uns envers les autres, les membres augmentent leur estime de soi et leur sentiment d'efficacité. Des recherches récentes témoignent également de l'efficacité de l'auto-assistance et des groupes d'entraide. Donc, si vous n'avez pas accès à un groupe animé par un professionnel, cherchez l'une de ces solutions.

Vous ne pouvez rendre plus grand service à quelqu'un qui affronte la mort (et à ce stade je parle indifféremment de ceux qui souffrent d'une maladie mortelle ou de ceux qui sont frappés par l'angoisse de mort) que de lui offrir votre simple présence.

L'histoire suivante, qui décrit ma tentative d'apaiser l'angoisse de mort d'une de mes patientes, peut servir de guide à des amis ou à des membres de la famille désireux de s'entraider.

Chercher l'aide de ses amis : Alice

Alice – dont j'ai raconté l'histoire dans le chapitre trois, une veuve qui se désespérait d'avoir vendu sa maison et sa collection d'instruments de musique chargée de souvenirs – était sur le point de se retirer dans une maison de retraite. Peu avant qu'elle ne déménage, je quittai la ville pour quelques jours de vacances et, sachant qu'elle allait vivre un moment difficile, je lui donnai le numéro de mon téléphone portable en cas d'urgence. Alors que les déménageurs commençaient à vider sa maison, Alice fut prise d'un accès de panique paralysante que ni ses amis, médecin et kinésithérapeute ne purent apaiser. Elle me téléphona et nous eûmes une conversation de vingt minutes.

« Je suis incapable de rester calme, dit-elle pour commencer. Je suis tellement tendue que j'ai l'impression que je vais exploser. Je n'arrive pas à trouver le repos.

— Sondez le fond votre panique. Dites-moi ce que vous voyez.

— La fin. La fin de tout. Rien d'autre. La fin de ma maison, de tout ce que j'ai, de mes souvenirs, de ce qui me relie au passé. Tout est fini. La fin de moi-même – voilà le fond de ma panique. Vous voulez savoir ce dont j'ai peur. C'est simple : *de ne plus exister !*

— Nous avons déjà discuté de ce point lors d'autres séances, Alice, je sais que je me répète, mais je veux vous rappeler que vendre votre maison et vous installer dans une maison de retraite est un énorme traumatisme, et que vous allez éprouver un grand choc et un bouleversement majeur. Il en serait de même pour moi si j'étais à votre place. Et pour tout le monde. Mais souvenez-vous de nos conversations précédentes : comment verrez-vous les choses si vous vous projetez à trois semaines d'aujourd'hui…

— Irv, interrompit-elle, cela ne m'aide pas – cette douleur est trop terrible. C'est la mort qui m'entoure. La mort est partout. J'ai envie de crier.

— Écoutez-moi, Alice. Restez attentive. Je vais vous poser la même question très simple que je vous ai déjà posée : qu'y a-t-il exactement dans la mort qui vous effraie autant ? Réfléchissez.

— Nous en avons déjà discuté. » Alice paraissait irritée et impatiente.

« Pas suffisamment. Continuez, Alice. Faites-moi plaisir, s'il vous plaît. Allons, mettons-nous au travail.

— Bien, ce n'est pas la souffrance de la mort. Je fais confiance à mon oncologue, il sera là quand j'aurai besoin de morphine ou d'autre chose. Et cela n'a rien à voir non plus avec une vie après la mort

– vous savez que j'ai laissé tomber tous ces trucs il y a cinquante ans.

— Donc ce n'est pas le fait de mourir ni la crainte d'une vie après la mort. Continuez. Qu'y a-t-il dans la mort qui vous terrifie ?

— Ce n'est pas un sentiment d'inachevé ; je sais que j'ai eu une vie bien remplie. J'ai accompli ce que je voulais accomplir. Nous avons déjà parlé de tout ça.

— Continuez, je vous prie, Alice.

— C'est ce que je viens de dire : *ne plus être. Je* ne veux pas quitter cette vie… Je vais vous dire ce que c'est : je veux assister aux dénouements. Je veux être là pour voir ce qui arrivera à mon fils – s'il se décidera enfin à avoir des enfants. C'est douloureux de penser que je ne le saurai même pas.

— Mais vous ne saurez pas que vous n'êtes pas là. Vous ne saurez pas que vous ne savez pas. Vous dites que vous croyez (comme moi) que la mort est une interruption totale de la conscience.

— Je sais, je sais, vous me l'avez dit et répété si souvent que je connais la litanie par cœur : *l'état de non-existence n'est pas terrifiant puisque nous ne saurons pas que nous n'existons pas,* etc., etc. Ce qui signifie que je ne saurai pas que je passe à côté de choses importantes. Et je me souviens aussi que vous m'avez déjà parlé de l'état de non-existence – qui est identique à l'état qui était le mien avant ma naissance. C'est quelque chose qui m'a aidée autrefois, mais ça ne marche plus à présent – cette sensation est trop forte, Irv – les idées ne l'ébranleront pas ; elles ne l'effleureront même pas.

— Pas tout de suite c'est vrai. Cela veut simplement dire que nous devons persévérer, chercher à comprendre. Nous pouvons y arriver ensemble. Je serai à vos côtés et je vous aiderai à creuser aussi profond que vous le pourrez.

— C'est une terreur qui vous empoigne. Il y a en elle une menace que je ne peux ni nommer ni déceler.

— Alice, à la base même de tous vos sentiments concernant la mort il y a une peur biologique qui est programmée en chacun de nous. Je sais que cette peur est mal définie – je l'ai ressentie moi aussi. Il n'y a pas de mots pour la décrire. Mais chaque être vivant désire durer dans son être propre – Spinoza l'a très bien dit il y a trois cent cinquante ans. Il nous faut seulement le savoir, nous y attendre. Le programme nous envoie une décharge de terreur de temps à autre. Nous connaissons tous cela. »

Au bout d'une vingtaine de minutes, Alice sembla plus calme, et nous mîmes fin à la conversation. Quelques heures plus tard, elle me laissa un bref message me disant que cette séance au téléphone lui avait fait l'effet d'une gifle et que j'étais froid et dénué d'empathie. En post-scriptum elle ajoutait, inexplicablement, qu'elle se sentait mieux. Le lendemain elle laissa un autre message disant que sa panique s'était totalement dissipée – une fois de plus, disait-elle, pour une raison inconnue.

Alors, en quoi cette conversation avait-elle aidé Alice ? Étaient-ce les idées que j'avais exposées ? Sans doute pas. Elle avait rejeté les arguments empruntés à Épicure – selon lesquels, une fois sa conscience éteinte, elle serait dans l'impossibilité de savoir comment s'étaient terminées les histoires de ses proches et qu'après la mort elle retrouverait l'état dans lequel elle se trouvait avant sa naissance. Et aucune de mes autres suggestions – par exemple, de se projeter trois semaines dans le futur afin d'acquérir un autre point de vue sur sa vie – n'eut le moindre impact sur elle. Elle était simplement trop submergée par sa panique. Comme elle le disait, « Je sais que vous vous donnez du mal, mais ces idées n'y font rien ; elles n'effleurent même pas cette angoisse pesante dans ma poitrine ».

Donc les idées étaient inefficaces. Mais examinons la conversation du point de vue de notre relation personnelle. D'abord, je lui parlai alors que j'étais en vacances, faisant preuve de mon entière bonne volonté à son égard. Je lui dis, en fait, continuons à travailler ensemble. Je ne réduisis aucun aspect de son angoisse. Je continuai à m'enquérir de ses sentiments concernant la mort. J'avouai ma propre anxiété. Je l'assurai que nous partagions cette situation, qu'elle, moi et tout un chacun étions programmés pour ressentir l'angoisse de mort.

Ensuite, derrière l'offre explicite de ma présence, il y avait un message *implicite* important. « Quel que soit le degré de terreur que vous éprouvez, jamais je ne m'éloignerai de vous ni ne vous abandonnerai. » J'étais simplement en train de faire ce que la servante, Anna, faisait dans *Cris et chuchotements.* Je la serrais contre moi, je restais avec elle.

La leçon est simple : *la relation est l'essentiel.* Que vous soyez un membre de la famille, un ami ou un thérapeute, n'hésitez pas. Établissez le contact comme vous l'entendez. Parlez avec votre cœur. Dévoilez vos propres craintes. Improvisez. Serrez contre vous celui qui souffre de manière à lui apporter le maximum de réconfort.

Un jour, il y a des années, comme je disais au revoir à une patiente qui allait mourir, elle me demanda de m'étendre près d'elle sur son lit pendant un moment. J'accédai à son désir et, je pense, lui offris un certain réconfort. Une vraie présence est le plus grand cadeau qu'on puisse faire à celui ou celle qui affronte la mort (ou à une personne en bonne santé en proie à la peur de la mort).

Le dévoilement de soi

Une bonne partie de la formation d'un thérapeute, comme je l'expose dans le chapitre sept, met en avant la centralité de la relation. Une partie essentielle de la formation devrait mettre en avant, d'après moi, la capacité et la volonté du thérapeute de renforcer cette relation grâce à sa propre transparence.

Beaucoup de thérapeutes ayant reçu une formation basée sur l'opacité et de la neutralité, des amis désireux de se révéler l'un à l'autre peuvent, de ce point de vue, avoir un avantage sur les thérapeutes professionnels.

Dans des relations étroites, plus on révèle ses idées et ses sentiments profonds, plus il devient facile pour les autres de se révéler. La révélation de soi joue un rôle crucial dans le développement de l'intimité. En général, les relations se construisent par un processus de révélations de soi réciproques. Une personne franchit le pas et dévoile certains faits intimes, se mettant ainsi en danger ; l'autre rétablit l'équilibre en faisant la même démarche ; ensemble, elles approfondissent leur relation dans une spirale de révélations de soi. Si la première reste en plan sans que l'autre se dévoile à son tour, leur amitié risquera de battre de l'aile.

Plus vous parvenez à être vraiment vous-même, à partager pleinement, plus votre amitié sera profonde et durable. Quand existe une telle intimité, les mots, les idées, les réconforts matériels prennent une autre signification.

Les amis doivent se rappeler constamment l'un à l'autre (et à eux-mêmes) qu'eux aussi éprouvent l'angoisse de mort. Ainsi, dans ma conversation avec Alice, je m'impliquai personnellement dans les discussions sur l'inévitabilité de la mort. Un tel dévoilement ne comporte pas un grand risque : il consiste seulement à rendre explicite ce qui est implicite. Après tout, nous sommes tous des créatures effrayées à la pensée de « ne plus exister ». Nous devons tous affronter le sentiment de notre petitesse et de notre insignifiance face à l'étendue infinie de l'univers (parfois décrite comme « l'expérience du *tremendum* »). Chacun de nous n'est qu'une poussière, un grain de sable, dans l'immensité du cosmos. Comme Pascal l'a dit, « le silence éternel de ces espaces infinis m'effraie ».

Le besoin d'intimité face à la mort est décrit de manière poignante dans la nouvelle version de *Let Me Down Easy*, d'Anna Deavere Smith. Dans cette pièce, l'un des personnages est une femme remarquable qui s'occupe d'enfants africains atteints du sida. Son asile bénéficie de peu de soutien. Les enfants meurent chaque jour. Quand on lui demande ce qu'elle fait pour apaiser leur terreur, elle répond en deux phrases : « Je ne les laisse jamais mourir seuls dans le noir, et je leur dis : "Tu seras toujours ici dans mon cœur". »

Même pour ceux qui sont profondément renfermés sur eux-mêmes – qui ont toujours évité les amitiés solides – l'idée de la mort peut être une expérience révélatrice qui déclenche un changement important dans leur désir d'intimité et dans leur volonté d'y parvenir. Les personnes qui assistent les mourants ont souvent constaté que les plus réservés devenaient soudain étonnamment ouverts à un engagement durable.

L'effet « rippling »

Comme je l'ai expliqué dans le chapitre précédent, croire que l'individu se perpétue, non dans sa personne propre, mais à travers des valeurs et des actions qui se répercutent à travers les générations futures, peut apporter un réconfort efficace à celui ou celle qui est angoissé par la mortalité.

Soulager la solitude de la mort

Bien qu'*Everyman*, la moralité médiévale, souligne la solitude que ressent celui qui est face à la mort, on peut aussi l'interpréter comme un texte sur la force consolatrice du *rippling*. Divertissement théâtral pendant des siècles, *Everyman* était représenté sur le parvis des églises devant des assistances nombreuses de paroissiens. La pièce raconte l'histoire allégorique d'Everyman, qui est visité par l'ange de la mort et apprend que l'heure de son dernier voyage a sonné.

Everyman implore un sursis. « Pas question », réplique l'ange de la mort. Suit une autre requête : « Puis-je inviter quelqu'un à m'accompagner durant ce voyage désespérément solitaire ? » L'ange ricane et donne son accord. « Oui – si tu trouves quelqu'un. »

Le reste de la pièce est constitué par les tentatives d'Everyman pour recruter un compagnon de route. Tous ses amis et connaissances refusent ; sa cousine, par exemple, attrape une crampe au doigt de pied. Même des personnages allégoriques (Les Biens terrestres, la Beauté, la Force, le Savoir) refusent son invitation. Finalement, sur le point de se résigner à accomplir son voyage seul, il découvre un compagnon, Bonnes Actions, qui est libre et accepte de l'accompagner, même dans la mort.

La découverte d'Everyman est, naturellement, la morale chrétienne de cette moralité, suivant laquelle vous ne pouvez rien emporter avec vous de ce que vous avez reçu ; vous ne pouvez emporter que ce que vous avez donné. Une interprétation séculière de ce drame suggère que la transmission – c'est-à-dire l'effet de vos bonnes actions, de votre influence vertueuse sur les autres – peut adoucir la douleur et la solitude du dernier voyage.

Le rôle de la gratitude

Le *rippling*, comme beaucoup de notions dont j'ai découvert l'utilité, est plus efficace dans le contexte d'une relation directe qui permet de savoir comment sa propre vie a été utile à quelqu'un d'autre.

Des amis peuvent vous remercier pour vos actions ou vos intentions. Mais il ne s'agit pas ici de simples remerciements. Le message réel est : « J'ai emporté au fond de moi une part de vous-même. Elle m'a changé et enrichi, et je la transmettrai aux autres. »

Trop souvent, la gratitude envers une personne pour le rayonnement qu'elle a eu à travers le monde s'exprime non quand elle est en vie mais après sa mort. Combien de fois à des enterrements avez-vous souhaité que le défunt soit là pour entendre prononcer son éloge funèbre ou les témoignages de gratitude ? Combien d'entre nous ont souhaité pouvoir, comme Scrooge, entendre ce qui se dirait à nos propres funérailles ? Moi oui.

Une technique pour surmonter ce regret du « trop peu, trop tard » est la « visite de gratitude », une manière admirable de renforcer le rayonnement pendant qu'on est en vie. J'ai découvert cet exercice à un atelier animé par Martin Selingman, un des leaders du mouvement de la psychologie positive. Il demandait à une assistance nombreuse de participer à un exercice qui, selon mon souvenir, se déroulait de la manière suivante :

Pensez à une personne encore en vie pour laquelle vous ressentez une vive gratitude que vous n'avez jamais exprimée. Passez dix minutes à lui écrire une lettre de remerciement, puis passez votre lettre à un autre membre du groupe, qui la lira à son tour. L'étape finale est de rendre prochainement visite au destinataire de la lettre et de la lui lire à haute voix.

Cet exercice de lecture réciproque terminé, plusieurs volontaires furent choisis pour lire leurs lettres à haute voix devant l'assistance. Tous, sans exception, avaient la gorge serrée. J'appris que de telles réactions se produisaient invariablement au cours de cet exercice : très rares sont les participants qui achèvent leur lecture sans être submergés par une violente vague d'émotion.

J'ai pratiqué cet exercice à titre personnel et écrit une lettre semblable à David Hamburg, qui avait été un merveilleux président du département de psychiatrie durant mes dix premières années à Stanford. À mon retour à New York, où je vivais à cette époque, nous passâmes une soirée chaleureuse ensemble. J'étais heureux de lui avoir exprimé ma gratitude, et lui d'en avoir eu connaissance; il me dit qu'il avait lu ma lettre avec beaucoup d'émotion.

Avec l'âge, j'attache de plus en plus d'importance à la transmission. En tant que pater familias, je m'empare de l'addition lorsque nous dînons au restaurant en famille. Mes quatre enfants me remercient toujours aimablement (après avoir offert une faible résistance), et je ne manque jamais de leur dire : « Remerciez votre grand-père Ben Yalom. Je ne suis qu'un réceptacle qui transmet sa générosité. Il s'emparait à chaque fois de l'addition à ma place. » (Et, soit dit en passant, je n'offrais qu'une faible résistance.)

Transmettre et servir de modèle

Dans le premier groupe que j'animais pour des malades du cancer en phase terminale, je constatais souvent que l'abattement des patients était contagieux. Beaucoup d'entre eux étaient en proie au désespoir ; ils étaient si nombreux à écouter jour après jour approcher le bruit des pas de la mort ; si nombreux à proclamer que leur vie était vide et dénuée de sens.

Puis, par une belle journée, une femme annonça au début de la séance : « Je viens de décider que j'avais encore quelque chose à offrir. Je peux montrer comment se comporter face à la mort. Je peux être un modèle pour mes enfants et mes amis en affrontant la mort avec courage et dignité. »

Ce fut une révélation qui remonta le moral de tout le groupe, y compris le mien. Elle avait trouvé, en ses derniers moments, un moyen de donner un sens à sa vie.

Le phénomène de transmission apparaissait clairement dans l'attitude des membres du groupe à l'égard des étudiants observateurs. Il est vital pour la formation de thérapeutes d'observer des cliniciens expérimentés diriger un groupe, et des étudiants assistaient généralement aux séances que j'animais, parfois par l'intermédiaire d'écrans de télévision, mais plus souvent à travers des miroirs sans tain. Bien que les organismes éducatifs donnent en principe leur accord pour ce genre d'observation, les participants y sont souvent peu favorables et de temps à autre élèvent la voix pour se plaindre de telles intrusions.

Ce qui n'était pas le cas avec mon groupe de cancéreux : ils acceptaient volontiers les observateurs. Ils avaient le sentiment qu'en raison de leur confrontation avec la mort, ils étaient devenus plus sages et qu'ils avaient beaucoup à transmettre aux étudiants ;

ils regrettaient seulement, comme je l'ai dit plus haut, d'avoir attendu si longtemps pour apprendre comment il fallait vivre.

Découvrir sa propre sagesse

Socrate pensait que la meilleure méthode d'enseignement pour un maître – et j'ajouterais pour un ami – est de poser des questions qui aideront l'élève à excaver sa propre sagesse. C'est ce que font les amis, c'est ce que font les thérapeutes. L'histoire suivante illustre une formule simple à la portée de chacun.

Si nous sommes destinés à mourir, alors pourquoi et comment vivre ? : Jill

Quel est le but de la vie, si tout est destiné à disparaître ? ne cesse-t-on de demander. Beaucoup cherchent la réponse à cette question à l'extérieur, mais il serait plus avisé de suivre la méthode de Socrate et de tourner notre regard vers l'intérieur.

Jill, une patiente qui avait longtemps souffert de l'angoisse de mort, mettait sur le même plan la mort et l'absence de sens. Quand je lui demandai de quand datait ce sentiment, elle se rappela clairement son apparition première. Fermant les yeux, elle me décrivit une scène où, à l'âge de neuf ans, elle était assise sur la balancelle de la galerie de sa maison et pleurait la mort du chien de la famille.

« C'est là, à ce moment précis, dit-elle, que j'ai compris que si nous devions tous mourir, tout était vain – mes leçons de piano, faire mon lit impeccablement, mes étoiles d'or à l'école pour mon assiduité. À quoi bon avoir des étoiles d'or quand toutes les étoiles disparaissent ?

— Jill, lui dis-je, vous avez une petite fille de neuf ans. Imaginez qu'elle vous demande : “Si nous allons tous mourir, alors pourquoi vivre et comment ?” Quelle réponse lui feriez-vous ? »

Sans hésitation, elle répondit : « Je lui parlerais des joies infinies de l'existence, de la beauté des forêts, du plaisir d'être en compagnie de ses proches et de ses amis, de la joie de répandre l'amour autour de soi et de laisser un monde meilleur. »

À la fin, elle s'inclina en arrière sur sa chaise et ouvrit de grands yeux, stupéfaite de ses propres paroles, comme pour dire : « D'où me vient tout ça ? »

« C'est une merveilleuse réponse, Jill. Vous avez une vraie sagesse en vous. Ce n'est pas la première fois que vous touchez la vérité en imaginant donner des conseils à votre fille sur la vie. À présent vous devez apprendre à être votre propre mère. »

Le tout, dans ce cas, est de ne pas proposer de réponses, mais d'aider les autres à découvrir les leurs.

Le même principe s'appliqua dans le traitement de Julia, la psychothérapeute artiste peintre qui ne s'était pas pleinement réalisée et avait négligé son art pour faire concurrence à son mari sur le plan financier (voir chapitre trois). Je privilégiai la même stratégie dans notre travail en lui demandant d'imaginer sa réaction devant un patient qui se comporterait comme elle.

Le commentaire immédiat de Julia – « Je lui dirais, *vous vivez une vie absurde !* » – indiquait qu'elle n'avait besoin que d'un minimum d'incitation pour découvrir sa propre sagesse. L'hypothèse des thérapeutes a toujours été que la vérité que l'on découvre soi-même a beaucoup plus de poids que celle qui est mise en lumière par d'autres.

Vivre pleinement sa vie

L'angoisse de mort est souvent alimentée, comme elle le fut pour Julia, par le regret de ne pas avoir été au bout de son potentiel.

Beaucoup se désespèrent parce que leurs rêves ne sont pas devenus réalité. Insister sur cette insatisfaction profonde permet souvent de surmonter l'angoisse de mort. Ce fut le cas avec Jack.

L'angoisse de mort et une vie mal vécue : Jack

Jack, brillant avocat d'une soixantaine d'années, montrait tous les signes d'une perturbation sérieuse lorsqu'il vint me voir. Il me raconta d'une voix monotone, inexpressive, qu'il pensait à la mort de manière obsessionnelle, qu'il avait perdu le sommeil, et que son activité professionnelle s'était dramatiquement réduite, entraînant une baisse substantielle de ses revenus. Il perdait des heures entières tous les jours, obsédé par la consultation de tables actuarielles et le calcul du nombre probable de jours et de mois qu'il lui restait à vivre.

Deux ou trois fois par semaine il était réveillé par des cauchemars.

Ses revenus avaient diminué parce qu'il lui était devenu impossible de s'occuper des testaments et des successions qui représentaient une grande partie de son activité habituelle : il était tellement obsédé par sa propre mort que des accès subits de panique le forçaient fréquemment à interrompre ses consultations. En réunion avec ses clients, il se mettait à bégayer, parfois même à suffoquer, à l'idée de prononcer des mots comme « prédécédé », « décédé », « époux survivant » ou « indemnité de décès ».

Au cours de notre première séance, Jack parut lointain et sur ses gardes. Je multipliai les approches que j'ai décrites dans cet ouvrage pour l'atteindre ou le rassurer, mais sans succès. Une chose étrange attira mon attention : trois des rêves qu'il avait décrits comprenaient la présence de cigarettes. Dans l'un d'eux, par exemple, il traversait un passage souterrain jonché de cigarettes. Pourtant il affirmait ne pas avoir fumé depuis vingt-cinq ans. Quand je le pressai de chercher des associations avec le tabac, il n'en proposa aucune, jusqu'au jour, à la fin de notre troisième séance, où il me révéla d'une voix tremblante que sa femme, en quarante ans de mariage, avait fumé de la marijuana tous les jours de leur vie commune sans exception. Il enfouit sa tête dans ses mains, se tut et, sa montre marquant la fin de la séance, il sortit précipitamment sans même me dire au revoir.

À la séance suivante, il parla de son sentiment d'humiliation. Il lui était douloureux d'avouer que lui, un homme instruit, intelligent, membre respecté de sa profession, était assez stupide pour entretenir depuis quarante ans une relation avec une toxicomane qui souffrait de troubles cognitifs et dont l'apparence était tellement négligée qu'il avait honte d'elle en public.

Jack était bouleversé, mais à la fin de la séance, il se sentit soulagé. Il n'avait révélé ce secret à personne pendant toutes ces années ; étrangement, il avait à peine pu se l'avouer.

Durant les séances suivantes, il reconnut qu'il avait accepté cette relation déplorable pensant ne pas mériter mieux, et admit que son mariage avait affecté profondément son existence. Sa honte et son obsession du secret avaient rendu impossible toute vie sociale. Il avait décidé de ne pas avoir d'enfants : sa femme n'aurait pu ni s'abstenir de fumer pendant sa grossesse ni montrer une conduite responsable à l'égard des enfants. Il était tellement convaincu que tout le monde le raillerait d'être resté avec elle qu'il ne s'était confié à personne, pas même à sa sœur.

Aujourd'hui, à soixante ans, il était convaincu qu'il était trop vieux et trop seul pour la quitter. Il me fit clairement comprendre qu'il ne tolérerait aucune allusion à la fin – même éventuelle – de son mariage. En dépit de l'addiction de sa femme, il l'aimait sincèrement, il avait besoin d'elle et respectait ses engagements. Il savait qu'elle ne pourrait pas vivre sans lui.

Je compris que son angoisse de mort avait pour origine cette vie à moitié vécue, et ces rêves avortés de bonheur et de plénitude. Le sentiment de la fuite inexorable du temps était responsable de ses angoisses et de ses cauchemars, l'impression que la vie s'éloignait insensiblement.

J'étais particulièrement frappé par sa solitude. Son besoin de secret lui avait interdit toute relation intime autre que celle, ambivalente et tourmentée, qu'il entretenait avec sa femme. J'abordai ses problèmes intimes en lui laissant clairement entendre que je ne le tiendrais jamais pour un imbécile. Au contraire, j'étais honoré qu'il ait accepté de se confier à moi et compatissais à la souffrance morale que représentait la vie avec une épouse handicapée.

Après quelques séances, l'angoisse de mort de Jack diminua sensiblement. Elle fut remplacée par d'autres inquiétudes, dues surtout à sa relation avec sa femme et au sentiment de honte qui l'empêchait d'établir d'autres relations. Nous cherchâmes ensemble comment briser le mur du secret qui lui avait si longtemps interdit l'accès à d'autres amitiés. Je mentionnai la possibilité d'une thérapie de groupe, mais c'était une méthode ambitieuse qui l'effrayait : il craignait qu'elle ne mette fin à son couple. Il mentionna deux personnes, sa sœur et un ami de longue date, avec lesquelles il aimerait partager son secret.

J'abordai alors le thème de l'accomplissement. Quelle était la part de lui-même qui avait été étouffée et pouvait encore être ranimée ? Quels étaient ses rêves éveillés ? Comment imaginait-il sa vie lorsqu'il était enfant ? Quelles tentatives dans le passé lui avaient procuré le plus de plaisir ?

Il arriva à la séance suivante avec un gros dossier rempli de ce qu'il appelait ses « gribouillages » – des dizaines d'années de poèmes, souvent sur la mort, dont une grande partie avait été écrite à quatre heures du matin quand un cauchemar le réveillait. Je lui demandai de me lire quelques vers, et il choisit trois de ses poèmes préférés.

« C'est merveilleux, lui dis-je quand il eut fini, de pouvoir transformer votre désespoir en quelque chose d'aussi beau. »

Au bout de douze séances, Jack déclara avoir atteint ses buts : son angoisse de mort avait considérablement diminué ; ses cauchemars n'étaient plus que des rêves où ne subsistaient que de rares instants d'irritation et de frustration. S'être dévoilé devant moi lui avait donné le courage de faire confiance aux autres, et il renoua avec sa sœur et son vieil ami. Trois mois plus tard il m'écrivit qu'il allait bien et s'était inscrit à un séminaire de poésie sur le net et dans un atelier d'écriture.

Mon travail avec Jack démontre qu'une vie étouffée peut s'exprimer dans la peur de la mort. Il avait peur, *bien sûr* : il avait beaucoup à craindre de la mort parce qu'il n'avait pas vécu la vie qui lui convenait. Quantité d'artistes et d'écrivains ont exprimé ce sentiment dans toutes les langues, depuis le « Mourir au bon moment » de Nietzsche jusqu'au « De tous les tristes mots qui furent prononcés ou écrits, les plus tristes sont : cela aurait pu être ! » du poète américain John Greenleaf Whittier.

J'avais aussi tenté d'aider Jack à découvrir et à faire revivre des aspects négligés de sa personnalité, allant de ses dons poétiques à son désir de faire partie d'un réseau d'aide sociale. Les thérapeutes comprennent qu'il est souvent préférable d'aider un patient à se débarrasser des obstacles qui l'empêchent de se réaliser plutôt que de s'en remettre à des suggestions, à des encouragements ou à des exhortations.

Je m'étais également efforcé de réduire son isolement social, non en lui indiquant des opportunités de contacts sociaux, mais en mettant l'accent sur ses handicaps majeurs pour créer des liens amicaux : son sentiment de honte et l'idée bien ancrée que les autres se moqueraient de lui. Et, naturellement, l'établissement d'une relation d'intimité avec moi fut une avancée majeure : l'isolement n'existe que dans l'isolement ; une fois partagé, il s'évapore.

La valeur du regret

Le regret a mauvaise réputation. Bien qu'il soit en général associé à une irrémédiable tristesse, il peut être utilisé de manière constructive. En réalité, de toutes les méthodes que j'emploie pour m'aider personnellement et aider les autres à analyser la réalisation de soi, la notion de regret – comment le susciter et l'éviter – est l'une des plus efficaces.

Correctement utilisé, le regret est un instrument qui permet de prendre les mesures nécessaires pour éviter qu'il ne s'amplifie. Vous pouvez le considérer aussi bien en vous tournant vers le passé que vers l'avenir. Si vous regardez derrière vous, vous éprouverez du regret pour tout ce que vous n'avez pas accompli. Si vous vous tournez vers l'avenir, vous comprendrez qu'il est possible soit d'accumuler davantage de regret soit de vous en libérer.

Je conseille souvent à mes patients de s'imaginer à un an ou à cinq ans d'ici et de songer aux nouveaux regrets qui se seront multipliés pendant cette période. Puis je pose une question qui a un véritable poids thérapeutique : « Comment vivre aujourd'hui sans fabriquer de nouveaux regrets ? Que faut-il changer dans votre vie ? »

Prendre conscience

Arrivé à un certain point dans l'existence – dans sa jeunesse ou plus tard – chacun de nous s'éveille à la notion de mortalité. Les causes sont multiples : le reflet dans un miroir de votre mâchoire qui s'affaisse, des cheveux qui grisonnent, du dos qui se voûte ; la ronde des anniversaires, en particulier les cinquante, soixante, soixante-dix ans ; la rencontre d'un ami que vous n'avez pas vu depuis longtemps et le choc de le trouver tellement vieilli ; la découverte d'anciennes photos de personnages morts depuis longtemps qui ont peuplé votre enfance ; la rencontre avec la Mort dans un rêve.

Que *ressentez-vous* face à ces événements ? Comment vous comportez-vous ? Vous plongez-vous dans une activité frénétique pour consumer votre anxiété et éviter d'aborder le sujet ? Tentez-vous de supprimer vos rides par la chirurgie esthétique, vous teignez-vous les cheveux ? Décidez-vous d'avoir trente-neuf ans pendant quelques années de plus ? Vous laissez-vous distraire par le travail et le quotidien ? Oubliez-vous tous les avertissements ? Ignorez-vous vos rêves ?

Je vous conjure de ne pas vous laisser distraire. Au contraire, savourez la révélation. Profitez-en.

Arrêtez-vous devant une photo de vous plus jeune. Laissez l'instant vous envahir et se prolonger un peu ; goûtez-en la douceur mêlée d'amertume.

Saisissez l'avantage de rester conscient de la mort, d'en serrer l'ombre entre vos bras. Cette conscience peut introduire une étincelle de votre vie à l'obscurité et donner plus de substance à votre existence pendant que vous en profitez encore. *Pour apprécier la vie, pour éprouver de la compassion pour autrui, pour tout aimer profondément, il faut être conscient que toutes ces sensations sont destinées à être perdues.*

Combien de fois ai-je eu l'agréable surprise de voir un patient se transformer de façon positive à un âge avancé, même aux abords de la mort. Il n'est jamais trop tard. On n'est jamais trop vieux.

6

La conscience de la mort

Note biographique

Car, à mesure que j'approche de la fin, je décris un cercle qui me ramène de plus en plus près du commencement. Comme une forme d'apaisement et de préparation au départ. Alors m'atteignent au cœur tant de souvenirs qui étaient depuis longtemps endormis.

Charles Dickens, *Le Conte des deux cités*

Nietzsche a un jour déclaré que pour comprendre l'œuvre d'un philosophe, il fallait se plonger dans sa biographie. Il en est de même avec les psychiatres. Il est admis que dans un vaste domaine d'activités, depuis la physique quantique jusqu'à l'économie, la psychologie et la sociologie, l'observateur influence ce qui est observé. J'ai rapporté mes observations concernant la vie et les pensées de mes patients, et maintenant il est temps d'inverser le processus et de révéler mes idées personnelles au sujet de la mort – leurs origines et comment elles ont affecté ma vie.

Autant que je m'en souvienne, ma première rencontre avec la mort a eu lieu à l'âge de cinq ou six ans, quand Stripy, l'un des chats que gardait mon père dans son épicerie, fut écrasé par une voiture. Je le regardai gisant sur la chaussée, un mince filet de sang s'écoulant de sa gueule, posai un petit morceau de hamburger à côté de lui, mais il n'y prêta pas attention : il n'avait de goût que pour la mort. Ne sachant que faire pour Stripy, j'éprouvai un sentiment paralysant d'impuissance. Je ne me rappelle pas être arrivé à la conclusion évidente selon laquelle si toutes les autres créatures vivantes meurent, je dois mourir aussi. Pourtant les détails de la mort de mon chat persistent à ce jour avec une clarté surnaturelle.

Ma première expérience concernant la mort humaine a pris place en primaire, avec la mort d'un camarade du nom de L.C. Je ne sais plus ce que représentaient ces initiales ; peut-être ne l'ai-je jamais su – je ne suis même pas sûr que nous ayons été amis ni que nous ayons joué ensemble. Tout ce qui me reste se résume en quelques fragments de souvenirs. L. C. était un albinos aux yeux rouges, et sa mère remplissait son panier-repas de sandwichs aux cornichons. Cela me paraissait étrange – je n'avais jamais vu de sandwichs remplis de cornichons.

Puis un jour L. C. cessa de venir à l'école, et au bout d'une semaine le professeur nous annonça qu'il était mort. Ce fut tout. Pas d'autre commentaire. On n'en parla plus. Comme un corps recouvert d'un linceul qui glisse du haut d'un pont dans la mer noire, il disparut silencieusement. Mais il demeure présent à mon esprit. Presque soixante-dix ans se sont écoulés, cependant je pourrais presque tendre la main et passer mes doigts dans sa crinière de cheveux raides et blancs comme ceux d'un fantôme. Comme si je l'avais vu hier, son visage est fixé dans ma mémoire, et je revois sa peau pâle, ses chaussures lacées montantes, et surtout, le regard de ses yeux écarquillés d'étonnement absolu. Peut-être cette image n'est-elle qu'une reconstitution ; peut-être que j'imagine simplement son étonnement d'avoir rencontré Monsieur Mort aussi tôt dans le voyage de sa vie.

« Monsieur Mort » est un terme que j'utilise depuis l'adolescence. Je l'ai découvert dans un poème d'E.E. Cummings sur Buffalo Bill, qui m'avait tellement frappé que je l'ai retenu sur-le-champ.

Buffalo Bill est
Décédé
Qui avait coutume de
Chevaucher un aqualisse étalon et de briser
undeuxtroisquatrecinq pigeonsjustecommeça Jésus
C'était un bel homme
Et ce que je veux savoir c'est comment vous trouvez
votre gars aux yeux bleus
Monsieur Mort[1]

Je ne me souviens pas d'avoir éprouvé de peine à la disparition de L. C. Freud a écrit sur notre capacité

1. E.E. Cummings, *Poèmes choisis*, trad. Robert Davreu, Paris, Éditions José Corti, 2004.

à éradiquer de notre mémoire les impressions désagréables. Cette remarque vaut pour moi et éclaire le paradoxe de cette émotion oblitérée associée à des images fortes. Je crois justifié d'en déduire que j'ai ressenti une vive émotion à la mort d'un camarade : ce n'est pas par hasard que je revois si nettement L. C, mais sans avoir cependant conservé le moindre souvenir d'aucun autre camarade de classe de ces jours anciens. Il se peut alors que l'acuité de son image soit tout ce qui reste de ma réaction stupéfaite en comprenant que moi, mes professeurs et mes camarades de classe, étions tous destinés à disparaître un jour ou l'autre comme L.C.

Le poème d'E.E. Cummings s'est peut-être ancré à jamais dans mon esprit parce que Monsieur Mort s'était invité dans ma jeunesse chez un autre garçon que je connaissais. Allen Marinoff était un « garçon aux yeux bleus » qui souffrait d'une insuffisance cardiaque et était constamment malade. Je me rappelle son visage aigu à l'expression mélancolique, ses mèches châtain clair qu'il repoussait du bout des doigts quand elles retombaient sur son front, son cartable usagé, si ridiculement grand et lourd pour son corps frêle. Un soir où je dormais chez lui, je tentai – pas trop brutalement, je l'espère – de lui demander de quoi il souffrait. « Qu'est-ce que tu as, Allen ? Qu'est-ce que cela signifie d'avoir un trou dans le cœur ? » C'était trop horrible. Aussi effrayant que de regarder le soleil en face. J'ai oublié sa réponse. J'ai oublié ce que j'ai ressenti ou pensé. Mais des forces devaient gronder en moi, comme si on déplaçait des meubles, qui ont eu pour résultat une mémoire à ce point sélective. Allen avait quinze ans quand il est mort.

À l'opposé de beaucoup d'enfants, je ne fus pas exposé à la mort lors des enterrements ; dans la culture de mes parents, les jeunes étaient exclus de ces occasions. Mais un événement particulier survint alors que j'avais neuf ou dix ans. Un soir le téléphone sonna, mon père répondit, et poussa presque aussitôt un gémissement perçant qui m'effraya. Son frère, mon oncle Meyer, était mort. Incapable de supporter les lamentations de mon père, je m'enfuis au-dehors et fis à plusieurs reprises le tour du bloc en courant.

Mon père était un homme calme et doux, et cette étonnante perte de contrôle révélait que quelque chose d'énorme, de menaçant, de monstrueux était tapi quelque part. Ma sœur, mon aînée de sept ans, était alors à la maison et n'en a aucun souvenir, elle qui pourtant se souvient de bien des choses que j'ai oubliées. Tel est le pouvoir de la répression, ce processus minutieusement sélectif qui – déterminant ce que nous retenons et ce que nous oublions – construit l'univers personnel et unique de chacun d'entre nous.

Mon père faillit mourir d'un infarctus à l'âge de quarante-six ans. C'était le milieu de la nuit. J'avais quatorze ans, j'étais terrifié, et ma mère était dans une telle détresse qu'elle se mit à chercher une bonne raison, quelqu'un à accuser de ce coup du sort. J'étais la cible adéquate, et elle me laissa entendre que j'étais – à cause de mon indiscipline, de mon manque de respect, de la perturbation que j'apportais dans notre foyer – entièrement responsable de cette catastrophe. Plus d'une fois ce soir-là, comme mon père se tordait de douleur, elle a hurlé : « Tu as tué ton père ! »

Douze ans plus tard, sur le divan, mon récit de cet épisode provoqua une effusion de tendresse inhabituelle de la part d'Olive Smith, ma psychanalyste freudienne ultra-orthodoxe, qui émit un tss, tss en se penchant vers moi et dit : « Quelle horreur. Cela a dû être épouvantable pour vous. » De ses interprétations réfléchies, denses et exprimées avec tact, je n'ai pratiquement aucun souvenir. Mais sa réaction à mon égard dans ce moment d'affection me réchauffe le cœur encore aujourd'hui, presque cinquante ans après. Ce soir-là, ma mère, mon père et moi attendîmes désespérément l'arrivée du Dr Manchester. J'entendis enfin sa voiture qui faisait craquer les feuilles d'automne dans la rue et dévalai l'escalier pour ouvrir la porte. La vue tant espérée de son large visage familier, rond et souriant, calma ma panique. Il posa la main sur ma tête, ébouriffa mes cheveux, rassura ma mère, fit une injection à mon père (probablement de morphine), posa son stéthoscope sur sa poitrine et me laissa écouter en disant : « Tu vois, il bat toujours, régulier comme une horloge. Ton père va très bien se remettre. »

Ce fut une soirée qui changea mon existence à bien des égards, mais je me souviens surtout de notre indicible soulagement à l'arrivée du Dr Manchester. C'est là, à ce moment précis, que je décidai de lui ressembler, de devenir médecin et d'offrir aux autres le réconfort qu'il m'avait procuré.

Mon père survécut ce soir-là, mais vingt ans plus tard mourut subitement devant toute notre famille réunie. Je séjournais chez ma sœur à Washington, D.C., avec ma femme et nos trois jeunes enfants. Ma mère et lui étaient venus en voiture; assis dans le salon, il se plaignit d'avoir mal à la tête et s'effondra brusquement.

Le mari de ma sœur, lui aussi médecin, resta interdit. Plus tard il nous dit qu'en trente ans de pratique il n'avait jamais assisté à l'instant de la mort. Sans perdre mon sang-froid, j'appuyai sur la poitrine de mon père (la réanimation cardio-pulmonaire était encore à inventer) et, n'obtenant aucune réaction, je fouillai dans la trousse noire de mon beau-frère, en sortit une seringue, ouvris brutalement la chemise de mon père, et lui fit dans le cœur une injection d'adrénaline. Sans résultat.

Je me reprocherais par la suite ce geste inutile. Rétrospectivement, me remémorant ma formation neurologique, j'ai compris que le problème n'était pas le cœur mais le cerveau. J'avais vu les yeux de mon père rouler brusquement vers la droite et j'aurais dû savoir qu'aucun stimulant cardiaque n'y pouvait rien. Il avait eu une hémorragie cérébrale massive (ou thrombose) du côté droit. Les yeux se tournent toujours vers le siège de l'attaque.

Aux funérailles de mon père, je ne montrai pas le même sang-froid. On m'a raconté qu'au moment de jeter la première pelletée de terre sur le cercueil, je faillis m'évanouir et serais tombé dans la fosse si quelqu'un de ma famille ne m'avait retenu.

Ma mère vécut beaucoup plus longtemps, jusqu'à quatre-vingt-treize ans. Je me souviens de deux incidents mémorables au moment de son enterrement.

Le premier est une histoire de pâtisserie. La veille de la cérémonie funéraire, j'eus soudain envie de préparer une fournée de kichels, les merveilleux gâteaux de ma mère. Je pense que j'avais besoin de me changer les idées. En outre, la confection des kichels avec ma mère était un souvenir joyeux, et j'imagine que je voulais me sentir plus proche d'elle. Je préparai la pâte, la laissai lever pendant la nuit et, tôt le lendemain, la roulai, ajoutai de la cannelle, de la confiture d'ananas et des raisins secs, et mit le tout au four pour la servir à la famille et aux amis qui passeraient un moment à la maison au retour de l'enterrement.

Mais les gâteaux furent un désastre ! C'était la première fois que cela m'arrivait. J'avais oublié le sucre ! Peut-être était-ce un message symbolique que je m'adressais à moi-même, me signifiant que j'avais attaché trop d'importance à l'austérité de ma mère. Comme si mon inconscient m'avait poussé du coude : « Tu vois, tu as oublié le meilleur – son caractère attentionné, sa dévotion infinie, souvent silencieuse. »

J'entends ma mère qui m'appelle en hurlant. Je me hâte le long du chemin qui mène à la maison de mon enfance, j'ouvre la porte d'entrée, et là, face à moi, assis sur les marches de l'escalier, un rang derrière l'autre, se tiennent tous les membres de notre grande famille (tous déjà morts – ma mère, la dernière à mourir, avait vécu plus longtemps que tous les autres). En regardant ces doux visages dans l'escalier, je vois ma tante Minnie assise au milieu. Elle vibre comme un bourdon, bougeant si vite que ses traits sont brouillés[1].

---

1. Ce rêve est également décrit par Irvin Yalom dans *La Malédiction du chat hongrois. Contes de psychothérapie*, Paris, Galaade Éditions, 2008.

Ma tante Minnie était décédée quelques mois plus tôt. Sa mort m'avait horrifié : une attaque foudroyante l'avait laissée paralysée et, bien que consciente, elle ne pouvait bouger un seul muscle, excepté ses paupières. (C'est ce qu'on appelle le « syndrome d'enfermement ».) Elle était restée dans cet état jusqu'à sa mort, deux mois plus tard.

Mais elle était là dans le rêve – au milieu du premier rang, et elle s'agitait frénétiquement. Je suppose que c'était un rêve qui défiait la mort : assise sur les marches, sans aucun signe de paralysie, Minnie bougeait à nouveau, presque trop vite pour que le regard puisse la suivre. En fait, tout le rêve tentait de réduire la mort à néant. Ma mère n'était pas morte ; elle était vivante et m'appelait comme elle le faisait toujours. Et il y avait aussi tous les morts de ma famille, souriants, assis sur mon escalier, me montrant qu'ils étaient encore en vie.

J'imagine qu'il y avait un autre message dans le rêve, un message qui disait « souviens-toi de moi ». Ma mère m'appelait pour me dire : « Souviens-toi de moi, souviens-toi de nous tous, ne nous laisse pas disparaître. » Et c'est ce que j'ai fait.

La phrase « souviens-toi de moi » m'émeut toujours. Dans mon roman *Et Nietzsche a pleuré*[1], je dépeins Nietzsche errant dans un cimetière, examinant les tombes éparses, et composant quelques vers de mirliton qui finissent ainsi :

1. Irvin Yalom, *Et Nietzsche a pleuré*, Paris, Galaade Éditions, 2007.

Aucune pierre n'entend ni ne voit
Mais chacune pleure doucement :
Ne m'oubliez pas, ne m'oubliez pas.

J'ai écrit ces vers de Nietzsche d'un seul trait, content d'avoir l'occasion de publier ce premier fragment de poésie. Ensuite, environ un an plus tard, j'ai fait une étrange découverte. Le département de psychiatrie de Stanford était en train de s'installer dans un nouvel immeuble et pendant le déménagement, ma secrétaire a trouvé derrière mon meuble classeur une grande enveloppe de papier kraft bourrée de papiers, jaunie par le temps, sans doute tombée là longtemps auparavant. Dans l'enveloppe se trouvait un paquet oublié de poèmes que j'avais rédigés pendant une période de plusieurs années dans mon adolescence et au début de l'âge adulte. Parmi ces poèmes se trouvaient ces mêmes vers, identiques mot pour mot, que je pensais avoir composés spécialement pour le roman. Je les avais en fait écrits plusieurs dizaines d'années auparavant, au moment de la mort du père de ma fiancée. Je m'étais plagié moi-même !

Tandis que je rédigeais ce chapitre et pensais à ma mère, je fis un autre rêve troublant.

Un ami vient me voir chez moi, je lui fais visiter le jardin puis le conduis dans mon bureau. Je constate aussitôt que mon ordinateur a disparu, peut-être a-t-il été volé. Ce n'est pas tout, mon grand bureau, en général très encombré, a été entièrement débarrassé.

C'était un cauchemar, et je me suis réveillé pris de panique. Je me disais : « Calme-toi, calme-toi. De quoi as-tu peur ? » Je savais, même durant le rêve, que ma terreur n'avait pas de sens : après tout, il ne s'agissait que de la perte d'un ordinateur, et j'avais toujours conservé un disque de sauvegarde, rangé dans un endroit sûr.

Le lendemain matin, toujours intrigué par l'épouvante que m'inspirait ce rêve, je reçus un appel de ma sœur, à qui j'avais envoyé un brouillon de la première partie de cette notice autobiographique. Elle avait été troublée par mes souvenirs, et me décrivit certains des siens, y compris un que j'avais oublié. Notre mère avait fait un séjour à l'hôpital après une opération de la hanche, et ma sœur et moi étions dans son appartement, occupés à trier ses papiers, quand nous avions reçu un message de l'hôpital nous demandant de venir sans tarder. Nous nous étions précipités et avions couru jusqu'à sa chambre pour n'y trouver qu'un matelas nu : elle était morte, et son corps avait été enlevé. Toute trace de son existence avait disparu.

En écoutant ma sœur, la signification de mon rêve se cristallisa. Je compris la cause de la terreur qui l'habitait : ce n'était pas la disparition de l'ordinateur ; mais que mon bureau, comme le lit de ma mère, avait été entièrement débarrassé. Le rêve était annonciateur de ma mort.

Rencontres personnelles avec la mort

À l'âge de quatorze ans, j'ai échappé de peu à la mort. J'avais pris part à un tournoi d'échecs dans le vieil hôtel Gordon de la 17 e Rue à Washington, et j'attendais au bord du trottoir un bus pour rentrer à la maison. Pendant que je relisais mes notes sur la partie d'échecs, une page glissa de mes mains et tomba sur la chaussée, et je me penchai instinctivement pour la ramasser. Un passant me tira violemment en arrière, au moment où un taxi passait à toute allure, manquant de quelques centimètres de me heurter la tête. Je fus profondément choqué par cet incident et en repassai sans cesse le film en moi-même. Aujourd'hui encore, mon cœur bat plus vite lorsque j'en revois les images.

Il y a quelques années, éprouvant une douleur violente à la hanche je suis allé consulter un chirurgien, qui me fit faire des radios. Comme nous les examinions ensemble, il me fit remarquer sans grand ménagement un petit point sur le cliché et commenta d'un ton détaché, dans le style « entre confrères », que ce pourrait être une lésion métastatique – en d'autres termes, une condamnation à mort. Il me prescrivit une IRM, qui, parce que nous étions un vendredi, ne pouvait pas être pratiquée avant trois jours. Pendant ces trois terribles journées, la conscience de la mort fut au centre de toutes mes pensées. De toutes mes tentatives pour me réconforter, la plus efficace fut – curieusement – la relecture du livre dont je venais de finir l'écriture.

Julius, le personnage principal d'*Apprendre à mourir. La méthode Schopenhauer*[1], est un psychiatre vieillissant chez qui on diagnostique un cancer

1. Irvin Yalom, *Apprendre à mourir. La méthode Schopenhauer*, Paris, Galaade, 2005.

mortel. J'ai longuement décrit sa lutte pour en arriver à accepter la mort et vivre les jours qui lui restaient en leur donnant un sens. Aucun concept n'avait été capable de l'aider jusqu'à ce qu'il ouvre *Ainsi parlait Zarathoustra* de Nietzsche et considère l'expérience de pensée de l'éternel retour. (Voir dans le chapitre quatre mon utilisation de cette notion en thérapie.)

Julius médite le défi de Nietzsche. Serait-il prêt à recommencer sa vie comme il l'a vécue, encore et pour toujours ? Il se rend compte que, oui, il a vécu sa vie de façon satisfaisante, et… « Après quelques minutes Julius "eut une révélation" : il comprit parfaitement ce qu'il devait faire et à quoi consacrer sa dernière année. Il vivrait exactement comme il avait vécu l'année précédente, et les années antérieures. Il aimait son métier de thérapeute, il aimait entrer en relation avec les autres et les aider à faire naître quelque chose en eux… Il avait peut-être besoin d'éloges, de l'épanouissement et de la gratitude de ceux qu'il aidait. Sans doute. Pour autant, même si son travail comportait des motifs peu glorieux, il lui était profondément reconnaissant de ce qu'il lui apportait. Que Dieu le bénisse ! »

Lire mes propres mots me procura le réconfort que j'avais cherché. *Consumez votre vie. Réalisez votre potentiel. Je* comprenais mieux désormais le conseil de Nietzsche. Mon personnage, Julius, m'avait montré la voie – un exemple frappant et inhabituel de l'influence de la fiction sur la vie.

Professeur de psychiatrie pendant plusieurs dizaines d'années à l'université de Stanford, considéré en général avec respect par mes collègues et mes étudiants, j'ai conscience d'avoir bien réussi. Comme écrivain, je sais qu'il me manque le talent poétique des grands auteurs contemporains tels que Roth, Bellow, Ozick, McEvan, Banville, Mitchell et bien d'autres dont je lis les œuvres avec admiration et respect, mais j'ai tiré profit des quelques dons que je possède. Je sais assez bien raconter une histoire, j'ai écrit de la fiction et des essais ; et j'ai plus de lecteurs et de succès que je n'en aurais jamais rêvé.

Il m'est souvent arrivé dans le passé, réfléchissant à une prochaine conférence, d'imaginer qu'une *éminence grise*, peut-être un professeur de psychanalyse, allait se lever et déclarer que mes commentaires n'étaient qu'une vaste foutaise. Mais aujourd'hui cette crainte a disparu : d'abord j'ai acquis une certaine confiance en moi, et ensuite je suis toujours le plus âgé de l'assistance.

Durant des dizaines d'années j'ai reçu un soutien constant de la part de mes lecteurs et de mes étudiants. Je suis parfois saisi de vertige devant tant de gratitude, mais souvent, pris par ce que j'écris ce jour-là, les compliments m'atteignent à peine. Je m'étonne que certains m'attribuent plus de sagesse que je n'en possède, et je m'efforce de ne pas prendre ces éloges trop au sérieux. Nous avons tous besoin de croire qu'il existe des hommes et des femmes détenant une véritable sagesse. Je les recherchais lorsque j'étais plus jeune et aujourd'hui, âgé et ayant acquis une certaine notoriété, je suis devenu le réceptacle des attentes des autres.

Je crois que notre besoin de guides expérimentés est révélateur de notre vulnérabilité et de notre recherche d'un être suprême ou supérieur. Nombreux sont ceux, moi y compris, qui non seulement révèrent leurs mentors mais leur attribuent plus qu'ils ne méritent. Il y a deux ans, à un service à la mémoire d'un professeur de psychiatrie, j'écoutais l'éloge funèbre prononcé par un de mes anciens étudiants, que j'appellerai James, aujourd'hui directeur réputé de la chaire de psychiatrie dans une université de la côte Est. Je connaissais bien les deux hommes, je fus frappé de voir que dans son discours, James attribuait beaucoup de ses propres idées originales à son ancien professeur.

Plus tard dans la soirée, j'en fis la remarque à James qui eut un sourire penaud et dit : « Ah, Irv, toujours à me faire la leçon. » Il admit que j'avais raison, mais sans être sûr de sa propre motivation. Je songeai alors à ces anciens auteurs qui attribuaient leurs propres écrits à leur maîtres au point que les spécialistes contemporains de l'époque classique ont parfois du mal à déterminer la véritable paternité de nombreuses œuvres. Ainsi par exemple, saint Thomas d'Aquin attribuait quantité de ses propres réflexions à Aristote, son maître à penser.

Quand le dalaï-lama prit la parole à l'université de Stanford en 2005, l'assistance lui marqua un respect extraordinaire. La moindre de ses paroles fut idéalisée. À la fin de son intervention, de nombreux collègues de Stanford – d'éminents professeurs, des doyens, des prix Nobel – firent la queue comme des écoliers pour recevoir le ruban de prière, s'incliner devant lui en l'appelant « Votre Sainteté ».

Chacun de nous est animé d'un puissant désir de révérer un grand homme ou une grande femme, de proférer les mots exaltés : « Votre Sainteté. » C'est peut-être ce qu'Erich Fromm, dans *La Peur de la liberté*, entendait par l'« attrait de la soumission ». C'est de cette étoffe que les religions sont faites.

En résumé, je crois avoir réalisé mon potentiel et m'être accompli pleinement dans ma vie et ma carrière professionnelle. Une telle réalisation n'est pas seulement gratifiante ; elle est un rempart contre l'impermanence et l'imminence de la mort. En vérité, dans une large mesure, mon travail de thérapeute a toujours été une manière de l'affronter. J'ai eu le bonheur d'être un psychothérapeute : voir les autres s'ouvrir à la vie est extraordinairement satisfaisant. La thérapie offre l'occasion *par excellence* d'exercer un rayonnement. À tout moment de mon travail, j'ai la possibilité de transmettre des parts de moi-même, des parts de ce que j'ai appris sur la vie.

(Et incidemment, je me demande souvent combien de temps notre profession pourra continuer dans cette voie. Au cours de ma pratique, j'ai collaboré avec plusieurs psychothérapeutes qui, à la fin d'un programme universitaire consacré presque entièrement à la thérapie comportementale et cognitive, étaient désespérés à la perspective de travailler mécaniquement avec des patients en utilisant la forme brève de « méthode thérapeutique prescriptive ». Et je me demande aussi vers quoi les thérapeutes formés à traiter les patients avec cette méthode impersonnelle se tourneront quand eux-mêmes auront besoin d'aide. Pas vers des collègues appartenant à leur propre école, je présume.)

L'idée d'aider les autres en utilisant une thérapie intensive centrée sur des sujets existentiels et interpersonnels et en présumant l'existence d'un inconscient (bien que mon opinion sur les contenus de l'inconscient soit très éloignée de la position analytique traditionnelle) m'est précieuse, et le désir de la préserver en vie, de la transmettre à d'autres, lui donne un sens et m'encourage à continuer à travailler et à écrire à mon âge avancé même si, comme l'a dit Bertrand Russell, « un jour le système solaire ne sera plus que ruines ». Je ne peux certes contester les paroles de Russell, pourtant je ne crois pas que cette perspective cosmique soit appropriée : c'est uniquement l'univers des humains, l'univers des relations humaines qui m'importe. Je n'éprouverais aucune tristesse, aucun chagrin à la pensée de quitter un monde vide, un monde auquel ferait défaut un autre esprit subjectif conscient de lui-même. L'idée du rayonnement, de la transmission à d'autres de ce qui a compté dans sa propre vie, implique une relation avec d'autres essences conscientes d'elles-mêmes ; sans elles, le rayonnement est impossible.

La mort et mes mentors

Il y a une trentaine d'années, j'ai commencé à écrire un manuel traitant de la psychothérapie existentielle.

Pour mener à bien ce projet, j'ai travaillé pendant de nombreuses années avec des patients en phase terminale de leur maladie. L'épreuve leur avait conféré une véritable sagesse. Ils me servirent de modèles et eurent une influence durable sur ma vie et mon œuvre.

Outre ceux-ci, j'ai eu trois mentors exceptionnels : Jerome Frank, John Whitehorn et Rollo May. J'eus avec chacun d'eux un entretien mémorable peu de temps avant leur mort.

Jerome Frank

Jerome Frank était un de mes professeurs à John Hopkins, un pionnier de la thérapie de groupe, et mon guide dans ce domaine. Et il est resté durant toute ma vie un modèle d'intégrité personnelle et intellectuelle. Après ma formation, je restai en contact avec lui, et lui rendis visite régulièrement alors qu'il déclinait dans une maison de retraite de Baltimore.

À plus de quatre-vingt-dix ans, Jerry fut atteint de démence évolutive et, lors de ma dernière visite quelques mois avant sa mort, à l'âge de quatre-vingt-quinze ans, il ne me reconnut pas. Je m'attardai longuement auprès de lui, évoquai les années où nous avions travaillé ensemble avec nos collègues. Peu à peu il se rappela qui j'étais et, secouant tristement la tête, s'excusa des déficiences de sa mémoire.

« Navré, Irv, mais je n'y peux rien. Chaque matin ma mémoire, l'ardoise tout entière, est complètement effacée. » Il passa sa main sur son front comme s'il passait une éponge sur un tableau noir.

« Ce doit être affreux pour vous, Jerry, dis-je. Je me rappelle à quel point vous étiez fier de votre mémoire extraordinaire.

— Vous savez, ce n'est pas si terrible, répondit-il. Le matin après le réveil, je prends mon petit-déjeuner dans la salle avec les autres patients et le personnel, que je ne reconnais pas mais qui me deviennent plus familiers au fur et à mesure que la journée s'écoule. Je regarde la télévision puis demande qu'on pousse mon fauteuil roulant près de la fenêtre, et je regarde au-dehors. Je profite de tout ce que je vois. Je contemple toutes ces choses comme si c'était pour la première fois. J'aime simplement voir et regarder. Ce n'est pas si terrible, Irv. »

Ce fut ma dernière vision de Jerry Frank : dans un fauteuil roulant, le cou tellement courbé en avant qu'il devait faire un effort pour lever la tête vers moi. Il était atteint de démence sénile à un niveau dévastateur, et pourtant m'offrait encore cette leçon que lorsque l'on perd tout, il vous reste le plaisir de simplement exister.

Je conserve précieusement ce cadeau, un acte de générosité de la fin d'existence d'un mentor unique.

John Whitehorn

John Whitehorn, figure imposante de la psychiatrie, président du département de psychiatrie de John Hopkins pendant trente ans, joua un rôle majeur dans mon éducation. Personnage délicat et raffiné, le crâne frangé d'un croissant de cheveux blancs méticuleusement taillés, il portait des lunettes à monture dorée et son visage pas plus que le costume marron qu'il arborait chaque jour de l'année n'avaient le moindre pli. (Étudiants, nous présumions qu'il en avait deux ou trois identiques dans sa penderie.)

Lorsque le Dr Whitehorn faisait son cours, il n'avait recours à aucune mimique superflue : seules remuaient ses lèvres. Tout le reste – mains, joues, sourcils – demeurait remarquablement immobile. Je n'ai jamais entendu personne, même ses collègues, l'appeler par son prénom. Tous les étudiants redoutaient sa réception annuelle à l'atmosphère guindée, où il servait un minuscule verre de xérès et rien à manger.

Pendant ma troisième année d'internat en psychiatrie, cinq internes seniors et moi-même accompagnions tous les jeudis après-midi le Dr Whitehorn dans ses tournées. Auparavant, un déjeuner était servi dans son bureau lambrissé de chêne. La nourriture était simple, mais servie avec une élégance sudiste : nappes, plateaux d'argent étincelants et service de porcelaine. La conversation durant le repas se déroulait longuement et sans hâte. Nous avions tous des visites à faire et des patients qui réclamaient notre attention, mais il n'était pas question de presser le Dr Whitehorn. Finalement, même moi, le plus fébrile de tous, j'appris à ralentir et à mettre le temps entre parenthèses.

Pendant ces deux heures nous avions l'occasion de lui poser n'importe quelle question. Je me souviens de l'avoir interrogé sur des sujets tels que la genèse de la paranoïa, la responsabilité du médecin envers les patients suicidaires, l'incompatibilité entre le changement thérapeutique et le déterminisme. Il répondait toujours en détail à ces questions, mais préférait visiblement d'autres sujets, comme la stratégie militaire des généraux d'Alexandre le Grand, la précision des archers perses, les erreurs majeures de la bataille de Gettysburg, et, par-dessus tout, son tableau périodique des éléments qu'il avait amélioré (il avait reçu une formation de chimiste).

Après le déjeuner nous restions assis en cercle à observer le Dr Whitehorn interroger les cinq ou six patients de son service. On ne pouvait jamais prédire la longueur de chaque entretien. Certains duraient un quart d'heure, d'autres deux ou trois heures. Son rythme était mesuré. Il avait tout son temps. Rien ne l'intéressait autant que la profession et les activités de ses patients. Une semaine il insistait pour qu'un professeur d'histoire analyse en détail les raisons de l'échec de la Grande Armada, et la suivante il encourageait un planteur d'Amérique du Sud à parler de caféiers pendant une heure – comme si son intérêt primordial était de comprendre la relation entre l'altitude et la qualité des grains de café. Il abordait le domaine personnel avec une telle subtilité que j'étais toujours stupéfait de voir un patient soupçonneux et paranoïaque se mettre soudain à parler librement de lui-même et de son univers psychotique.

En laissant son interlocuteur s'exprimer, le Dr Whitehorn établissait une relation avec la *personne*, et non avec sa pathologie. Sa stratégie renforçait invariablement chez l'autre à la fois l'estime de lui-même et sa disposition à se révéler.

Un interviewer rusé, direz-vous. Et pourtant ce n'était pas de la ruse. Il n'y avait aucune duplicité dans sa démarche : le Dr Whitehorn voulait sincèrement apprendre. Il recueillait de l'information, et il avait ainsi accumulé au fil des années un étonnant trésor de curiosités factuelles.

« Vous et vos patients avez tout à y gagner, avait-il coutume de dire, si vous les laissez vous en apprendre assez sur leur vie et leurs sujets d'intérêt. Vous serez non seulement éclairés sur eux, mais vous finirez par connaître tout ce que vous avez besoin de savoir sur leur maladie. »

Il a eu une influence considérable sur ma formation – et sur ma vie. Des années plus tard, j'appris qu'il avait écrit une lettre de recommandation élogieuse pour encourager ma nomination à la faculté de l'université de Stanford. Après mes débuts à Stanford, je n'eus plus d'autre contact avec lui pendant plusieurs années sauf par l'intermédiaire d'un de ses cousins, à qui il m'avait recommandé.

Puis, un matin tôt, je reçus un appel de sa fille (que je n'avais jamais rencontrée), me disant qu'il avait eu une attaque cérébrale foudroyante, qu'il était près de la mort, et avait explicitement demandé à me voir. Je pris aussitôt l'avion pour Baltimore, me posant pendant tout le trajet la question : « Pourquoi moi ? » et me rendis directement à son chevet à l'hôpital.

Il était hémiplégique, un côté de son corps paralysé, et avait une aphasie expressive qui le gênait considérablement pour parler.

Quel choc de voir l'un des êtres à l'expression la plus brillante que j'aie jamais connue bavant et cherchant ses mots. Il parvint enfin à dire « … J'ai… J'ai peur, une foutue peur », et j'eus peur moi aussi, peur à la vue de cette grande statue abattue et gisant en ruine.

Mais pourquoi avait-il voulu me voir ? Il avait formé deux générations de psychiatres, dont beaucoup occupaient des postes de premier plan dans des universités célèbres. Pourquoi me choisir moi, le fils tourmenté, doutant de lui-même, d'un pauvre épicier émigré ? Que pouvais-je donc faire pour lui ?

En fin de compte je ne fis pas grand-chose. Je me comportai comme n'importe quel visiteur angoissé, cherchant désespérément quelques mots de réconfort jusqu'à ce qu'il s'endorme au bout de vingt-cinq minutes. Plus tard, j'appris qu'il était mort deux jours après ma visite.

La question « Pourquoi moi ? » me hanta pendant des années. Je remplaçais peut-être le fils qu'il avait perdu au cours de la terrible bataille des Ardennes pendant la Seconde Guerre mondiale.

Je me souviens de son banquet de départ à la retraite, qui avait eu lieu alors que je finissais ma dernière année de formation. À la fin du repas, après les toasts et les réminiscences de nombreux personnages importants, il s'était levé et avait commencé son discours d'adieu dans un style plein de dignité.

« On dit, avait-il commencé, qu'on peut juger une personne d'après ses amis. Si c'est vrai – il fit une pause pour fixer l'assistance avec intensité – alors je dois véritablement être un homme plein de qualités. » Il y a eu dans ma vie des moments, pas assez nombreux, où j'ai pu éprouver ce sentiment en me disant : « S'il avait une si bonne opinion de moi, alors je dois être un homme plein de qualités. »

Beaucoup plus tard, lorsque j'eus parcouru un peu plus de chemin et appris davantage sur la mort, j'en vins à penser que le Dr Whitehorn était mort dans la solitude – il ne s'était pas éteint entouré d'une famille et d'amis proches et aimants. Qu'il ait cherché ma présence, un étudiant qu'il n'avait pas revu depuis dix ans, et avec lequel il n'avait pas partagé de moment d'intimité, n'indiquait pas que j'avais, moi, quelque chose de spécial, mais soulignait plutôt son tragique manque de relation à d'autres, à des gens qui comptaient pour lui et pour lesquels il comptait.

Rétrospectivement, j'ai souvent regretté de ne pas avoir eu l'occasion de lui rendre visite une seconde fois. Je savais que je lui avais apporté du réconfort en acceptant de traverser le pays en avion, mais, oh, j'aurais tellement voulu faire davantage. J'aurais dû le toucher, lui prendre la main, peut-être même le serrer contre moi et l'embrasser sur la joue. Mais il était si raide et intimidant que je doute que personne, pendant des années, n'ait osé se comporter ainsi. Quant à moi, je ne l'avais jamais touché ni n'avais vu personne le faire. Je regrettais de ne pas lui avoir dit combien il comptait pour moi, à quel point ses idées avaient rayonné en moi ; combien de fois j'avais pensé à lui quand je parlais à des patients. D'une certaine manière, sa demande de venir le voir au moment de sa mort était son dernier cadeau de mentor – bien que je sois persuadé que, même en ses derniers instants, rien n'aurait pu être plus éloigné de son esprit.

Rollo May

Rollo May a compté pour moi comme auteur, thérapeute, et ami.

Au début de ma formation de psychiatre, j'étais perplexe et insatisfait face aux modèles théoriques du moment. Il me semblait que les modèles biologiques autant que psychanalytiques ignoraient une trop grande part de la nature humaine. Quand le livre de May, *Existence*, fut publié lors de ma deuxième année d'internat, j'en dévorai chaque page, sentant qu'une nouvelle et brillante perspective s'ouvrait devant moi. Je décidai aussitôt de m'initier à la philosophie en m'inscrivant à un cours d'histoire de la philosophie occidentale à l'université. Depuis, j'ai continué à lire et à suivre des cours de philosophie et j'y ai trouvé plus de sagesse et d'aide dans l'exercice de mon travail que ne m'en offrait la littérature spécialisée dans mon domaine.

Je fus reconnaissant à Rollo May d'avoir écrit ce livre et de m'avoir fait découvrir une approche plus réfléchie des problèmes humains. (Je fais allusion en particulier à ses trois premiers essais ; les suivants sont des traductions d'analystes européens du dasein, qui me parurent moins instructifs.) Longtemps après, lorsque l'angoisse de mort se développa en moi à la suite de mon travail avec des patients atteints du cancer, je décidai de suivre une thérapie avec lui.

Rollo May habitait et travaillait à Tiburon, à une heure et demie de mon cabinet à Stanford, mais le long trajet en valait la peine et je le vis régulièrement toutes les semaines durant trois ans – excepté pendant les trois mois d'été où il prenait ses vacances dans le New Hampshire. J'essayai de mettre à profit le temps passé en voiture en enregistrant le compte-rendu de notre séance et en écoutant celui de la précédente – un procédé que j'ai depuis souvent recommandé à mes patients qui ont un long trajet à faire jusqu'à mon cabinet.

Nous parlions beaucoup de la mort et de la difficulté de travailler avec des patients mourants. C'était l'isolement de la mort qui me hantait ; et, à un moment donné, si j'étais en proie à de profondes angoisses nocturnes au cours du voyage, je m'arrangeais pour dormir dans un motel isolé proche du cabinet de Rollo et avoir une séance avec lui avant et après la nuit que je passais là.

Comme prévu, j'étais souvent le soir la proie de crises d'angoisse sans raison apparente, accompagnées de rêves effrayants, avec des scènes de poursuite, une horrible main de sorcière qui passait à travers la fenêtre. Si nous avons tenté d'explorer mon angoisse de mort, je pense que nous nous sommes toujours entendus pour ne jamais regarder le soleil en face : nous évitions la confrontation directe avec le spectre de la mort que je préconise dans ce livre.

Dans l'ensemble, pourtant, Rollo fut pour moi un excellent thérapeute ; et à la fin, il m'offrit son amitié. Il avait de l'estime pour mon livre *Thérapie existentielle*[1], que j'avais mis dix ans à écrire et venais de terminer, et nous franchîmes avec une relative facilité

1. Irvin Yalom, *Thérapie existentielle, op. cit.*

le passage complexe d'une relation patient-thérapeute à celle de l'amitié.

Les années passant, arriva un moment où les rôles s'inversèrent. Victime de petites attaques qui provoquaient chez lui confusion et panique, Rollo me demanda souvent de l'aider.

Un soir sa femme, Georgia May, devenue elle aussi une amie proche, m'annonça au téléphone que Rollo était mourant et me demandait de venir le voir avec ma femme. Ce soir-là nous restâmes tous les trois ensemble, veillant à tour de rôle Rollo, qui avait perdu conscience. Il souffrait d'un œdème pulmonaire avancé et respirait difficilement. Alors que je le veillais, il eut une dernière convulsion et mourut. Georgia et moi lavâmes son corps et le préparâmes pour l'entrepreneur des pompes funèbres qui devait venir le matin et le transporter au crematorium.

Cette nuit-là, très perturbé par la mort de Rollo et la perspective de son incinération, je fis ce rêve révélateur :

Je marche accompagné de mes parents et de ma sœur dans un centre commercial et nous décidons de monter à l'étage. Je me retrouve dans un ascenseur, mais je suis seul – ma famille a disparu. La montée est interminable. Quand je sors de l'ascenseur, je suis sur une plage tropicale. Je n'arrive pas à retrouver ma famille malgré mes recherches. En dépit de la beauté de l'environnement – les plages tropicales sont un paradis pour moi – je suis saisi de panique. Ensuite j'enfile une chemise de nuit ornée de l'effigie souriante de l'Ours Smoky. La tête de l'ours sur la chemise se met soudain à briller, à étinceler. Bientôt elle devient le centre de tout, comme si toute l'énergie du rêve était transférée dans la charmante tête souriante de l'Ours Smoky.

C'est moins un sentiment de terreur qui me réveilla que l'éclat de l'emblème sur la chemise de nuit. J'avais l'impression que ma chambre était entièrement éclairée par des projecteurs. Au début du rêve, je m'étais senti calme, presque joyeux, puis la peur et d'horribles pressentiments m'avaient assailli dès le moment où je n'avais pu retrouver ma famille. Mais à la fin, il ne restait rien, le rêve entier avait été consumé par cet étincelant Ours Smoky.

Je suis pratiquement certain que l'incinération de Rollo était l'explication de cette image. La mort de Rollo me confronta à la mienne, que le rêve illustre par ma séparation d'avec ma famille et cette montée interminable dans l'ascenseur. Je suis stupéfait par la crédulité de mon inconscient. Comment ne pas être embarrassé par le fait qu'une partie de moi-même accepte aussi naïvement la version hollywoodienne de l'immortalité représentée par la montée en ascenseur et la version cinématographique du paradis, y compris la plage tropicale. (Bien que le paradis, à cause de son isolement total, ne fût pas tout à fait paradisiaque.)

Le rêve semble représenter des efforts héroïques destinés à minimiser la terreur. J'étais bouleversé par la mort de Rollo et par son incinération imminente, et le rêve tentait de neutraliser ma terreur en tempérant ce que je venais de vivre. La mort avait pris le déguisement d'un trajet en ascenseur vers une plage tropicale. Même la fournaise de l'incinération revêt un visage plus sympathique, sous la forme d'une chemise de nuit, prête pour le sommeil de la mort, ornée du charmant Ours Smoky.

Le rêve pourrait être une illustration particulièrement appropriée de la conviction de Freud selon qui les rêves sont les gardiens du sommeil. Le travail du rêve tentait énergiquement de me laisser dormir, d'empêcher mon rêve de se transformer en cauchemar. Comme un barrage, il retenait la marée de la terreur, mais il avait fini par craquer, laissant filtrer l'émotion. L'image de l'ours avait finalement éclaté en une fournaise incandescente qui m'avait réveillé en sursaut.

Ma confrontation personnelle avec la mort

Quelques-uns de mes lecteurs ne manqueront pas de se demander si, à l'âge de soixante-quinze ans, l'écriture de ce livre n'est pas une façon d'affronter mon angoisse de mort. J'ai besoin d'être plus transparent. Je pose souvent à mes patients cette question : « Qu'est ce qui vous effraie plus particulièrement à propos de la mort ? » Je vais me poser cette question à moi-même.

La première chose qui me vient à l'esprit est l'angoisse de laisser ma femme, mon autre moi-même depuis l'âge de quinze ans. Une image m'envahit : je la vois monter dans sa voiture et s'éloigner seule. Laissez-moi vous expliquer : tous les jeudis je pars en voiture voir mes patients à San Francisco, et elle prend le train le vendredi pour me rejoindre pour le week-end. Nous revenons ensuite ensemble en voiture à Palo Alto, où je la laisse à la gare pour qu'elle récupère sa voiture. J'attends toujours, surveille dans mon rétroviseur qu'elle a bien démarré, et seulement alors je repars. L'image de ma femme montant seule dans la voiture après ma mort, sans que je la surveille, sans que je puisse la protéger, me remplit d'une douleur inexprimable.

Naturellement, direz-vous, c'est une douleur qui la concerne elle. Et qu'en est-il de la mienne ? Ma réponse est qu'il n'y aura pas de « moi » pour ressentir de la douleur. Je rejoins la conclusion d'Épicure : « Là où est la mort, je ne suis pas. » Il n'y aura pas de moi pour éprouver de la terreur, de la tristesse, du chagrin, un sentiment de perte. Ma conscience sera obscurcie, l'interrupteur fermé. Les lumières éteintes. Me réconforte également l'argument de symétrie d'Épicure : après la mort je me trouverai dans le même état de non-être qu'avant ma naissance.

Rippling

Mais je ne peux nier qu'écrire ce livre sur la mort a sur moi une portée d'ordre personnel. Je pense qu'il m'aide à me désensibiliser : je pense que nous pouvons nous habituer à tout, même à la mort. Pourtant mon objectif principal en écrivant ce livre n'est pas d'éliminer ma propre angoisse de mort. Je l'écris d'abord en tant qu'enseignant. J'ai beaucoup appris sur les moyens de tempérer l'angoisse de mort et souhaite transmettre à d'autres ce qui m'est possible tant que je suis encore en vie, encore intact intellectuellement.

Ainsi l'entreprise de l'écriture est-elle intimement liée au rayonnement. J'éprouve une grande satisfaction à transmettre quelque chose de moi aux générations futures. Mais comme je l'ai dit tout au long de ce livre, je ne m'attends pas à ce que se perpétue ce « moi », mon image, mon personnage, mais plutôt une idée venant de moi, une notion qui procure guidance et réconfort : qu'un acte vertueux, charitable ou sage, voire un moyen efficace de contrer la terreur persiste et se propage de manière imprévisible, en petites vagues, parmi des gens que je ne pourrai jamais connaître.

Un jeune homme est récemment venu me consulter pour que je l'aide à résoudre des difficultés dans son couple et m'a avoué qu'il avait été aussi poussé par la curiosité. Vingt ans plus tôt, sa mère (dont je n'avais pas le souvenir) avait suivi quelques séances de thérapie avec moi et lui en avait souvent parlé, disant que cette thérapie avait changé sa vie. Chaque thérapeute (et enseignant) peut rapporter des histoires similaires d'effets à long terme de *rippling.*

J'ai abandonné le souhait, l'espoir que je, « mon image », puisse persister sous une forme tangible. Viendra certainement un temps où mourra la dernière personne qui m'a connu. Il y a plusieurs dizaines d'années, j'ai lu dans le roman d'Alan Sharp *Un arbre vert en Écosse* une description d'un cimetière de campagne divisé en deux sections : les « morts dont on se souvient » et les « vraiment morts ». Les tombes des morts dont on se souvenait étaient entretenues et fleuries, alors que celles des vraiment morts étaient oubliées, sans la moindre fleur, infestées de mauvaises herbes, leurs pierres tombales de guingois et érodées.

Ces « vraiment morts » étaient des morts anciens dont plus aucun des villageois encore en vie n'avait le souvenir. Une personne âgée – toute personne âgée – est la dernière dépositaire de l'image d'une quantité de gens. Quand les anciens meurent, chacun d'eux emporte une multitude avec lui.

Relation aux autres et impermanence

Les relations intimes m'aident à surmonter l'angoisse de mort. Les plus précieuses sont mes relations avec ma famille – ma femme, mes quatre enfants, mes petits-enfants, ma sœur – et celles que j'ai avec mon réseau d'amis proches, dont certaines remontent à plusieurs dizaines d'années. Je fais preuve d'obstination quand il s'agit de préserver et d'entretenir de vieilles amitiés ; on ne se fait pas de nouveaux vieux amis.

L'opportunité d'enrichir la relation aux autres est précisément ce qu'il y a de plus satisfaisant dans la thérapie. J'essaie d'établir une relation intime et authentique avec chacun de mes patients, durant chaque séance. Il y a peu de temps, j'ai fait remarquer à un ami proche, également thérapeute, que même à l'âge de soixante-quinze ans, la pensée de la retraite n'effleure pas mon esprit.

« Ce travail est tellement satisfaisant, dis-je, je serais prêt à le faire gratuitement. Je le considère comme un privilège. »

Il répondit : « Je me dis parfois que je pourrais payer pour le faire. »

Mais n'y a-t-il pas une limite à la relation aux autres ? Après tout, pourriez-vous dire, si nous naissons seuls et devons mourir seuls, quelle valeur fondamentale durable peut avoir cette relation ? Chaque fois que je me pose cette question, je me rappelle la réflexion d'une femme en phase terminale au cours d'une séance de thérapie de groupe. « Il fait nuit noire. Je suis seule dans mon bateau qui flotte dans un port. Je vois les lumières de nombreux bateaux. Je sais que je ne peux pas les atteindre, que je ne peux pas me joindre à eux. Mais c'est un tel réconfort de voir toutes ces lumières qui dansent sur l'eau du port. »

Je suis de son avis – les relations à autrui tempèrent la douleur de l'impermanence. De nombreux philosophes ont formulé d'autres propositions dans ce même sens. Schopenhauer et Bergson, par exemple, pensent que les êtres humains sont des manifestations individuelles d'une force vitale universelle (l'« élan vital ») dans laquelle l'individu est réabsorbé après sa mort. Ceux qui croient à la réincarnation prétendront que certains éléments de l'être humain – l'esprit, l'âme, ou une étincelle divine – persisteront et renaîtront dans un autre être. Les matérialistes diront qu'après la mort, notre ADN, nos molécules organiques, et même nos atomes de carbone seront dispersés dans le cosmos jusqu'à ce qu'ils soient appelés à faire partie d'une autre forme de vie.

En ce qui me concerne ces modèles de persistance n'ont que peu d'effet sur la souffrance de l'impermanence : privé de ma conscience personnelle, la destinée de mes molécules ne me procure qu'un réconfort relatif.

Pour moi, l'impermanence ressemble à une musique de fond : on l'entend toujours, on la remarque rarement, à moins qu'un événement frappant lui donne la première place. Un incident récent survenu dans une réunion de groupe m'est revenu à l'esprit.

D'abord quelques explications sur cette réunion : je suis depuis quinze ans membre d'un groupe de soutien informel au même titre que dix autres thérapeutes, et depuis plusieurs mois le groupe s'était concentré sur Jeff, un psychiatre atteint d'un cancer incurable. Depuis que le mal avait été diagnostiqué, Jeff avait implicitement servi de guide à tous les autres membres, leur montrant comment faire face à la mort d'une manière directe, réfléchie et courageuse. Au cours des deux réunions précédentes, il s'était visiblement affaibli.

Lors de cette réunion, je m'étais plongé dans une longue méditation sur l'impermanence, que j'ai essayé ensuite de transcrire dans la note qui suit. (Bien que nous ayons un engagement de confidentialité, le groupe et Jeff m'accordèrent une dispense spéciale pour cette occasion.)

Jeff parla des jours qui l'attendaient quand il deviendrait trop faible pour prendre part aux réunions du groupe, même si la réunion avait lieu chez lui. Était-ce le début de ses adieux ? Voulait-il se soustraire au chagrin en s'éloignant de nous ? Il souligna la notion de saleté ou d'obscénité que notre culture attache à la mort, et comment, en conséquence, nous évitons tous le contact des mourants.

« Même ici ? » demandai-je.

Il regarda autour de lui et secoua la tête. « Non, pas ici. Ici, c'est différent ; vous êtes, chacun d'entre vous, restés à mes côtés. »

D'autres parlèrent de la nécessité d'identifier la frontière entre compassion et intrusion – en bref, sommes-nous en train de lui demander trop ? Il est notre maître, dit-il. Il nous enseigne comment mourir. Et il a raison. Je ne l'oublierai jamais ni ses leçons. Mais ses forces déclinent.

Les thérapies classiques, dit-il, utiles dans le passé, ne sont plus désormais pertinentes. Son souhait est d'aborder des sujets spirituels – un domaine dans lequel les thérapeutes ne s'aventurent pas.

« Qu'entendez-vous par sujets spirituels ? » lui avons-nous demandé.

Après un long silence, il a dit : « Eh bien, qu'est-ce que la mort ? Comment se comporte-t-on en mourant ? Aucun thérapeute n'en parle. Si je médite sur ma respiration et que ma respiration ralentit ou s'arrête, qu'arrive-t-il à mon cerveau ? Qu'arrive-t-il après ? Y aura-t-il une forme de conscience même après que notre corps, réduit en pourriture, a disparu ? Personne ne peut le dire vraiment. Puis-je décemment demander à ma famille de laisser mon corps reposer trois jours (en dépit des écoulements et de l'odeur) ? Trois jours, suivant la théorie bouddhiste, est le délai nécessaire pour que l'esprit se sépare du corps. Et mes cendres ? Le groupe souhaite-t-il disperser une partie de mes cendres au cours d'une cérémonie, peut-être au milieu d'une forêt de séquoias sans âge ? »

Plus tard, quand il affirma qu'il était plus présent, plus sincèrement et complètement présent, avec nous dans ce groupe que n'importe où ailleurs dans sa vie, un flot de larmes me monta aux yeux.

Soudain – lorsqu'un autre participant mentionna un cauchemar où il était enfermé vivant dans un cercueil – un souvenir depuis longtemps oublié me revint à l'esprit. En première année d'école de médecine, j'avais écrit une nouvelle inspirée de H. P. Lovecraft sur ce thème particulier : la persistance de la conscience chez un homme enterré. Je l'avais envoyée à un magazine de science fiction qui l'avait refusée et j'avais rangé la nouvelle quelque part (je ne l'ai jamais retrouvée). Je l'oubliai pendant quarante-huit ans jusqu'à cette réunion de groupe. Mais le souvenir m'enseigna quelque chose sur moi-même : j'avais été confronté à l'angoisse de mort bien plus tôt que je ne le croyais.

Quelle réunion étonnante, me dis-je. Dans l'histoire de l'humanité un groupe a-t-il jamais eu pareille discussion ? Sans rien cacher. Sans non-dit. Les questions les plus ardues, les plus sombres, de la condition humaine s'affrontaient, sans ciller, sans hésiter.

Je songeais à une jeune patiente que j'avais vue plus tôt dans la journée et qui n'avait cessé de se plaindre de la cruauté, de l'insensibilité des hommes. J'observais autour de moi cette assemblée entièrement masculine. Chacun de ces hommes admirables s'était montré si sensible, si attentionné, si extraordinairement présent. Oh, comme j'aurais voulu qu'elle puisse voir ce groupe. Que le monde entier puisse le voir !

Et c'est alors que s'imposa à moi la notion d'impermanence, qui ronronnait doucement à l'arrière-plan, aux aguets. Je compris soudain que cette extraordinaire séance de groupe était tout aussi impermanente que notre ami mourant. Et aussi impermanente que nous tous qui nous avancions péniblement vers la mort à l'affût au détour du chemin. Que deviendrait cette séance unique, magistrale ? Elle disparaîtrait. Nos corps, nos souvenirs, mes notes, l'épreuve de Jeff et son enseignement, la présence que nous lui offrions, tout s'évaporerait, ne laissant rien que des atomes de carbone dérivant dans l'obscurité.

Une vague de tristesse m'envahit. Il existait sûrement un moyen de préserver ces moments. Si seulement le groupe avait été filmé puis diffusé sur un réseau mondial et regardé par la totalité de l'humanité, le monde en aurait été changé pour toujours. Oui, c'était la solution – enregistrer, conserver, lutter contre l'oubli. Suis-je un fanatique de la conservation ? N'est-ce pas la raison pour laquelle j'écris ? Pour laquelle j'écris ce livre en particulier ? N'est-il pas futile de vouloir enregistrer et préserver ?

Je pensai au vers de Dylan Thomas proclamant que si les amants meurent, l'amour survit. Il m'avait touché lorsque je l'avais lu pour la première fois, mais aujourd'hui je m'interroge : « survivre » où ? Comme idéal platonique ? Entend-on les arbres tomber quand il n'y a pas d'oreilles pour entendre ?

Finalement s'insinuèrent dans mon esprit les notions de rippling *et de relation aux autres, m'apportant un sentiment d'espoir et de réconfort. Chacun des membres de ce groupe serait affecté, peut-être à jamais, par ce qu'il avait vu et entendu ce jour-là. Nous sommes tous reliés aux autres ; chacun de ceux qui ont participé à cette séance transmettra à d'autres, explicitement ou implicitement, les leçons de vie qui ont dominé ces instants. Et ceux qui en accueilleront le témoignage le transmettront à d'autres. Des leçons d'une telle importance doivent être transmises. Le rayonnement de notre sagesse, de notre compassion, de notre vertu se propagera indéfiniment jusqu'à ce que… Jusqu'à ce que…*

En conclusion. Deux semaines plus tard, lorsque nous nous réunîmes chez Jeff peu avant sa mort, je lui demandai à nouveau l'autorisation de publier ces notes et s'il préférait que je le cite sous un nom fictif ou sous le sien. Il me demanda d'utiliser son vrai nom, et j'espère que la notion de *rippling*, à travers cette histoire, lui a offert un peu de réconfort.

La religion et la foi

Je n'ai jamais pratiqué. Autant qu'il m'en souvienne, je ne me rappelle pas avoir jamais eu de conviction religieuse. Je me souviens d'avoir été à la synagogue pendant les grandes vacances avec mon père et d'avoir lu la traduction anglaise des prières, interminables hymnes à la puissance et à la gloire de Dieu. J'étais stupéfait que la communauté rende hommage à une déité aussi cruelle, vaine, vengeresse, jalouse et avide de louanges. Je contemplais les têtes inclinées de mes parents, je les regardais psalmodier, espérant que l'un d'eux m'adresserait un sourire. Mais ils continuaient à prier sans désemparer. Je regardais mon oncle Sam, un chic type plein d'humour, espérant le voir me faire un clin d'œil et murmurer du coin des lèvres : « Ne prends pas tout ça trop au sérieux, petit. » Mais non. Il ne m'adressa ni clin d'œil ni sourire : il regarda droit devant lui et continua à psalmodier.

Adulte, j'ai assisté aux funérailles d'un ami catholique et écouté le prêtre proclamer que nous allions tous nous retrouver au ciel dans de joyeuses retrouvailles. Une fois de plus je contemplais tous ces visages autour de moi, n'y voyant qu'une fervente croyance. Je me suis senti enveloppé d'illusion. Une grande partie de mon scepticisme était sans doute due à la pédagogie rudimentaire de mes premiers instructeurs religieux ; si j'avais rencontré, dans ma jeunesse, un éducateur de qualité, sensible et subtil, j'aurais peut-être été convaincu et incapable d'imaginer un monde sans Dieu.

Dans ce livre consacré à l'angoisse de mort, je n'ai pas voulu m'étendre sur la consolation que procure la religion. Cela à cause d'un dilemme personnel embarrassant. Parce que je pense qu'une grande partie des idées exprimées dans ces pages seront utiles même aux lecteurs animés de fortes convictions religieuses, j'ai évité une phraséologie qui pourrait les inciter à interrompre aussitôt leur lecture. Je respecte les personnes qui ont la foi même si je ne la partage pas. D'autre part, mon travail est enraciné dans une conception séculière, existentielle du monde qui rejette les croyances surnaturelles. J'ai la conviction que la vie (y compris la vie humaine) est apparue à la suite d'événements aléatoires ; que nous sommes des êtres finis ; et que, envers et contre tout espoir, nous ne pouvons compter que sur nous-mêmes pour nous protéger, évaluer notre comportement, donner à notre vie un cadre qui ait du sens. Nous n'avons pas de destin tracé d'avance, et chacun de nous doit décider comment vivre une vie aussi remplie, heureuse et signifiante que possible.

Cette perspective peut certes paraître austère à certains, mais je ne partage pas cet avis. Si, comme le prétend Aristote, l'essence de l'être humain tient à sa seule faculté de raisonner, alors il nous faut améliorer cette faculté. C'est pourquoi les idées religieuses orthodoxes fondées sur des notions irrationnelles telles que les miracles m'ont toujours laissé perplexe. Je suis personnellement incapable de croire en quelque chose qui défie les lois de la nature.

Tentez cette expérience de pensée. Regardez le soleil en face ; sans cligner des yeux, considérez votre place dans l'existence ; essayez de vivre sans les garde-fous protecteurs qu'offrent beaucoup de religions – c'est-à-dire une sorte de permanence, d'immortalité ou de réincarnation, qui toutes dénient la finalité de la mort. Je pense pour ma part que nous pouvons parfaitement vivre sans garde-fous, et j'adhère à ces propos de Thomas Hardy : « S'il existe un chemin vers le Mieux, il importe de bien regarder le Pire. »

Je ne doute pas que la foi religieuse tempère les craintes de la mort chez beaucoup. Mais chez moi elle soulève cette question – elle me semble être une feinte pour contourner la mort : la mort n'y est pas définitive, la mort y est niée, la mort y est dé-mortalisée.

Comment dans ces conditions puis-je travailler avec ceux qui ont des convictions religieuses ? Je vais vous répondre de ma manière favorite – en vous racontant une histoire.

« Pourquoi Dieu m'a-t-il envoyé ces visions ? » : Tim

Voilà quelques années j'ai reçu un appel de Tim, qui me demandait une consultation pour l'aider à affronter, selon ses mots, « la plus importante question de l'existence – ou de mon existence ». Puis il ajouta : « Laissez-moi ajouter : une seule séance suffira. Je suis un homme religieux. »

Une semaine après il pénétra dans mon cabinet, vêtu d'une salopette blanche maculée de peinture, portant sous le bras un carton à dessins. C'était un homme de petite taille, bien en chair, avec de grandes oreilles, des cheveux grisonnants coiffés en brosse, et un immense sourire qui découvrait une dentition semblable à une palissade blanche à laquelle il manquerait plusieurs planches. Il arborait des lunettes si épaisses qu'elles me rappelèrent le fond des bouteilles de Coca-Cola. Il tenait un petit magnétophone à la main et demanda la permission d'enregistrer notre séance.

J'acceptai et obtins quelques informations préliminaires. Il avait trente-six ans, était divorcé ; il avait construit des maisons pendant les vingt-cinq dernières années et cessé de travailler pour s'adonner à son art. Puis, sans incitation de ma part, il se jeta à l'eau.

« Je vous ai appelé parce que j'ai lu il y a quelque temps votre *Thérapie existentielle*, et il m'a semblé que vous étiez un homme sage.

— Et comment en êtes-vous venu à vouloir consulter cet homme sage une seule fois ?

— Parce que je n'ai qu'une seule question à poser, et que vous devez être assez avisé pour répondre en une seule séance. »

Surpris par cette réplique éclair, je le dévisageai. Il détourna les yeux, regarda par la fenêtre, s'agita, puis se leva et se rassit à deux reprises, serrant son carton à dessins plus étroitement.

« Est-ce la seule raison ?

— Je savais que vous alliez poser cette question. Je sais souvent à l'avance exactement ce que les gens vont dire. Mais pour répondre à votre question, je vais vous donner la réponse essentielle, bien qu'il y en ait d'autres. Trois pour être exact. Primo – mes finances sont correctes mais pas florissantes. Deuxio – votre livre est sensé, mais il est clair que vous êtes un non-croyant, et je ne suis pas ici pour défendre ma foi. Tertio – vous êtes un psy, et tous les psys que j'ai rencontrés ont essayé de me fourguer des drogues.

— J'apprécie la clarté et la franchise de votre réponse, Tim. Je vais essayer d'être à la hauteur. Je ferai de mon mieux pour vous aider en une seule séance. Quelle est votre question ?

— J'ai fait beaucoup de choses en plus de construire des maisons. » Tim parlait rapidement, comme s'il avait répété son discours. « J'ai été poète. Musicien dans ma jeunesse – je jouais du piano et de la harpe et j'ai composé de la musique classique et un opéra qui a été monté par une troupe locale d'amateurs. Mais depuis trois ans je peins, je ne fais que peindre. Ici – il fit un signe de tête en direction du carton à dessins – se trouve le travail du seul mois dernier.

— Et la question ?

— Toutes mes toiles, tous mes dessins sont des reproductions de visions que Dieu m'a envoyées. Presque chaque nuit, entre le moment où je m'endors et celui où je me réveille, j'ai une vision envoyée par Dieu, et je passe la journée suivante, voire les suivantes, à recopier la vision. La question que je vous pose est : *pourquoi Dieu m'envoie-t-il ces visions ?* Regardez. »

Il ouvrit avec précaution le carton, hésitant visiblement à me montrer la totalité de son travail, et en sortit un grand dessin. « Voilà un exemple de la semaine dernière. »

C'était un remarquable dessin à la plume exécuté avec un soin méticuleux, d'un homme nu à plat ventre, saisissant le sol entre ses bras, peut-être même copulant avec la terre, tandis que les buissons et les branches des arbres alentour se penchaient vers lui et semblaient le caresser tendrement. Une quantité d'animaux – girafes, putois, chameaux, tigres – l'encerclait, chacun la tête baissée, comme pour lui rendre hommage. Au bas du dessin il avait griffonné dans la marge : « L'amour de la terre nourricière. »

Il sortit alors rapidement ses croquis, l'un après l'autre. J'étais ébloui par ses dessins à la plume et à l'acrylique, ces formes surprenantes, étranges et compliquées, accompagnées de symboles archétypaux, d'iconographie chrétienne, et de mandalas aux couleurs éclatantes.

Un regard sur la pendule m'obligea à m'arracher à ma contemplation : « Tim, l'heure touche à sa fin, et je voudrais essayer de répondre à votre question. J'ai deux observations vous concernant. La première est que vous êtes incroyablement créatif et en avez donné la preuve tout au long de votre vie – la musique, l'opéra, la poésie, et maintenant la peinture. Ma deuxième observation est que vous avez très peu d'estime pour vous-même : je ne crois pas que vous reconnaissiez et appréciez vos dons à leur juste valeur. Vous me suivez jusqu'ici ?

— Je crois, répondit Tim, l'air embarrassé, avant d'ajouter d'un air gêné : Vous n'êtes pas le premier à me le dire.

— Mon point de vue est que ces idées et ces dessins remarquables proviennent de votre propre source créatrice, mais vous avez si peu d'estime de vous, vous doutez à tel point de vous-même que vous n'imaginez pas être capable de telles créations, et vous en créditez automatiquement un autre, en l'occurrence Dieu. Pour moi, *même si votre créativité est un don de Dieu*, vous êtes le seul à avoir créé ces visions et ces dessins. »

Tim hochait la tête en m'écoutant avec attention. Il désigna le magnétophone et dit : « Je m'en souviendrai et j'écouterai souvent cette cassette. Je pense que vous m'avez donné ce dont j'avais besoin. »

Quand je travaille avec quelqu'un de religieux, je suis ce précepte qui est au sommet de mon échelle de valeurs : *avoir le souci de mes patients.* Rien ne doit interférer avec ce principe. Je ne conçois pas d'ébranler un système de croyance qui est vraiment profitable à une personne, même un système qui me paraît parfaitement irréel. Ainsi, quand un croyant me demande mon aide, je ne conteste jamais sa conviction intime, souvent ancrée depuis le début de son existence. Je cherche au contraire des moyens de soutenir cette croyance.

J'ai travaillé avec un prêtre qui avait toujours trouvé un immense réconfort dans ses conversations avec Jésus tôt le matin avant la messe. À l'époque de notre rencontre, harcelé par des problèmes administratifs et par un conflit avec ses collègues du diocèse, il avait pris l'habitude d'abréger ses conversations ou même d'y renoncer. J'entrepris d'explorer avec lui les raisons qui l'avaient amené à se priver de quelque chose qui lui procurait tant de réconfort et de guidance. Nous vînmes ensemble à bout de sa résistance. Je n'eus jamais la tentation de mettre en question sa pratique ni d'instiller le doute dans son esprit.

Je me souviens pourtant d'une exception frappante, un épisode au cours duquel j'ai perdu un peu de mon sang-froid thérapeutique.

Comment pouvez-vous vivre une vie dénuée de signification ? Le rabbin orthodoxe

Il y a des années, un jeune rabbin orthodoxe arrivant de l'étranger me demanda unc consultation. Il dit qu'il suivait une formation pour devenir thérapeute existentiel mais constatait certaines divergences entre ses antécédents religieux et mes formulations psychologiques. J'acceptai de le recevoir, et une semaine plus tard je vis débouler dans mon cabinet un jeune homme d'aspect agréable, le regard acéré, portant une longue barbe, des peyos (longs favoris bouclés), coiffé d'une kippa et, curieusement, chaussé de tennis. Pendant une demi-heure, nous parlâmes en termes généraux de son désir de devenir psychothérapeute et des conflits entre ses croyances religieuses et plusieurs formulations spécifiques contenues dans mon essai, *Thérapie existentielle*.

Déférent au début, son comportement changea peu à peu, et il se mit à exprimer ses convictions avec un tel zèle que je le suspectai d'être venu en réalité dans le but de me convertir à la vie religieuse. (Ce ne serait pas la première fois que j'aurais reçu la visite d'un missionnaire.) À mesure que son ton s'élevait et que ses mots se bousculaient dans sa bouche, je me laissai regrettablement gagner par l'impatience et me montrai beaucoup plus brutal et imprudent qu'à mon habitude.

« Votre souci est fondé, rabbin, l'interrompis-je. Il existe un antagonisme fondamental entre nos points de vue. Votre croyance en un Dieu personnel omniscient, omniprésent, qui vous observe, vous protège et vous fournit des règles de vie, est incompatible avec l'essence de ma vision existentielle de l'humanité, libre, mortelle, jetée seule et au hasard dans un univers indifférent. D'après vous, continuai-je, la mort n'est pas finale. Vous me dites qu'elle n'est qu'une nuit entre deux journées et que l'âme est immortelle. Donc, oui, votre souhait de devenir un thérapeute existentiel pose *vraiment* un problème : nos deux points de vue sont diamétralement opposés.

— Mais vous, répliqua-t-il, le visage soucieux, comment pouvez-vous vivre avec ces seules convictions ? Une vie privée de sens ? » Il agita son index dans ma direction. « Réfléchissez un instant. Comment pouvez-vous vivre sans croire en quelque chose de plus grand que vous-même ? C'est impossible, je vous l'affirme. C'est vivre dans l'obscurité. Comme un animal. Quelle signification aurait la vie si tout était destiné à s'effacer ? Ma religion m'offre signification, sagesse, moralité, un réconfort divin, une manière de vivre.

— Ce n'est pas une réponse rationnelle à mes yeux, rabbin. Ces ingrédients – signification, sagesse, moralité, bien vivre – ne dépendent pas d'une croyance en Dieu. Et oui, *naturellement*, il est vrai que la croyance religieuse vous donne la sensation d'être bon, réconforté, vertueux – c'est pour ça qu'on a inventé les religions. Vous demandez comment je peux vivre. Je pense que je vis bien. Je suis guidé par des doctrines d'origine humaine. Je crois dans le serment d'Hippocrate que j'ai prêté en tant que médecin, et je me consacre à aider les autres à guérir et à devenir plus forts. Je vis une vie morale. Je ressens de la compassion pour ceux qui m'entourent. Je vis une relation d'amour avec ma famille et mes amis. Je n'ai pas besoin de religion pour me fournir des orientations morales.

— Comment pouvez-vous dire des choses pareilles ? s'écria-t-il. Je vous plains sincèrement. Il y a des jours où, sans mon Dieu, mes rituels quotidiens, mes croyances, je ne suis pas sûr que je pourrais vivre.

— Et il y a des jours, répondis-je, perdant toute patience, où je pense que si je devais passer ma vie à croire des choses invraisemblables, mes journées à observer un régime de 613 règles et à glorifier un Dieu qui raffole des louanges humaines, j'irais me pendre ! »

À cet instant, le rabbin saisit sa kippa. *Oh-oh*, pensai-je ; *oh non, il ne va pas avaler ça. J'ai été trop loin ! Beaucoup trop loin ! Je me suis laissé entraîner à dire plus que je ne le voulais.* Jamais, jamais je n'ai eu le désir d'ébranler la foi religieuse de quiconque.

Mais non, il avait simplement saisi sa kippa pour se gratter la tête et montrer son incrédulité devant le fossé idéologique qui nous séparait et s'étonner de me voir si éloigné de mon héritage et de mes antécédents culturels. Nous finîmes la séance avec courtoisie, lui en direction du nord, et moi du sud. Je n'ai jamais su s'il avait poursuivi sa formation de psychothérapeute existentiel.

Écrire un livre sur la mort

Un dernier mot à propos de l'écriture d'un livre sur la mort. Il est naturel pour un homme de soixante-quinze ans porté sur l'introspection d'écrire sur la mort et l'impermanence. Les données quotidiennes sont trop éloquentes pour être ignorées : ma génération est en train de disparaître, mes collègues tombent malades et meurent, ma vision s'affaiblit, et je reçois des signaux de détresse de plus en plus fréquents émis par divers avant-postes somatiques – les genoux, les épaules, le dos, le cou.

Dans ma jeunesse, j'entendais les amis et les proches de mes parents dire que tous les hommes chez les Yalom avaient un caractère aimable – et que tous mouraient jeunes. J'ai longtemps cru en ce scénario de mort précoce. Pourtant j'ai atteint soixante-quinze ans. J'ai vécu beaucoup plus longtemps que mon père, et je sais que le temps m'est compté.

L'acte de création en soi n'est-il pas intimement mêlé à la crainte de la finitude ? C'était la conviction de Rollo May, peintre et écrivain de talent, dont le superbe tableau cubiste du Mont-Saint-Michel est accroché dans mon cabinet. Persuadé que la création nous permet de transcender notre angoisse de mort, il continua à écrire presque jusqu'à la fin. Faulkner avait exprimé la même idée : « Le but de chaque artiste est d'arrêter le mouvement, qui est la vie, par des moyens artificiels et de le fixer afin que cent ans plus tard, il se remette à bouger sous le regard d'un étranger. » Et Paul Théroux a dit que la mort est si douloureuse à contempler qu'elle nous amène à « aimer et apprécier la vie avec tant de passion qu'elle en devient la cause ultime de toute joie et de tout art ».

L'acte d'écrire par lui-même donne la sensation d'un renouveau. J'aime ce processus de création depuis les premiers miroitements d'une idée jusqu'à la conclusion du manuscrit. Son simple mécanisme est une source de plaisir. J'aime la menuiserie de l'écriture : trouver le mot parfait, poncer et polir les phrases, jouer avec le tic-tac de la cadence.

Certains pensent que mon immersion dans la mort doit être lugubre. À une conférence sur le sujet, il peut arriver qu'un collègue me dise que je dois mener une vie sinistre pour passer autant de temps sur des sujets aussi sombres. Si vous croyez cela, leur dis-je, c'est que j'ai mal fait mon travail. J'essaye à nouveau de faire comprendre qu'affronter la mort chasse la tristesse.

Je ne parviens parfois à décrire mon état intime qu'en utilisant la métaphore du « *split screen* ». Cette technique de thérapie hypnotique permet aux patients de détoxiquer certains souvenirs douloureux qui les hantent. La procédure est la suivante : le thérapeute demande à la personne hypnotisée de fermer les yeux et de séparer son horizon visuel, l'écran, en deux parties horizontales ; sur une moitié de l'écran, elle place les images sombres ou traumatisantes ; sur l'autre moitié, une scène agréable, évoquant une atmosphère de calme et de tranquillité (par exemple, une promenade sur un sentier de forêt ou une plage tropicale). La présence continue de cette image de sérénité compense et atténue celle de l'angoisse.

Une moitié de mon écran est lucide et sans cesse consciente de l'impermanence. L'autre moitié, au contraire, présente un film différent, un scénario que je peux décrire par une métaphore empruntée au biologiste évolutionniste Richard Dawkins, qui demande d'imaginer un rayon de lumière mince comme un rayon laser se déplaçant inexorablement le long de l'immense règle du temps. Tout ce que le rayon a dépassé est caché dans l'obscurité du passé ; tout ce qui est à l'avant du rayon est caché dans l'obscurité de ce qui est encore à naître. Seul vit ce qui est éclairé par le rayon. Cette image chasse en moi la tristesse et me rappelle la chance extraordinaire qui est la mienne d'être ici, en vie, heureux tout simplement d'être ! Et quelle stupidité tragique ce serait de réduire mon bref passage dans la vie en adoptant des schémas qui nient la vie, proclament que la vraie vie se trouve ailleurs, dans l'immensité obscure superbement indifférente qui est devant moi.

Écrire ce livre a été un voyage, un voyage émouvant en arrière, vers mon enfance et mes parents.

Des événements très anciens se rappellent à moi. J'ai découvert avec surprise que la mort a projeté son ombre sur moi tout au long de ma vie, et je me suis également étonné de la persistance et de la clarté de tant de souvenirs associés à la mort. Les caprices de la mémoire me frappent beaucoup – par exemple que ma sœur et moi, qui avons vécu jadis dans la même maison, ayons des souvenirs aussi différents des mêmes événements.

À l'approche du grand âge, le passé est de plus en plus présent en moi – comme Dickens le décrit si bien dans l'épigraphe qui ouvre ce chapitre. Peut-être suis-je en train de faire ce qu'il suggère : décrire un cercle qui me ramène de plus en plus près du commencement, lisser les rugosités de mon histoire, passer en revue tout ce qui m'a fait et tout ce que je suis devenu. Lorsque je revois des lieux de mon enfance et assiste à des réunions d'anciens élèves, je suis plus ému que je ne l'étais autrefois. J'éprouve peut-être de la joie à découvrir qu'il y a encore là un « là-bas », que le passé ne s'efface pas vraiment, que je peux le revisiter à volonté. Si, comme le dit Kundera, l'angoisse de mort naît de la disparition du passé alors refaire l'expérience du passé est un réconfort vital. L'impermanence est suspendue – au moins pour un temps.

7

Aborder l'angoisse de mort

Conseil aux thérapeutes

Je suis homme et rien de ce qui est humain ne m'est étranger

Térence

Bien que ce dernier chapitre s'adresse aux psychothérapeutes, j'ai essayé de le rédiger dans un langage débarrassé de tout jargon, espérant que n'importe quel lecteur pourra comprendre et apprécier ces mots. Donc, si vous n'êtes pas thérapeute, je vous en prie n'interrompez pas votre lecture. Mon approche de la psychothérapie n'est pas traditionnelle. Peu de programmes de formation soulignent (ou même mentionnent) une approche existentielle dans leur curriculum : en conséquence, beaucoup de thérapeutes s'étonneront de mes réflexions et de mes exemples cliniques. Pour expliquer ma démarche, j'ai tout d'abord besoin d'éclairer le terme *existentiel*, à propos duquel règne une grande confusion.

Que signifie existentiel ?

Pour ceux, nombreux, qui ont des connaissances philosophiques, le terme *existentiel* évoque un amalgame de significations : l'existentialisme chrétien de Kierkegaard basé sur la liberté et le choix ; le déterminisme iconoclaste de Nietzsche ; la priorité donnée par Heidegger à la temporalité et à l'authenticité ; le sens de l'absurde de Camus ; l'insistance de Sartre sur l'engagement face à l'absolu de l'acte gratuit.

Dans le travail clinique, toutefois, j'utilise le mot « existentiel » pour faire directement référence à l'existence. Bien que les penseurs existentiels privilégient différentes interprétations, ils souscrivent au même principe de base : *nous les humains sommes les seules créatures pour lesquelles le principal problème est l'existence.* Ainsi *existence* est mon concept clé. Je pourrais aussi bien utiliser des termes tels que « thérapie de l'existence » ou « thérapie basée sur l'existence ». C'est seulement parce que ces derniers semblaient pesants que j'utilise le terme plus facile de « psychothérapie existentielle ».

L'approche existentielle est l'une des nombreuses approches de la psychothérapie, qui ont toutes la même raison d'être – soigner le désespoir humain. La thérapie existentielle procède du principe que nos tourments ont pour origine *non seulement* notre substrat biologique génétique (un modèle psychopharmacologique), *non seulement* notre lutte avec des forces instinctives réprimées (une théorie freudienne), *non seulement* l'influence intériorisée d'adultes névrosés ou indifférents (la théorie de relation d'objet), *non seulement* certains troubles mentaux (une approche cognitive comportementale), *non seulement* des bribes de souvenirs traumatiques oubliés ou des moments de la vie touchant notre carrière ou des personnes chères, *mais aussi* – *mais aussi* – une confrontation avec notre propre vie.

La thérapie existentielle est donc fondée sur le principe intangible qu'outre les autres sources de désespoir, nous souffrons aussi de notre inévitable confrontation avec la condition humaine – les « données » de l'existence.

Quelles sont précisément ces « données » ?

La réponse est en chacun de nous, facilement accessible. Prenez du champ et méditez sur votre existence. Faites abstraction des diversions, mettez entre parenthèses les théories et croyances existantes, et réfléchissez à votre « situation » dans le monde. Vous arriverez inévitablement aux structures fondamentales de l'existence ou, pour employer les mots bien choisis du théologien Paul Tillich, *aux préoccupations ultimes*. De mon point de vue, quatre préoccupations ultimes sont particulièrement pertinentes pour la pratique de la thérapie : la mort, l'isolement, le besoin de sens et la liberté. Elles constituent l'articulation de mon essai de 1980, *Thérapie existentielle*, dans lequel je parle, en détail, de la phénoménologie et des implications thérapeutiques de chacun de ces enjeux.

Bien que dans le travail clinique quotidien les quatre préoccupations soient mêlées, la peur de la mort est celle qui nous marque et nous tourmente le plus. Au fur et à mesure que progresse la thérapie, toutefois, les préoccupations concernant le besoin de sens, l'isolement et la liberté émergent tout autant. Certains thérapeutes existentiels ayant adopté une perspective différente peuvent préférer une autre hiérarchie : Carl Jung et Viktor Frankl par exemple soulignent le grand nombre de patients qui recherchent la thérapie parce qu'ils ont perdu tout sens de la signification de la vie.

Le point de vue universel sur lequel je fonde mon travail clinique englobe la rationalité, évite les croyances surnaturelles, et postule que la vie en général et notre vie humaine en particulier proviennent d'événements fortuits ; que, malgré le désir de permanence qui nous est propre, nous sommes des êtres finis ; que nous sommes projetés seuls dans l'existence sans une organisation de vie ni une destinée prédestinées ; que chacun de nous doit décider comment vivre aussi pleinement, heureusement, moralement et intelligemment que possible.

La thérapie existentielle existe-t-elle ? Bien que je parle sans cesse et avec familiarité de la psychothérapie existentielle (et que j'aie écrit un long essai portant ce titre), je ne l'ai jamais considérée comme une école idéologique. Je dirais plutôt qu'un thérapeute bien formé qui connaît et pratique d'autres approches thérapeutiques devrait aussi être sensible aux questions existentielles.

Si mon intention dans ce chapitre est de sensibiliser les thérapeutes aux problèmes vitaux existentiels et d'encourager leur désir de les aborder, je crois cependant que cette sensibilité est rarement suffisante pour obtenir un résultat globalement positif : à presque chaque étape du traitement, les talents du thérapeute acquis dans d'autres domaines devront entrer en jeu.

Parfois, lors d'un cours sur la nécessité de considérer la condition humaine en thérapie, il arrive qu'un étudiant me fasse remarquer : « Ces notions sur notre place dans l'existence résonnent comme la vérité, mais elles paraissent tellement immatérielles, peu substantielles. Que fait exactement un thérapeute existentiel au cours d'une heure de thérapie ? » Un autre peut demander : « Si j'étais une mouche sur le mur de votre bureau, que verrais-je durant une de vos séances ? »

Je réponds en offrant d'abord un conseil sur la façon d'observer et d'appréhender ces séances – un conseil que tous les thérapeutes apprennent au début de leur formation et qui continuera à s'avérer valable après des décennies de pratique. Le conseil est plus compliqué qu'il n'y paraît : *distinguer entre le contenu et le processus* (dans ce contexte j'utilise le mot « processus » pour parler de la nature de la relation thérapeutique).

Le sens du mot *contenu* est évident, il se rapporte simplement aux sujets et questions discutés. Il y aura des moments où le patient et moi-même consacrerons une partie de notre temps à parler des idées exprimées dans ce livre et d'autres où pendant des semaines entières il n'y aura aucun contenu existentiel dans nos discussions concernant des questions telles que l'amitié, l'amour, le sexe, les choix de carrière, les problèmes d'argent ou les relations familiales.

En d'autres termes, le contenu existentiel peut être fondamental pour certains patients (mais pas pour tous) à certaines étapes de leur thérapie (mais pas à toutes). Il doit en être ainsi. Le thérapeute efficace ne devrait jamais forcer le contenu : la thérapie ne devrait pas être dictée par la théorie mais par la relation.

Il en va différemment lorsque vous examinez une séance non pour son contenu mais pour « la relation » (souvent rapportée dans la littérature professionnelle comme « processus »). Le thérapeute attentif aux questions existentielles n'a pas la même relation avec un patient que celui qui y est peu sensible – *la différence est évidente dans le déroulement de la séance.*

Jusqu'ici dans ce livre j'ai beaucoup parlé du contenu existentiel; la plupart des exemples que j'ai cités portent sur le pouvoir de transformation des idées (par exemple, les principes épicuriens, le rayonnement, l'accomplissement de soi). Mais les idées en général ne suffisent pas : *c'est la synergie « idées/relation » qui crée le véritable pouvoir thérapeutique.* Dans ce chapitre, je proposerai nombre de suggestions pour vous aider, vous les thérapeutes, à accroître la signification et l'efficacité de la relation thérapeutique, qui en retour améliorera votre capacité à aider vos patients à affronter et à surmonter la terreur de la mort.

Que la structure de la relation soit cruciale pour le changement thérapeutique n'a rien de nouveau. Pendant un siècle, les cliniciens et les enseignants psychothérapeutes ont constaté que c'est la *relation* qui soigne et non les seules théories ou idées. Les premiers analystes ont compris qu'il était essentiel d'avoir une alliance thérapeutique solide et, en conséquence, ont examiné en détail l'interaction entre le thérapeute et le patient.

Si nous acceptons le principe (et la somme des recherches qui l'accompagnent) que la relation thérapeutique est instrumentale en psychothérapie, la question qui en découle est la suivante : quel est le type de relation le plus efficace ? Voilà plus de soixante ans, Carl Rogers, un pionnier en recherche psychothérapique, a démontré que l'amélioration en thérapie était associée à un accord parfait de comportements thérapeutiques : sincérité, empathie aiguë, et regard inconditionnellement positif.

Ces caractéristiques sont importantes dans toutes les formes de thérapie, et je les encourage fortement. Je crois, toutefois, que dans le travail sur l'angoisse de mort ou tout autre sujet existentiel, le concept de sincérité prend un sens différent, d'une portée plus grande, qui a pour résultat des changements radicaux dans la nature de la relation thérapeutique.

Le pouvoir de la relation aux autres dans la maîtrise de l'angoisse de mort

Lorsque je fixe mon attention sur les faits objectifs de la vie, je ne perçois pas de frontière claire entre mes patients, qui souffrent, et moi-même, qui soigne. Les définitions de rôle ordinaire et les diagnostics caractérologiques entravent plutôt qu'ils ne facilitent la thérapie. Parce que je crois que l'antidote à l'angoisse est la relation à l'état pur, j'essaie de n'ériger aucune barrière artificielle et inutile entre mon patient et moi. Dans le processus de la thérapie, je suis un guide expert mais pas infaillible. J'ai déjà fait ce parcours

– dans mon propre voyage exploratoire et comme guide pour beaucoup d'autres.

Dans mon travail avec mes patients, je cherche donc avant tout la relation. À cette fin, je suis résolu à agir de bonne foi : ni uniforme ni costume; pas d'étalage de diplômes, de distinctions professionnelles ou de récompenses; pas question de déployer une connaissance que je ne possède pas; ni de nier que je suis moi aussi confronté à des dilemmes existentiels; ni de refuser de répondre aux questions; ni de me cacher derrière mon rôle; pas question, enfin, de dissimuler ma propre humanité et mes propres vulnérabilités.

Les chiens sauvages aboient dans le grenier : Mark

Je commencerai en décrivant une séance de thérapie qui illustre plusieurs aspects de l'influence d'une sensibilité existentielle sur la relation thérapeutique, y compris une attention principalement centrée sur l'ici et maintenant et un plus grand dévoilement de soi de la part du thérapeute. Cette séance a eu lieu au cours de la seconde année de thérapie de Mark, un psychothérapeute de quarante ans qui avait cherché à se faire aider à la suite du deuil de sa sœur et d'une angoisse de mort persistante. (Je parle brièvement de Mark dans le chapitre trois.)

Pendant les quelques mois qui ont précédé cette séance, ses préoccupations concernant la mort avaient fait place à un autre sujet : un attrait sexuel pour une de ses patientes, Ruth.

Je commençai la séance d'une façon inhabituelle : je dis à Mark que je lui avais adressé le matin même un jeune homme de trente ans qui désirait suivre une thérapie de groupe. « S'il vous contacte, dis-je, téléphonez-moi, je vous donnerai de plus amples informations sur lui. »

Comme Mark hochait la tête, je continuai : « Bien, par où commençons-nous aujourd'hui ?

— Par le même vieux truc. Comme d'habitude, je n'ai pensé qu'à Ruth sur le trajet en venant vous voir. Impossible de me l'ôter de l'esprit. Hier soir, je suis allé dîner avec de vieux camarades de lycée, ils ont évoqué nos anciennes histoires d'amour, et j'ai recommencé à être obsédé par Ruth – à avoir envie d'elle.

— Pouvez-vous décrire votre obsession ? Dites-moi exactement ce que vous ressentez.

— Oh, c'est un sentiment absurde, infantile, émerveillé. Je me sens tellement stupide – je suis adulte. J'ai quarante ans. Je suis un psychologue. Elle est ma patiente, et je sais qu'il n'y aura pas de suite.

— Attardons-nous sur votre sentiment d'émerveillement, dis-je. Approfondissons-le. Dites-moi ce qu'il vous évoque. »

Il ferma les yeux. « La légèreté, j'ai presque l'impression de voler… disparues les tristes pensées pour ma pauvre sœur décédée… disparues les pensées de mort… soudain je revois une scène : je suis assis sur les genoux de ma mère, et elle me serre contre elle. Je dois avoir cinq ou six ans – c'était avant qu'elle n'ait un cancer.

— Ainsi, me hasardai-je, quand apparaît le sentiment d'émerveillement, la mort disparaît et, avec elle, le cortège de pensées liées à la mort de votre sœur.

Vous êtes à nouveau un jeune garçon dans les bras de votre mère avant qu'elle ne soit atteinte d'un cancer.

— Peut-être, oui. Je n'y ai jamais pensé de cette façon.

— Mark, je me demande si ce sentiment de bonheur émerveillé ne s'apparente pas à la fusion, au sentiment du "moi" solitaire qui se fond dans le "nous". Et il me semble que l'autre acteur principal ici est le sexe – une force tellement vitale qu'elle peut, au moins temporairement, repousser la mort de la scène de votre esprit. En conséquence, je crois que votre attirance pour Ruth combat votre angoisse de mort de deux façons efficaces. Pas étonnant que vous vous y accrochiez avec une telle ténacité.

— Vous avez raison quand vous dites que le sexe chasse "temporairement" la mort de mon esprit. J'ai passé une semaine plutôt agréable, mais les pensées de mort ne cessent de revenir, de s'imposer. Dimanche, j'ai emmené ma fille faire un tour en moto à La Honda, puis nous sommes allés jusqu'à la mer à Santa Cruz – c'était une journée magnifique, mais la pensée de la mort ne m'a pas quitté. "Combien de fois pourras-tu refaire ce genre de balade ? me disais-je. Tout passe – je vieillis, ma fille grandit."

— Ces pensées, dis-je, analysons-les, passons-les au crible. Je sais que la peur de la mort est accablante – mais à y regarder de très près, dites-moi, quel est le plus effrayant dans le fait de mourir ?

— La souffrance, je suppose. Ma mère a beaucoup souffert – mais non, ce n'est pas le principal. Avant tout, c'est de ne pas savoir comment ma fille pourra se débrouiller dans la vie. Les larmes me montent presque toujours aux yeux quand je me demande ce qu'elle deviendra quand je mourrai.

— Mark, je crois que vous avez été surexposé à la mort – trop, trop tôt. Vous aviez une mère qui a développé un cancer quand vous étiez enfant, et vous l'avez vue mourir pendant les dix années qui ont suivi. Et sans père. Mais votre fille a eu une mère différente et en bonne santé et un père qui l'emmène se promener en moto le dimanche, et qui est présent tous les jours. Je crois que vous reportez sur elle votre propre expérience – je veux dire que vous projetez sur elle vos peurs et votre état d'esprit. »

Mark hocha la tête, demeura silencieux pendant un moment, puis se tourna vers moi. « Laissez-moi vous demander une chose : comment faites-vous face à tout ça ? La peur de la mort ne vous atteint donc pas ?

— J'ai des moments d'angoisse de mort vers trois heures du matin, mais ils surviennent beaucoup moins fréquemment maintenant et, en vieillissant, regarder la mort en face a des effets positifs : j'éprouve des sentiments plus intenses, plus vigoureux ; la mort m'amène à mieux profiter de chaque moment – m'incite à apprécier et à savourer le simple plaisir d'être conscient, d'être en vie.

— Mais vos enfants ? Vous ne vous inquiétez pas de leur réaction à votre mort ?

— Je ne m'inquiète pas trop. Je pense que le "job" des parents est d'aider leurs enfants à devenir autonomes, à s'éloigner d'eux et à réussir dans la vie. Mes enfants vont bien – ils auront du chagrin, mais poursuivront leur chemin. Exactement comme le fera votre fille.

— Vous avez raison. Je sais au fond de moi qu'elle saura se débrouiller. En fait, il m'est venu à l'esprit récemment que je pourrais être un modèle pour elle sur la façon d'affronter la mort.

— C'est une idée merveilleuse, Mark. Un cadeau magnifique à offrir à votre fille. »

Après un court silence, je continuai : « Laissez-moi vous demander quelque chose concernant le moment présent, ce qui se passe entre vous et moi aujourd'hui. Cette séance a été différente – plus qu'à l'accoutumée vous m'avez posé une quantité de questions. Et j'ai essayé de leur donner une réponse. Quel effet cela vous fait-il ?

— Cela me fait du bien. Chaque fois que vous partagez avec moi une part de vous-même, je prends conscience que j'ai besoin d'être plus ouvert dans ma propre pratique de la thérapie.

— Je voudrais vous poser une autre question. Au tout début de la séance, vous avez dit que comme d'habitude vous avez pensé à Ruth sur le trajet en venant me voir. Qu'en pensez-vous ? Pourquoi en venant me voir ? »

Mark resta silencieux, secouant lentement la tête.

« C'est peut-être pour compenser le travail difficile que vous craignez devoir affronter ici ?

— Non, ce n'est pas ça. » Mark s'interrompit, comme s'il s'armait de courage. « C'est pour échapper à une autre interrogation. Que pensez-vous de moi, comment me jugez-vous, moi un thérapeute, dans cette histoire ?

— Je peux vous comprendre, Mark. J'ai été sexuellement attiré par des patientes, comme tous les psychothérapeutes de ma connaissance. Maintenant, il ne fait aucun doute que, comme vous le soulignez, vous vous êtes trop impliqué dans cette relation, mais le sexe a une façon particulière de dominer la raison. Je sais que votre intégrité vous retiendra de profiter de votre attirance pour votre patiente. Et je crois aussi que notre travail vous a d'une certaine manière encouragé à approfondir vos sentiments. Je veux dire que vous vous êtes libéré de vos contraintes parce que vous saviez que vous me retrouviez ici toutes les semaines comme un filet de protection.

— Mais vous ne me jugez pas incompétent ?

— Que faites-vous du fait que je vous ai envoyé un patient aujourd'hui ?

— D'accord, bon – j'ai compris le message. C'est un message très fort, je sais – et je me sens tellement encouragé par ce que vous avez fait que je peux à peine trouver les mots pour l'exprimer.

« Pourtant, continua Mark, il y a encore une petite voix dans ma tête qui dit que vous devez me trouver minable.

— Non, c'est faux. Il est temps d'effacer cette pensée. Nous avons dépassé notre heure aujourd'hui, mais je voudrais ajouter autre chose : ce parcours que vous avez accompli, cette expérience avec Ruth, n'a rien de répréhensible. Je crois sincèrement que vous en sortirez grandi. Laissez-moi vous citer les paroles de Nietzsche : “Pour devenir sage apprends à écouter les chiens sauvages qui aboient dans ta cave.” »

Mon propos fit mouche – Mark répéta les mots pour lui-même. Il quitta le cabinet les larmes aux yeux.

En même temps que le sujet de la relation aux autres, cette séance illustre d'autres thèmes existentiels que je traiterai l'un après l'autre : la félicité amoureuse, le sexe et la mort, la peur de la mort, l'acte thérapeutique et la parole thérapeutique, l'ici et maintenant en thérapie, la maxime de Térence et le dévoilement de soi du thérapeute.

La félicité amoureuse

Le mécanisme décrit par Mark au début de la séance – le sentiment d'« éblouissement » et de félicité que lui procurait son attirance pour Ruth, en même temps que le souvenir d'une béatitude similaire quand il était blotti sur les genoux de sa mère, avant qu'elle ne soit atteinte d'un cancer – est souvent présent dans les engouements amoureux. Dans l'esprit d'un amoureux obsédé, les autres sujets sont écartés : l'être aimé – chacun de ses mots, chacune de ses manies, de ses marottes même – réclame toute son attention. Ainsi, lorsque Mark était douillettement installé sur les genoux de sa mère, la souffrance de sa solitude disparaissait parce qu'il n'était plus un « Je » solitaire. Ma remarque, « le "Je" solitaire se fond dans le "nous" », expliquait clairement comment son obsession avait soulagé cette souffrance. Je ne sais pas si cette phrase vient de moi ou si je l'ai lue jadis quelque part, mais son utilité m'est apparue avec beaucoup de mes patients en proie à une attirance amoureuse.

Sexe et mort

Quant au thème du sexe et de la mort, non seulement la fusion amoureuse a réduit l'angoisse existentielle de Mark, mais un autre remède à l'angoisse de mort – le pouvoir de la sexualité – s'est mis de la partie. Le sexe, la force vitale, contre souvent les pensées morbides. J'ai rencontré plusieurs exemples de ce mécanisme : un patient atteint d'une maladie coronaire grave qui ne pouvait s'empêcher de tripoter l'infirmière dans l'ambulance qui l'emmenait aux urgences ; une veuve en proie à ses pulsions sexuelles tandis qu'elle assistait aux funérailles de son mari ; un veuf âgé terrifié par la mort, qui était anormalement obsédé par le sexe et eut tellement d'aventures tumultueuses avec les femmes de sa maison de retraite que l'administration exigea qu'il consulte un psychiatre. Et cette autre femme âgée qui, après la mort de sa sœur jumelle à la suite d'un infarctus, craignit de succomber elle aussi à une attaque à la suite des multiples orgasmes qu'elle déclenchait à l'aide d'un vibromasseur. De peur que ses filles ne découvrent l'appareil près de son corps, elle décida de s'en débarrasser.

Disséquer la peur de mourir

Pour m'attaquer à la peur de mourir de Mark, je lui demandai – comme je l'ai demandé à d'autres patients dans des exemples précédents – de me dire ce qui l'effrayait le plus dans la mort. Mark ne répondit pas comme les autres : « tout ce que je n'aurais pas fait », « je veux voir la fin des histoires », « que je ne sois plus là ». Il s'inquiétait surtout ce que ferait sa fille sans lui. Pour m'attaquer à cette peur, je l'aidais à en percevoir l'irrationalité et à comprendre qu'il projetait ses propres problèmes sur sa fille (qui avait des parents aimants et présents). J'approuvai sa résolution d'être un exemple pour elle sur la façon d'affronter sereinement la mort. (Au chapitre cinq, j'ai mentionné un groupe dans lequel plusieurs patients en phase terminale prirent la même décision.)

L'acte thérapeutique et la parole thérapeutique

J'ai commencé la séance en annonçant à Mark que j'avais recommandé le groupe de thérapie qu'il dirigeait à l'un de mes patients. Presque tous les professeurs de psychothérapie réprouvent l'idée d'établir une relation duelle – c'est-à-dire tout type de relation secondaire avec un patient. Adresser un patient à Mark comportait des risques potentiels : par exemple, son désir de me plaire pouvait l'empêcher d'être véritablement attentif à ce patient ; il aurait pu en résulter la présence de trois personnes dans la relation – Mark, le patient, et mon fantôme influençant les paroles et les sentiments de Mark.

Les relations duelles ne sont pas, en général, favorables au déroulement du processus thérapeutique, mais dans ce cas particulier je considérais le risque faible et le résultat potentiel élevé. Avant que Mark ne devienne mon patient, j'avais pu apprécier son efficacité en groupe. En outre, il avait toujours été excellent avec des patients qui lui avaient été adressés précédemment, avant qu'il ne commence une thérapie avec moi.

Quand, à la fin de notre séance, il se montra extrêmement critique envers lui-même, convaincu que j'avais moi aussi une piètre opinion de lui, j'eus une réponse convaincante : je lui rappelai que je venais de lui adresser un patient. Cet acte fut infiniment plus réconfortant que n'importe quelle parole de soutien. L'acte thérapeutique est beaucoup plus efficace que la parole thérapeutiquc.

Utiliser l'ici et maintenant en thérapie

Notez les deux moments durant la séance où je suis passé à l'ici et maintenant. Mark a commencé la séance en disant que « comme d'habitude » sur le trajet de mon cabinet il s'était laissé aller à fantasmer agréablement sur sa patiente, Ruth. Cette remarque avait bien sûr des implications pour notre relation. Je la gardais en réserve et, plus tard au cours de la séance, lui demandai pourquoi il était habituellement obsédé par Ruth lorsqu'il s'apprêtait à venir me voir.

Ensuite, Mark m'a posé plusieurs questions sur ma propre angoisse de mort et sur mes enfants, et j'ai répondu à chacune de ses questions, tout en m'assurant d'explorer ce qui le poussait à m'interroger et comment il réagissait à mes réponses. *La thérapie est toujours une séquence alternée d'interaction et de réflexion sur cette interaction.* (J'aurai plus à dire sur cette notion quand je parlerai de l'« ici et maintenant » un peu plus loin dans ce chapitre.) En fin de compte, la séance avec Mark illustre la synergie entre les idées et les relations : les deux facteurs ont été ici à l'œuvre, ainsi que dans la plupart des séances de thérapie.

La maxime de Térence et le dévoilement de soi du thérapeute

Térence, dramaturge romain du IIe siècle, offre un aphorisme d'une importance capitale dans le travail interne du thérapeute : *Je suis homme et rien de ce qui est humain ne m'est étranger.*

Ainsi, à la fin de la séance, lorsque Mark rassembla son courage pour poser une question qu'il avait longtemps refoulée – comment me jugez-vous comme thérapeute dans l'épisode de Ruth ? – Je choisis de répondre que je pouvais le comprendre parce que j'avais moi-même été parfois attiré sexuellement par mes patientes. J'ajoutai que c'était vrai de tous les thérapeutes de ma connaissance.

Mark posait là une question embarrassante, mais, lorsque j'y fus confronté, je suivis la maxime de Térence et cherchai dans mon esprit un souvenir similaire à partager. Aussi brutale, cruelle, interdite, ou étrange que soit l'expérience d'un patient, elle peut éveiller en vous une résonance à la condition d'accepter de pénétrer dans votre propre obscurité.

Les thérapeutes débutants devraient utiliser la maxime de Térence comme un mantra. Elle les aiderait à comprendre les sentiments de leurs patients en les rapprochant de leurs expériences intimes. Cet aphorisme est particulièrement utile dans le travail avec des patients qui souffrent d'angoisse de mort. Si vous désirez être réellement présent avec de tels patients, vous devez vous ouvrir à votre propre peur de la mort. Je ne veux pas faire preuve de désinvolture : ce n'est pas une tâche facile, et aucun programme de formation ne nous prépare à ce type de travail.

Suite

Au cours des dix années suivantes, j'ai revu Mark à deux reprises pour une brève thérapie concernant une récurrence de ses angoisses de mort, une fois après la mort d'un ami proche et une autre lorsque lui-même subit une intervention chirurgicale pour une tumeur bénigne. Chaque fois il réagit rapidement à quelques séances. À la fin il se sentit assez fort pour aider des patients angoissés par la mort alors qu'ils subissaient une chimiothérapie.

Le choix du moment et l'expérience révélatrice : Patrick

Jusqu'ici, j'ai pour des raisons pédagogiques séparé idées et relations personnelles, mais il est temps de les réunir. D'abord, un axiome fondamental : *les idées ne sont efficaces que lorsque le lien thérapeutique est solide.* Mon travail avec Patrick, un pilote de ligne, illustre une erreur dans le choix du moment : j'ai tenté d'imposer les idées en l'absence d'un solide lien thérapeutique.

Bien que les voyages à travers le monde ne facilitent pas les rendez-vous, j'ai vu Patrick, un pilote de ligne de cinquante-cinq ans, pour des consultations occasionnelles pendant une période de deux ans. Lorsqu'il fut affecté pour six mois à un poste au sol nous convînmes d'en profiter pour nous rencontrer une fois par semaine.

Comme la plupart des pilotes, Patrick avait été touché par les perturbations récentes de l'industrie de l'aviation. La compagnie avait diminué son salaire de moitié, réduit la pension qu'il avait capitalisée depuis trente ans, le poussant à voler avec une telle fréquence que le *jet lag* et des ruptures du rythme circadien provoquaient chez lui de sérieux troubles du sommeil, auxquels s'ajoutaient des acouphènes constants et incurables liés à sa profession. Sa compagnie non seulement refusait d'assumer la responsabilité de ses problèmes, mais aussi, selon Patrick, essayait de forcer ses pilotes à voler encore davantage.

Que recherchait-il dans la thérapie ? Bien qu'il aimât toujours voler, il savait que la perspective d'une nouvelle carrière était inéluctable. À cela s'ajoutait qu'il était insatisfait de la liaison dans laquelle il se morfondait depuis trois ans avec sa compagne, Maria. Patrick désirait soit améliorer leur relation soit y mettre fin et s'en aller.

La thérapie progressait lentement. Je m'efforçais, en vain, d'établir un lien thérapeutique fort, mais Patrick était habitué à être maître à bord et, avec son passé militaire de « chef d'escadrille », avait peine à dévoiler ses vulnérabilités. En outre, il avait une raison de se montrer réticent, car tout diagnostic de désordre mental pouvait le clouer au sol ou pire lui coûter son brevet de pilote de ligne, et donc son job. Étant donné tous ces obstacles, Patrick demeurait réservé au cours de nos séances. Je ne parvenais pas à l'atteindre. Je savais qu'il n'attendait jamais nos rencontres avec impatience et qu'il ne pensait pas à sa thérapie entre nos rendez-vous.

Quant à moi, bien que m'intéressant à lui, je n'arrivais pas à briser la distance existant entre nous. J'éprouvais rarement du plaisir à le voir et me sentais malhabile et coincé dans notre travail.

Un jour, alors que nous en étions au troisième mois de thérapie, Patrick éprouva une violente douleur abdominale ; il alla aux urgences où un médecin l'examina, palpa la masse abdominale et, l'air très inquiet, ordonna sur-le-champ un scanner. Pendant les quatre heures d'attente avant l'examen, Patrick se sentit terrifié à la perspective d'avoir un cancer, envisagea sa mort, et prit plusieurs résolutions destinées à changer sa vie. Au bout du compte, il apprit qu'il n'avait qu'un kyste bénin, qu'un chirurgien lui ôta.

Pourtant, ces quatre heures à envisager la mort eurent un effet notable sur lui. À la séance suivante, il était ouvert au changement comme il ne l'avait jamais été. Il dit, par exemple, qu'il avait été bouleversé à la pensée d'affronter la mort alors qu'il avait à peine réalisé son potentiel dans la vie. Il savait désormais – il le savait vraiment – que le métier de pilote était nuisible pour sa santé, et il résolut de renoncer à ce qui avait tant compté pour lui pendant de si nombreuses années. Il avait la chance d'avoir une position de repli – la possibilité de travailler dans l'entreprise de vente au détail de son frère.

Patrick décida aussi de mettre fin à sa rupture avec son père, qui avait pris naissance des années auparavant lors d'une querelle stupide et avait continué à couver et à contaminer ses relations avec toute sa famille. Et les longues heures à attendre les résultats du scanner avaient accru sa résolution de changer sa relation avec Maria. Soit il ferait un réel effort pour renouer avec elle des liens plus affectueux et plus sincères, soit il la quitterait et chercherait une compagne qui lui conviendrait mieux.

Pendant les semaines qui suivirent, la thérapie prit une nouvelle dimension. Patrick était plus ouvert envers lui-même et dans une certaine mesure avec moi. Il donna suite à plusieurs de ses résolutions : il rétablit ses rapports avec son père et le reste de sa famille et assista à un dîner familial de Thanksgiving, le premier depuis dix ans. Il renonça à voler et accepta, malgré une autre réduction de son salaire, une situation de directeur dans l'une des franchises de son frère. Toutefois, il remit à plus tard de s'attaquer à sa relation avec Maria. Après quelques semaines, il commença à régresser et son attitude dans nos séances reprit son aspect décousu.

Alors qu'il nous restait trois séances avant son départ pour de nouvelles fonctions, je tentai de catalyser la thérapie et de lui faire retrouver l'état d'esprit qui avait suivi sa confrontation avec la mort. À cet effet, je lui envoyai un e-mail, accompagné de mes notes détaillées sur la séance qui avait suivi l'épisode du scanner.

J'ai déjà employé cette technique avec de bons résultats, en aidant les patients à retrouver un état d'esprit précédent. Et pendant des décennies j'ai adressé des résumés écrits de nos séances aux membres de mes thérapies de groupe. Mais, à mon grand étonnement, l'approche eut l'effet inverse. Patrick répondit avec irritation à mon e-mail : il prit mes intentions de travers et ne vit que critique dans mon geste. Il crut que je lui reprochais de n'avoir pas changé sa relation avec Maria. Rétrospectivement, je me rends compte que je n'avais jamais réussi à établir un lien thérapeutique assez fort avec lui. Ainsi, *nota bene*, dans une relation de méfiance ou de compétition thérapeute-patient, les efforts les mieux intentionnés et les mieux fondés peuvent échouer parce que le patient se sent rejeté par vos observations et trouve à la fin un moyen de vous rejeter.

Travailler dans l'ici et maintenant

J'ai souvent entendu poser la question : une personne a-t-elle besoin d'un thérapeute si elle est entourée d'amis ? Les amis intimes sont essentiels pour avoir une vie agréable. Qui plus est, si quelqu'un est entouré de bons amis ou (plus précisément) a la capacité d'établir des relations personnelles durables, il est probable qu'il aura moins besoin de recourir à une thérapie. Quelle est alors la différence entre un bon ami et un thérapeute ? Les bons amis (ou votre coiffeur, votre masseuse, votre barbier, votre prof de gym) peuvent vous offrir soutien et empathie. Les bons amis peuvent être des confidents attentifs sur lesquels compter en cas de besoin. Mais il reste une différence majeure : seuls les thérapeutes seront à même de se confronter avec vous dans l'ici et maintenant.

Les interactions de l'ici et maintenant (c'est-à-dire les réflexions concernant la conduite immédiate de l'autre) surviennent rarement dans la vie sociale. Sinon, elles sont signe d'une très grande intimité ou d'un conflit imminent (par exemple : je n'aime pas la façon dont tu me regardes) ou d'une interaction parent-enfant (cesse de lever les yeux au ciel quand je te parle).

Dans la séance de thérapie, l'ici et maintenant est centré sur la relation entre le thérapeute et le patient dans le présent immédiat. L'attention n'est pas portée sur le passé historique du patient (l'ici et alors) ni sur la vie extérieure actuelle du patient (le là et maintenant).

Pourquoi l'ici et maintenant est-il si important ? La formation psychothérapeutique a pour précepte fondamental que la situation thérapeutique est un microcosme social ; c'est-à-dire que les patients montreront tôt ou tard dans le cadre de la thérapie le même comportement que dans la vie courante. Qu'ils soient modestes, arrogants, craintifs, séducteurs ou exigeants, ils afficheront la même attitude envers le thérapeute durant la séance. À ce point, un thérapeute peut faire ressortir le rôle du patient dans la création d'un problème affectant la relation patient-thérapeute.

C'est une première étape pour aider un patient à assumer la responsabilité des difficultés de sa situation. En fin de compte, le patient est réceptif à un corollaire fondamental : si vous êtes responsable de ce qui cloche dans votre vie, alors vous, et seulement vous, êtes capable de le changer.

En outre – et ce point est crucial – l'information glanée par le thérapeute dans l'ici et maintenant est extrêmement précise. Les patients parlent beaucoup de leurs interactions avec autrui – amants, amis, patrons, professeurs, parents –, mais vous, le thérapeute, vous ne les connaissez qu'à travers leur regard. Ces comptes rendus d'événements extérieurs sont des données indirectes, souvent biaisées et hautement incertaines.

Combien de fois ai-je entendu un patient décrire une autre personne – son épouse par exemple – pour me retrouver ensuite frappé de surprise à la vue de l'épouse en question lors d'une séance de couple. Cette femme charmante et pleine de vie était-elle la même personne irritante, morne ou indifférente dont j'avais entendu parler pendant des mois ? C'est en observant son comportement lors des séances de thérapie qu'un thérapeute parvient à une connaissance réelle de son patient. Ce sont de loin vos données les plus fiables : vous avez une expérience directe de la façon dont il ou elle interagit avec vous, et donc de la façon dont il interagit probablement avec les autres.

Un usage approprié de l'ici et maintenant au cours de la thérapie crée un laboratoire sûr, une arène confortable dans laquelle les patients peuvent se risquer, dévoiler leur moi le plus obscur et le plus éclatant, entendre et accepter les informations en retour et, plus important, faire l'expérience d'un changement personnel. Plus vous vous concentrez sur l'ici et maintenant (et j'y suis attentif à chaque séance), plus vous et votre patient êtes fortement liés dans une relation intime et confiante.

Une bonne thérapie possède un rythme particulier. Les patients révèlent des sentiments qu'ils ont précédemment niés ou supprimés. Le thérapeute comprend et accepte ces sentiments sombres ou tendres. Soutenu par cette acceptation, le patient se sent en sécurité ; réconforté, il en vient à prendre de plus grands risques. L'intimité, la relation qui en découle lui permet de rester engagé dans le processus de la thérapie ; elle lui fournit un point de référence interne vers lequel il peut revenir et tenter de se recréer dans son monde social.

Naturellement une bonne relation avec le thérapeute n'est pas le but ultime de la thérapie. Le patient n'établit presque jamais avec son thérapeute une amitié durable en temps réel. Mais leur lien est une répétition des relations qu'il pourra nouer avec le monde extérieur.

Je conviens avec Frieda Fromm-Reichman que les thérapeutes devraient s'efforcer de faire de chaque séance un moment marquant. La clé pour arriver à ce résultat est d'exploiter le pouvoir de l'ici et maintenant. J'ai longuement développé ailleurs l'approche du travail sur l'instant présent, si bien que je me limiterai désormais à quelques points essentiels. Bien que certains de ces exemples ne soient pas centrés explicitement sur l'angoisse de mort, ils serviront aux thérapeutes pour améliorer la relation avec leurs patients en général, y compris ceux qui luttent avec la peur de la mort.

Développer la réceptivité à l'ici et maintenant

Je n'ai eu aucun mal à me concentrer sur l'ici et maintenant dans mon travail avec Mark. En premier lieu, je me suis simplement informé de la raison qui le faisait penser à Ruth en venant me voir et, ensuite, j'ai réfléchi au changement de son comportement durant la séance (c'est-à-dire, à la façon dont il me posa plusieurs questions personnelles). Mais un thérapeute aura souvent besoin de chercher des transitions plus subtiles.

Dans ma pratique de la thérapie, j'ai établi des normes correspondant à différents comportements et je suis attentif aux changements par rapport à la norme. Considérez quelque chose d'aussi banal et futile que le stationnement d'une voiture. Pendant les quinze dernières années, mon cabinet était un pavillon situé à soixante mètres de ma maison, au bout d'une longue et étroite allée donnant dans la rue. Bien qu'il y ait toute la place nécessaire entre la maison et le bureau, j'ai parfois remarqué que mes patients se garaient souvent le plus loin possible.

Il m'a paru utile, à un moment donné, de les interroger sur la raison de ce choix. L'un d'eux m'a répondu qu'il préférait qu'on ne voie pas sa voiture garée près de chez moi, craignant que quelqu'un ne la reconnaisse et n'en déduise qu'il consultait un psy. Un autre déclara qu'il ne voulait pas s'immiscer dans mon univers personnel. Un autre encore était gêné à la pensée que je voie sa coûteuse Maserati. Chacune de ces trois raisons avait visiblement un rapport avec la relation thérapeutique.

Aller de l'extérieur à l'intérieur

Les thérapeutes expérimentés sont attentifs à l'équivalent de l'ici et maintenant dans les sujets abordés au cours de la séance. Naviguer entre la vie extérieure ou le passé lointain du patient et l'ici et maintenant accroît le niveau d'engagement et d'efficacité du travail. Une séance avec Ellen, une femme d'une quarantaine d'années qui était venue me consulter un an plus tôt à cause de sa peur panique de la mort, illustre cette stratégie de navigation.

La femme qui ne voulait pas se plaindre : Ellen

Ellen commença par dire qu'elle avait failli annuler notre rendez-vous parce qu'elle n'était pas dans son assiette.

« Comment vous sentez-vous maintenant ? » demandai-je.

Elle repoussa la question d'un haussement d'épaules. « Je vais mieux.

— Dites-moi comment se comporte votre entourage quand vous êtes malade, demandai-je.

— Mon mari se montre rarement attentionné. La plupart du temps, il ne le remarque même pas.

— Et vous, que faites-vous ? Comment le lui faites-vous savoir ?

— Je n'ai jamais été femme à me plaindre. Mais je ne verrais pas d'inconvénient à ce qu'il s'occupe de moi quand je suis malade.

— Donc vous avez envie d'un peu d'attention, mais vous voulez qu'elle se manifeste sans avoir à le demander et encore moins à signaler que vous en avez besoin ? »

Elle hocha la tête.

Plusieurs options s'offraient à moi. Je pouvais, par exemple, explorer le manque d'attention du mari ou examiner le passé médical d'Ellen. Au lieu de quoi, je choisis de m'en tenir à l'ici et maintenant.

« Bien, dites-moi Ellen, qu'en est-il ici avec moi ? Vous ne vous plaignez guère bien que je sois officiellement chargé de prendre soin de vous.

— Je vous ai dit que j'ai failli annuler notre séance d'aujourd'hui parce que je n'étais pas dans mon assiette.

— Mais quand je vous ai demandé comment vous vous sentiez, vous avez haussé les épaules sans plus de commentaire. Je me demande ce qu'il en aurait été si vous vous étiez vraiment plainte et m'aviez dit ce que vous attendiez de moi.

— J'aurais eu l'impression de quémander, répondit-elle immédiatement.

— Quémander ? Alors que vous me payez pour m'occuper de vous ! Dites-m'en davantage sur cette impression. Qu'évoque-t-elle pour vous ?

— J'avais quatre frères et sœurs, et la règle numéro 1 à la maison était de ne pas se plaindre. J'entends encore la voix de mon beau-père : "Sois adulte – tu ne peux pas passer ta vie à gémir." Je ne saurais vous dire combien de fois j'ai entendu cette réflexion dans sa bouche. Ma mère en rajoutait ; elle s'estimait heureuse de l'avoir épousé et ne voulait pas que nous le dérangions. Nous étions les bagages non désirés, et il était si méchant et si dur. La dernière chose que je désirais était d'attirer son attention.

— Vous venez donc chercher de l'aidc ici et néanmoins vous taisez vos plaintes. Cette conversation me rappelle ce jour, voilà plusieurs mois, où vous portiez une minerve à cause d'une douleur cervicale à laquelle vous n'avez même pas fait allusion. Je me souviens que j'étais embarrassé, ne sachant si vous aviez mal ou non. Vous ne vous plaignez jamais. Mais, dites-moi, si vous *deviez* vous plaindre à moi, que pourrais-je ressentir ou dire à votre avis ? »

Ellen lissa sa jupe à fleurs – elle était toujours parfaitement habillée, impeccable de la tête aux pieds – et, fermant les yeux, prit une profonde aspiration et dit : « J'ai fait un rêve il y a deux ou trois semaines dont je ne vous ai jamais parlé. Je me trouvais dans vos toilettes, et j'avais mes règles. Le sang coulait sans arrêt. Je n'arrivais pas à l'étancher. Je ne pouvais pas me nettoyer. Il coulait sur mes chaussettes, à l'intérieur de mes tennis. Vous étiez dans le bureau derrière la porte mais vous n'avez pas demandé ce qui se passait. Ensuite j'ai entendu des voix. Peut-être le patient suivant ou des amis ou votre femme. »

Le rêve illustrait ses préoccupations concernant les parties honteuses, sales, dissimulées qui finiraient par filtrer dans la thérapie. Mais j'étais indifférent à ses yeux : je ne demandais pas ce qui se passait, j'étais trop occupé avec un autre patient ou avec des amis, et je ne désirais ni ne pouvais l'aider.

Après qu'Ellen eut évoqué ce rêve, nous entrâmes dans une nouvelle phase constructive de la thérapie dans laquelle elle explora ses sentiments de méfiance et de peur à l'égard des hommes et sa crainte de toute proximité avec moi.

Cette histoire éclaire un principe important du passage à l'ici et maintenant : quand un patient soulève une question vitale, chercher l'équivalent de l'ici et maintenant est une manière de ramener le sujet à la relation thérapeutique. Lorsque Ellen souleva la question de sa maladie et de l'indifférence de son mari, je soulevai immédiatement la question de la sollicitude dans notre thérapie.

Vérifier fréquemment l'ici et maintenant

J'ai pour règle d'examiner l'ici et maintenant au moins une fois par séance. Je dis quelquefois simplement : « Nous approchons de la fin de la séance, et j'aimerais que nous nous concentrions un peu sur ce que nous avons fait tous les deux. Quel sentiment avez-vous de l'espace existant entre nous aujourd'hui ? » Ou : « Quelle distance percevez-vous entre vous et moi ? » Je peux n'obtenir aucune réponse. Toutefois, l'incitation est faite et la règle établie d'analyser tout ce qui a lieu entre nous.

Mais il en sortira souvent quelque chose, surtout si j'ajoute certaines observations – par exemple : « Je remarque que nous tournons autour des mêmes sujets que la semaine dernière. Avez-vous cette impression vous aussi ? » Ou : « J'ai remarqué que vous n'avez pas mentionné votre angoisse de mort depuis deux semaines. Pour quelle raison ? Est-il possible que vous m'estimiez incapable de le supporter ? » Ou encore : « J'ai l'impression que nous étions très proches au début de la séance, mais que nous avons pris nos distances depuis les vingt dernières minutes. Avez-vous eu le même sentiment ? »

La formation du psychothérapeute aujourd'hui est si souvent dirigée vers une thérapie brève et structurée que beaucoup de jeunes thérapeutes peuvent trouver mon intérêt particulier pour l'ici et maintenant hors de propos, affecté, voire bizarre. « Pourquoi être aussi autoréférentiel ? demandent-ils souvent. Pourquoi tout rapporter à la relation artificielle avec le thérapeute ? Après tout nous n'avons pas pour objectif de préparer le patient à passer sa vie en thérapie. Un monde féroce nous entoure au sein duquel les patients affrontent la compétition, le conflit, la cruauté. » Et la réponse est, naturellement, comme l'illustre le cas de Patrick, que le lien thérapeutique positif est une condition préalable à l'efficacité de toute thérapie. Ce n'est pas l'objectif, mais un moyen de l'atteindre. Un changement intérieur majeur peut survenir quand les patients établissent une relation sincère et confiante avec le thérapeute, se dévoilent librement et sont néanmoins acceptés et aidés. Ces patients expérimentent de nouveaux aspects d'eux-mêmes, des aspects qui étaient précédemment niés ou déformés. Ils commencent à s'évaluer eux-mêmes, à prendre la mesure de leurs propres perceptions plutôt que de surévaluer les perceptions des autres. Ils transforment le regard positif du thérapeute en une appréciation personnelle. Plus encore, ils acquièrent un nouveau standard personnel de la qualité d'une relation sincère. L'intimité avec le thérapeute sert de point de référence. Sachant qu'ils ont la capacité de créer des relations, ils développent la confiance et l'envie nécessaires qui leur permettront de former des liens similaires dans le futur.

Apprendre à utiliser votre sentiment de l'ici et maintenant

Votre outil le plus précieux en tant que thérapeute est votre propre réaction à votre patient. Si vous vous sentez intimidé, en colère, séduit, étonné, charmé, ou je ne sais quoi, il vous faut prendre ces réactions très au sérieux. Elles sont des données importantes et vous devez rechercher un moyen d'en faire un usage utile pour la thérapie.

Mais en premier lieu, comme je le suggère à mes étudiants, il est nécessaire de déterminer la source de ces sentiments. Jusqu'à quel point sont-ils modelés par vos propres problèmes idiosyncrasiques ou névrotiques ? En d'autres termes, êtes-vous un observateur rigoureux ? Vos sentiments vous donnent-ils une information sur le patient ou sur vous-même ? Ici, naturellement, nous entrons dans le domaine du transfert et du contre-transfert.

Quand un patient réagit de façon irrationnelle face à son thérapeute, nous employons le terme de transfert. Exemple de distorsion transférentielle : le patient qui – sans fondement apparent – rejette fortement un thérapeute bien accepté par les autres patients en règle générale ; en outre, ce patient a pour caractéristique de se méfier de la plupart des mâles détenteurs d'une compétence ou d'une autorité particulières (le terme transfert, naturellement, fait référence à la définition de Freud selon laquelle les sentiments importants éprouvés pour les adultes dans la petite enfance sont « transférés » ou rejetés sur quelqu'un d'autre).

À l'inverse, les psychothérapeutes peuvent avoir une opinion déformée de leurs patients – dans ce cas, le thérapeute pose sur un patient un regard altéré, très différent de celui des autres (y compris de celui d'autres thérapeutes). Ce phénomène a pour nom le contre-transfert.

Il est nécessaire de faire la distinction entre les deux. Le patient a-t-il tendance à une grande distorsion interpersonnelle ? Ou le thérapeute est-il une personne irritable, troublée, sur la défensive (ou qui a eu une journée épouvantable) qui voit ses patients à travers des verres déformants ? Naturellement la situation n'est jamais aussi tranchée – les éléments de transfert et de contre-transfert peuvent coexister.

Je ne cesse de dire à mes étudiants que leur instrument principal est leur propre moi, et qu'en conséquence l'instrument doit être affiné. Il leur faudra posséder une grande connaissance d'eux-mêmes, faire confiance à leurs observations, et établir avec leurs patients un rapport attentif et professionnel. C'est précisément pour cette raison que la thérapie personnelle est (ou devrait être) au cœur de tout programme de formation thérapeutique. Je suis convaincu que non seulement les psychothérapeutes devraient avoir suivi des années de thérapie personnelle (y compris de thérapie de groupe) durant leur formation, mais aussi qu'ils devraient y revenir tout au long de leur vie. Une fois que vous avez confiance en votre talent de thérapeute, que vous vous fiez à vos observations et à votre objectivité, vous êtes plus libre d'utiliser, avec assurance, vos sentiments envers vos patients.

Je suis très déçue par vous : Naomi

Une séance avec Naomi, une enseignante anglaise à la retraite de soixante-huit ans souffrant d'un niveau élevé d'angoisse, d'hypertension supérieure à la moyenne, et de nombreuses douleurs somatiques, illustre quantité de questions liées au dévoilement des sentiments dans l'ici et maintenant. Un jour elle entra dans mon bureau avec son chaleureux sourire habituel, s'assit, et, levant la tête, me regarda franchement puis, sans un tremblement dans la voix, se lança dans une étonnante diatribe :

« Je suis déçue de la façon dont vous avez réagi à notre dernière séance. Extrêmement déçue. Vous n'étiez pas présent, vous ne m'avez pas donné ce dont j'avais besoin, vous n'aviez pas l'air de vous rendre compte à quel point il m'était pénible, à mon âge, d'avoir des problèmes intestinaux débilitants ou de devoir en discuter. En partant, je me suis rappelé un incident survenu voilà quelques années. J'étais allée consulter mon dermatologue pour une méchante lésion du vagin, et il avait invité tous ses étudiants à assister au spectacle. Une horreur. Eh bien, c'est exactement ce que j'ai ressenti à notre dernière séance. Vous n'avez pas répondu à mes attentes. »

J'étais stupéfait. Cherchant à lui offrir la meilleure réponse, je repassai rapidement la dernière séance en esprit. (J'avais bien entendu relu mes notes avant son arrivée.) Mon appréciation de cette séance était totalement différente : il m'avait semblé qu'elle s'était parfaitement déroulée et que j'avais fait du bon travail. Naomi s'était efforcée de révéler son découragement à la vue de son corps vieillissant, de décrire les problèmes intestinaux, gaz, constipation et hémorroïdes, l'épreuve des lavements et son souvenir de ceux de son enfance. Ce n'étaient pas choses faciles à dire et je lui confiai que j'admirais sa volonté d'en parler. Parce qu'elle pensait que ces symptômes étaient dus aux médicaments prescrits pour son arythmie cardiaque, j'avais consulté ma base de données pharmaceutiques durant la séance et passé en revue les effets secondaires qu'ils pouvaient avoir sur elle. Je me rappelai avoir ressenti de la compassion à son égard, la plaignant de subir cette nouvelle épreuve en plus d'une longue liste de problèmes de santé.

Alors que faire ? L'entraîner dans une analyse de la séance précédente ? Examiner ses attentes idéalisées à mon égard ? Étudier la différence de nos perceptions relatives à cette séance ? Il y avait quelque chose de plus urgent – mes propres sentiments. Je me sentais violemment irrité contre Naomi : elle trônait dans mon cabinet et prononçait ses jugements sans la moindre considération pour ce que je pouvais ressentir.

En outre, ce n'était pas la première fois. Au cours de nos trois années de thérapie, elle avait à plusieurs reprises commencé de la même manière les séances, sans pourtant que j'en sois blessé à ce point. Peut-être parce que j'avais consacré du temps entre mes séances à examiner ses problèmes et parlé à un ami, un gastroentérologue, de ses symptômes – mais sans avoir eu le temps de la prévenir.

Je décidai qu'il était important de communiquer à Naomi ce que je ressentais. Je savais qu'elle se rebifferait : elle était exceptionnellement perceptive. Mais j'étais convaincu que si j'étais agacé par elle, ses proches devaient l'être tout autant. Parce qu'il peut être terrible pour un patient d'être confronté au mécontentement d'un thérapeute, j'essayai de procéder subtilement.

« Naomi, je suis surpris et troublé par vos réflexions. Vous énoncez les choses… euh… de façon si impérieuse. Je croyais avoir fait l'impossible la semaine dernière pour vous apporter le maximum. Qui plus est, ce n'est pas la première fois que vous commencez une séance avec ce ton extrêmement critique. En revanche, comme pour ajouter à la confusion, vous avez souvent entamé d'autres séances de la façon exactement opposée. Je veux dire qu'il vous est arrivé d'exprimer de la gratitude pour une séance qui ne m'avait pas paru tellement extraordinaire. »

Naomi me lança un regard inquiet. Ses pupilles étaient énormes. « Êtes-vous en train de dire qu'il m'est interdit d'exprimer mes sentiments ?

— Non, certainement pas. Ni vous ni moi ne devons nous censurer. Nous devons tous les deux partager et analyser ce que nous ressentons. Je suis particulièrement frappé, cependant, par votre comportement. Il y a différentes façons de s'exprimer. Vous auriez pu, par exemple, dire que nous n'avions pas bien travaillé la semaine dernière, ou que vous vous sentiez distante ou…

— Écoutez », sa voix était stridente, « j'en ai marre de sentir mon corps tomber en miettes, j'ai deux stents coronaires, un pacemaker qui fait un bruit d'horlogerie, une hanche artificielle, et l'autre qui me fait horriblement souffrir, les médicaments me transforment en ballon, et mes gaz m'humilient quand je sors en public. Est-ce que je dois éviter d'en parler ?

— Je suis conscient de ce que vous ressentez. Je comprends votre souffrance et je vous l'ai dit la semaine dernière.

— Et qu'entendez-vous par "de façon impérieuse" ?

— La façon dont vous m'avez regardé droit dans les yeux et parlé comme si vous prononciez une condamnation. Il m'a semblé que vous vous souciez comme d'une guigne de l'impression que pouvaient me faire vos paroles. »

Son visage s'assombrit. « Pour ce qui est de mon langage, de mon attitude et de la façon dont je vous ai parlé – et à ce moment elle siffla littéralement –, eh bien, vous l'avez cherché. Vous l'avez bien cherché !

— Vous montrez beaucoup d'émotion, Naomi !

— Si vous voulez savoir, je suis bouleversée par vos critiques. Je me suis toujours sentie si libre ici – c'est le seul endroit où je pouvais parler librement. Maintenant, vous me dites que si je suis en colère, je dois me taire. Je ne sais plus où j'en suis. Ce n'est pas comme ça qu'a fonctionné notre thérapie. Pas comme ça qu'elle devrait fonctionner.

— Je n'ai jamais voulu que vous vous taisiez. Mais je suis sûr que vous voulez connaître l'impact de vos paroles sur moi. Vous n'aimeriez pas que je reste muet. Après tout, ce que vous dites n'est pas sans conséquence.

— Que voulez-vous dire ?

— Eh bien, au début de cette séance vos propos ont eu pour effet de m'éloigner de vous. C'est ce que vous désirez ?

— Expliquez-vous mieux. Vous parlez par allusions.

— Le dilemme est là : je sais que vous avez envie que je sois proche de vous – vous l'avez dit maintes fois. Pourtant vos paroles m'incitent à me méfier, à rester à distance, si je ne veux pas me faire mordre.

— Tout sera différent désormais, dit Naomi en baissant la tête. Ce ne sera plus jamais pareil.

— Vous voulez dire que les sentiments que j'éprouve en cet instant sont définitifs ? Figés dans le marbre ? Rappelez-vous la colère de votre amie Marjorie l'année dernière parce que vous teniez mordicus à aller voir un certain film et que vous avez été prise de panique à la pensée qu'elle ne voudrait plus jamais vous adresser la parole ? Bon, vous avez constaté vous-même que les sentiments ne sont pas immuables. Vous avez discuté ensemble et retrouvé votre amitié. En fait, je crois que vous êtes devenues encore plus proches. Souvenez-vous aussi que ce qui se passe ici, dans cette pièce, nous donne encore plus de chances d'élucider les problèmes car, contrairement à ce qui se passe ailleurs, nous avons une règle précise – continuer à communiquer malgré tout. Mais Naomi, revenons à votre colère. Lorsque vous avez dit "vous l'avez bien cherché", c'était plutôt violent. Cela venait du plus profond de vous.

— Je n'en reviens pas moi-même, répondit-elle, c'est arrivé si brusquement. La colère, non… plus que de la colère – la rage – a simplement jailli de moi.

— Uniquement ici avec moi ? Ou ailleurs, aussi ?

— Non, non, ce n'est *pas* juste ici avec vous. Ça arrive tout le temps. Hier ma nièce m'a conduite chez le médecin, et il y avait la camionnette d'un jardinier qui avait calé et bloquait le passage. J'étais furieuse contre le chauffeur, je l'aurais battu. Je suis partie à sa recherche, sans le trouver. Alors je me suis mise en colère contre ma nièce, en lui reprochant de ne pas avoir contourné le véhicule – mais il fallait rouler sur le trottoir et elle a dit qu'il n'y avait pas assez de place. J'ai insisté, et nous nous sommes tellement disputées que nous sommes sorties de la voiture ; elle a mesuré la distance et m'a démontré que c'était impossible à cause des voitures garées dans la rue. En plus, le trottoir était trop haut pour le franchir. Elle disait : "Calme-toi, tante Naomi, le jardinier fait ce qu'il peut. Ce n'est pas sa faute, il fait de son mieux." Mais j'étais incapable de me calmer. J'étais furieuse contre le chauffeur, je ressassais en moi-même : Comment peut-il me faire ça, à moi ? Il est nul.

« Et bien sûr, ma nièce avait raison. Le jardinier est revenu au pas de course avec deux aides, et ils ont poussé la camionnette afin de nous laisser passer, et je me suis sentie ridicule – une vieille ronchon. Continuellement en colère – envers les serveurs qui ne m'apportent pas mon thé glacé assez vite, envers le gardien du parking qui est trop lent, envers le caissier du cinéma qui met trop longtemps à trouver la monnaie et à me donner mon billet ; bon Dieu, j'aurais eu le temps de vendre une voiture pendant tout ce temps. »

L'heure était terminée. « Je regrette de devoir arrêter maintenant, Naomi. Les sentiments étaient particulièrement forts aujourd'hui. Je sais que vous n'étiez pas à l'aise, mais c'est un travail important. Nous continuerons la semaine prochaine. Nous devons réfléchir ensemble au pourquoi de cette colère. »

Naomi en convint, mais téléphona le lendemain pour dire qu'elle se sentait trop mal pour attendre une semaine de plus, si bien que nous prîmes rendez-vous pour le jour suivant.

Elle commença d'une façon inhabituelle : « Peut-être connaissez-vous le poème de Dylan Thomas "N'entre pas sans violence". »

Sans me laisser le temps de répondre, elle récita les premiers vers :

N'entre pas sans violence dans cette bonne nuit,
Le vieil âge devrait brûler et s'emporter à la chute du jour;
Rager, s'enrager contre la mort de la lumière.
Bien que les hommes sages à leur fin sachent que l'obscur est mérité,
Parce que leurs paroles n'ont fourché nul éclair ils
N'entrent pas sans violence dans cette bonne nuit.[1]

« Je ne peux pas continuer, dit Naomi. Je le connais par cœur, mais… » Elle s'interrompit.

---

1. Dylan Thomas, *Vision et Prière*, trad. Alain Suied, Paris, Gallimard, « Poésie/Gallimard », 1991.

Oh, je vous en prie, je vous en prie continuez, pensai-je en moi-même. Elle avait si bien récité ces vers, et il y a peu de choses que j'aime autant que la poésie lue à voix haute. Quel paradoxe d'être payé pour recevoir ce cadeau !

« Ces vers contiennent la réponse à votre – ou à notre – question sur ma colère, poursuivit Naomi. Hier soir, tandis que je me remémorais notre séance, ce poème m'est soudain revenu en mémoire. C'est drôle, je l'ai appris à mes élèves de terminale pendant des années, sans jamais penser à la signification des mots – en tout cas, sans me les appliquer à moi-même.

— Je crois comprendre ce que vous avez à l'esprit, dis-je, mais je préférerais l'entendre de votre bouche.

— Je crois… non, je suis convaincue que ma rage concerne ma situation dans la vie : mon état de délabrement physique et l'approche de ma mort. Tout m'a été ôté – ma hanche, mes fonctions intestinales, ma libido, mon pouvoir, mon ouïe et ma vue. Je suis faible, sans défense, et j'attends la mort. Donc je suis les instructions de Dylan Thomas : je ne suis pas gentille, je m'emporte et j'enrage à la chute du jour. Et mes mots pathétiques, impuissants ne débouchent sur aucune lumière. Je ne veux pas mourir. Et je suppose qu'il me faut croire que la rage m'aidera. Mais peut-être que la seule fonction d'enrager est d'inspirer de la grande poésie. »

Pendant les séances qui suivirent nous nous concentrâmes plus fortement et plus efficacement sur la terreur que masquait cette colère. La stratégie de Naomi (et de Dylan Thomas) pour étouffer l'angoisse de mort l'avait aidée à affronter son sentiment d'impuissance et de délabrement, mais elle eut bientôt l'effet inverse en rompant sa relation à son cercle intérieur vital de soutien. Une thérapie efficace doit traiter non seulement le symptôme visible (la colère, en la circonstance) mais la terreur sous-jacente de la mort qui en est l'origine.

J'avais pris le risque de décrire le comportement impérieux de Naomi et de souligner les conséquences de ses paroles. Mais j'avais une large marge de sécurité : nous avions établi une relation proche et confiante depuis longtemps. Parce que personne n'aime entendre des commentaires négatifs, en particulier de la part d'un thérapeute, je m'étais assuré qu'ils seraient bien acceptés. J'avais utilisé un langage qui ne la heurterait pas : dire, par exemple, que je me sentais « tenu à distance » impliquait mon désir sous-jacent d'être plus proche d'elle, et qui pouvait en prendre ombrage ?

En outre (et c'est important), je ne me montrais pas globalement critique à son égard : je m'attachais à ne commenter que quelques aspects de sa conduite. Je soulignais, en effet, que devant un comportement précis de sa part, j'éprouvais tel ou tel sentiment. Et j'ajoutais rapidement que c'était contre ses intérêts, car elle ne souhaitait évidemment pas que je me sente tenu à distance, ou troublé ou que j'aie peur d'elle.

Notez mon insistance sur l'empathie dans le traitement de Naomi. Elle est vitale pour établir une relation thérapeutique réelle et efficace. Dans ma dernière analyse des idées de Carl Rogers sur une conduite thérapeutique efficace, j'ai mis l'accent sur le rôle de l'empathie du thérapeute (sincère et positive). Mais travailler en empathie est *bidirectionnel* : non seulement vous devez apprendre à connaître l'univers du patient, mais vous *devez aussi aider les patients à développer leur propre empathie envers les autres.*

Une approche efficace consiste à demander : « Est-ce que vous imaginez l'effet qu'ont sur moi vos remarques ? » J'ai donc pris soin de laisser Naomi analyser les conséquences de ses paroles. Sa première réaction découla de sa colère : « Vous l'avez cherché » ; mais ensuite, en se remémorant ce qu'elle avait dit, elle fut troublée par la violence de son ton et de ses propos. Gênée d'avoir évoqué des sentiments négatifs à mon égard, elle craignit d'avoir compromis l'aspect favorable de notre thérapie.

L'autodévoilement du thérapeute

Les thérapeutes devraient se dévoiler – comme j'ai tenté de le faire avec Naomi. Le dévoilement de soi du thérapeute est un sujet complexe et contesté. Parmi les suggestions que je fais aux futurs praticiens, il y en a peu d'aussi déroutantes que mon incitation à révéler davantage d'eux-mêmes. Elles sont déstabilisantes par excellence. Elles évoquent le spectre du patient envahissant leur vie personnelle. Je répondrai à toutes ces objections en détail, mais j'affirmerai en premier lieu qu'il est hors de question de les voir se dévoiler sans discrimination ; l'autodévoilement du thérapeute n'a d'intérêt que s'il est utile au patient.

Mais il n'est pas unidimensionnel. Dans le cas de Naomi il est centré sur l'ici et maintenant. Il existe en outre deux autres catégories de dévoilement du thérapeute : celui qui concerne le mécanisme de la thérapie et celui qui concerne la vie personnelle du thérapeute, passée ou présente.

Le dévoilement concernant le mécanisme de la thérapie

Faut-il être ouverts et transparents sur la façon dont la thérapie apporte une aide au patient ? Le Grand Inquisiteur de Dostoïevski croit que l'humanité cherche avant tout « la magie, le mystère et l'autorité ». En réalité, les guérisseurs d'autrefois et les personnalités religieuses fournissaient ces ineffables produits en grande quantité. Les chamans étaient les maîtres de la magie et du mystère. Les anciennes générations de médecins se paraient de longs manteaux blancs, faisaient mine de tout savoir et impressionnaient les patients avec des prescriptions impressionnantes rédigées en latin. Plus récemment, des thérapeutes ont continué – avec leurs réticences, leurs interprétations pénétrantes, leurs diplômes et leurs portraits de professeurs et de gourous ornant les murs de leur bureau – de se distancier de leurs patients et de les dominer.

Même aujourd'hui certains thérapeutes ne fournissent qu'une description sommaire du fonctionnement de la thérapie, convaincus comme Freud que l'ambiguïté et l'opacité du thérapeute sont essentielles dans le processus du transfert. Transfert auquel Freud attribuait une importance particulière, car il procure une information valable sur le monde intérieur du patient et sur l'expérience des premiers jours de la vie.

Je crois, quant à moi, qu'un thérapeute a tout à gagner et rien à perdre à être transparent sur le processus de la thérapie. Une recherche considérable et éclairante, portant à la fois sur la thérapie individuelle et sur la thérapie de groupe, a démontré que les thérapeutes qui préparent systématiquement et sérieusement leurs patients à la thérapie obtiennent de meilleurs résultats. Quant au transfert, je crois qu'il s'agit d'un organisme robuste qui continuera à se développer même au grand jour.

Par conséquent je suis moi-même transparent sur le mécanisme de la thérapie. Je décris à mes patients son fonctionnement, mon rôle dans le processus, et, plus important, ce qu'ils peuvent faire pour faciliter leur propre thérapie. Si cela me semble indiqué, je n'ai aucune hésitation à suggérer des revues spécialisées sur la thérapie.

Je me fais une obligation d'expliquer pourquoi je me concentre sur l'ici et maintenant, et pourquoi, même lors de la première séance, je demande où nous en sommes le patient et moi. Je pose des questions telles que : « Qu'attendez-vous de moi ? » ; « Est-ce que je réponds ou non à vos attentes et comment ? » ; « Sommes-nous sur la bonne voie ? » ; « Éprouvez-vous des sentiments à mon égard que nous devrions analyser ? ».

Je fais suivre ces questions d'une remarque du genre : « Vous découvrirez que j'agis souvent ainsi. Je pose des questions portant sur l'ici et maintenant parce que je crois que l'exploration de notre relation nous donnera une information valable et précise. Vous pouvez me parler de sujets dont vous discutez avec des amis, votre patron ou votre conjoint, mais il y a toujours une limite : je ne les connais pas et vous ne pouvez que me donner une information reflétant votre propre biais. C'est ce que nous faisons tous ; nous ne pouvons nous en empêcher. Mais ce qui a lieu ici dans cette pièce est fiable parce que nous en faisons tous les deux l'expérience immédiate et que nous pouvons travailler ensemble sur cette information. » Tous mes patients ont compris cette explication et l'ont acceptée.

Dévoilement de la vie personnelle du thérapeute

Entrouvrez la porte de votre vie personnelle, craignent certains thérapeutes, et les patients en demanderont davantage. « Est-ce que vous êtes heureux ? » « Comment marche votre mariage ? » « Votre vie sociale ? » « Votre vie sexuelle ? »

C'est, selon mon expérience, une fausse peur. Bien que j'encourage mes patients à poser des questions, aucun d'entre eux n'a jamais insisté pour connaître des détails intimes de ma vie. Si cela devait arriver, je répondrais en me concentrant sur le processus ; je m'enquerrais de la motivation du patient à me harceler ou à m'embarrasser. J'insiste à nouveau : dévoilez-vous quand cela peut améliorer la thérapie, non à cause de l'exigence du patient ou de vos propres besoins ou règles.

Bien qu'un tel dévoilement puisse contribuer à l'efficacité de la thérapie, c'est un acte complexe, comme nous l'avons vu dans le récit d'une séance avec James, décrit dans le chapitre trois, qui avait seize ans lorsque son frère s'est tué dans un accident de voiture.

James pose une question difficile

Si deux de mes règles fondamentales en tant que thérapeute sont la tolérance et une totale acceptation, j'ai pourtant mes propres préjugés. Ma bête noire concerne tout ce qui relève de la croyance dans le bizarre : la thérapie de l'aura ; les gourous ; les guérisseurs ; les prophètes ; les prétendues guérisons de divers nutritionnistes : l'aromathérapie, l'homéopathie ; et les idées farfelues sur des choses telles que le voyage astral, le pouvoir guérisseur des cristaux, les miracles religieux, les anges, le feng shui ; le spiritisme (télépathie), la voyance, la lévitation, la psychokinèse, les esprits frappeurs, la thérapie des vies passées, sans citer les ovnis et les extraterrestres qui ont inspiré les anciennes civilisations, laissé des empreintes dans les champs de blé, et construit les pyramides égyptiennes.

Pourtant j'ai toujours cru que je pourrais écarter mes préjugés et travailler avec quiconque sans tenir compte de ses systèmes de croyance. Mais le jour où James, animé de sa passion pour le paranormal, pénétra dans mon cabinet, je sus que ma neutralité thérapeutique allait être sévèrement mise à l'épreuve.

Bien que la thérapie de James ne concernât pas ses croyances paranormales, certaines questions s'y rapportant surgissaient à presque chaque séance. Examinons ce rêve par exemple :

Je m'élève dans les airs. Je vais rendre visite à mon père à Mexico, glisse au-dessus de la ville et regarde à travers la fenêtre de sa chambre. Je le vois pleurer et je sais sans le demander qu'il pleure à cause de moi, parce qu'il m'a abandonné quand j'étais enfant. Ensuite je me trouve dans le cimetière de Guadalajara où mon frère est enterré. Pour une raison quelconque, je compose le numéro de mon téléphone cellulaire et j'entends mon message : « ici James G… *J'ai mal. Je vous en prie, envoyez de l'aide. »*

En décrivant ce rêve, James parla amèrement de son père qui avait abandonné sa famille quand il était enfant. Il ignorait s'il était encore en vie ; la dernière fois que James avait eu de ses nouvelles, il vivait quelque part à Mexico. Il ne se rappelait pas avoir entendu un seul mot affectueux de son père ou reçu un cadeau de sa part.

« Donc, dis-je après avoir discuté avec lui pendant quelques minutes, le rêve semble exprimer une attente, un signe que votre père pense à vous, qu'il regrette sa conduite.

« Et ce qui me frappe le plus dans l'appel au secours que vous laissez sur votre téléphone, continuai-je, c'est que vous avez souvent parlé de votre difficulté à demander de l'aide. Vous avez même dit la semaine dernière que j'étais la seule personne à qui vous ayez jamais demandé explicitement son soutien. Mais dans le rêve, vous n'avez pas cette difficulté. Annonce-t-il un changement ? Dit-il quelque chose sur notre relation ? Peut-être un parallèle entre ce que vous obtenez ou désirez de moi et ce que vous attendiez de votre père ?

« Puis, toujours dans le rêve, vous allez sur la tombe de votre frère. Quelles sont vos réflexions à ce sujet ? Exprimez-vous ainsi le souhait que l'on vous aide à accepter la mort de votre frère ? »

James convint que mon intérêt à son égard lui avait fait prendre conscience de ce qu'il n'avait jamais reçu de son père et avait éveillé son désir de l'obtenir à présent. Et il convint aussi qu'il avait changé depuis le début de la thérapie ; il était prêt à partager ses problèmes avec sa femme et sa mère.

Mais il ajouta : « Vous suggérez une façon d'interpréter le rêve. Je ne dis pas qu'elle est fausse ; je ne dis pas qu'elle n'est pas utile. Mais j'ai une autre explication beaucoup plus réelle à mes yeux. Je crois que ce que vous qualifiez de rêve n'est pas réellement un rêve. C'est un souvenir, un rappel de mon voyage astral hier soir vers la maison de mon père et la tombe de mon frère. »

Je me gardai de lever les yeux au ciel ou de me prendre la tête entre les mains. Je me demandais s'il allait dire que l'appel sur son téléphone portable était un souvenir aussi, mais j'étais sûr que le prendre au piège ou mettre en évidence nos différences dans nos croyances serait contreproductif. Au lieu de quoi, m'étant efforcé durant ces derniers mois de thérapie de refouler mon scepticisme, j'essayai d'entrer dans son monde et d'imaginer à quoi ressemblait de côtoyer des esprits ou d'entreprendre des voyages astraux, et je tentai d'explorer subtilement les origines et le passé psychologiques de ses croyances.

Plus tard durant la séance, il évoqua la honte que lui inspiraient son alcoolisme et sa paresse et il dit qu'il se sentirait mortifié lorsqu'il retrouverait ses grands-parents et son frère réunis au ciel.

Deux minutes plus tard, il fit remarquer : « Je vous ai vu me jeter un regard en biais quand j'ai évoqué mes retrouvailles avec mes grands-parents.

— Je ne m'en suis pas aperçu, James.

— Je l'ai vu ! Et je crois que vous avez fait la grimace un peu plus tôt quand j'ai parlé de mon voyage astral. Dites-moi la vérité, Irv : qu'avez-vous pensé quand j'ai parlé du ciel il y a un instant ? »

J'aurais pu esquiver la question, comme nous le faisons souvent nous les thérapeutes, en me penchant sur le processus qui l'avait amené à poser la question, mais je décidai qu'il valait mieux être franc. Il avait probablement relevé des signes de mon scepticisme ; les nier eût été aller à l'encontre de la thérapie en ébranlant sa vision (juste) de la réalité.

« James, je vais faire mon possible pour vous exprimer ce que j'ai ressenti. Lorsque vous m'avez dit que votre grand-père et votre frère savaient tout de votre vie, j'ai été très étonné. Ce ne sont pas mes croyances. Mais pendant que vous parliez j'ai essayé de me plonger dans votre expérience, de me représenter la vie dans un monde d'esprits, un monde dans lequel vos parents morts savaient tout de votre existence et de vos pensées.

— Vous ne croyez pas qu'il existe une vie après la vie ?

— Non. Mais je sais aussi que nous ne pouvons jamais être certains de ce genre de choses. J'imagine que vous en retirez un véritable réconfort, et je suis favorable à tout ce qui vous apporte la paix de l'esprit, une satisfaction sur terre, et vous encourage à la vertu. Mais, personnellement, la pensée de retrouvailles au ciel ne me paraît pas crédible. Je considère qu'elle est le fruit d'un désir.

— Alors en quelle religion croyez-vous ?

— Je ne crois en aucune religion ni en aucun dieu. J'ai une vision de la vie entièrement séculière.

— Mais comment est-il possible de vivre ainsi ? Sans un ensemble de préceptes moraux définis. Comment la vie peut-elle être supportable ou avoir un sens quelconque si le but n'est pas d'améliorer votre condition dans la vie future ? »

Je commençai à me demander où cette discussion allait mener et si je servais les meilleurs intérêts de James. Mais tout bien considéré, je décidai qu'il valait mieux continuer à parler sans détour.

« Mon véritable intérêt se trouve dans *cette* vie et dans la possibilité de l'améliorer pour moi-même et les autres. Mais examinons pourquoi vous vous étonnez que je puisse trouver un sens à la vie en l'absence de religion. La religion n'est pas pour moi la source du sens et de la moralité. Je ne pense pas qu'il y ait un lien essentiel – je dirais au moins un lien *exclusif* – entre la religion, le sens et la moralité. Je crois vivre une existence accomplie et vertueuse. Je me consacre entièrement à aider les autres, comme vous par exemple, à avoir une vie plus satisfaisante. Je dirais que je trouve un sens à ma vie à partir de ce monde ici-bas, en ce moment présent, dans la satisfaction d'aider les autres à trouver un sens à la leur. Je pense qu'à trop s'inquiéter de la vie future, on finit par ne pas participer pleinement à la vie ici-bas.

James semblait tellement intéressé que je continuai pendant quelques minutes à lui rapporter les passages d'Épicure et de Nietzsche qui soulignaient ce point. Je mentionnai que Nietzsche admirait profondément le Christ mais pensait que Paul et par la suite les premiers chrétiens avaient édulcoré le vrai message du Christ et privé de sens la vie présente. En fait, fis-je remarquer, Nietzsche reprochait à Socrate et à Platon d'ignorer le corps, d'accorder trop d'importance à l'immortalité de l'âme et de se concentrer sur la préparation de la vie future. Privilégiées par les néoplatoniciens, ces croyances finirent par se répandre dans l'eschatologie des premiers chrétiens.

Je me tus et regardai James, m'attendant à une réaction de défi de sa part. Soudain, à mon grand étonnement, il se mit à pleurer. Je lui tendis plusieurs Kleenex et attendis que cessent ses sanglots.

« Essayez de me parler, James. Que signifient ces larmes ?

— Elles signifient : "J'attends depuis si longtemps cette conversation... j'ai attendu si longtemps d'avoir une conversation intellectuelle sérieuse sur des choses profondes." Autour de moi, toute notre culture – la télévision, les jeux vidéo, la pornographie – est tellement nivelée par le bas. Mon travail, les contrats, procès, médiations de divorce – tout cet argent, toute cette merde, ça ne sert à rien, ça ne signifie rien. »

James était donc influencé non par le contenu mais par le processus – par le fait que je le prenais au sérieux. Il m'était reconnaissant d'avoir exprimé mes idées et mes croyances, et nos vastes différences idéologiques ne comptaient pas. Nous acceptâmes de ne pas être du même avis ; il m'apporta un livre sur les ovnis et je lui offris un livre du sceptique contemporain Richard Dawkins. Notre relation, l'attention que je lui portais et le fait que je lui donnais ce qu'il n'avait pas obtenu de la part de son père furent le facteur crucial de notre thérapie. Comme je l'ai souligné dans le chapitre trois, il progressa à de nombreux égards, mais termina la thérapie avec ses croyances paranormales intactes et incontestées.

Les limites du dévoilement de soi

Amelia est une femme noire de cinquante et un ans, corpulente, extrêmement intelligente mais timide, infirmière de la santé publique. Trente-cinq ans avant notre rencontre, elle avait été, pendant deux longues années, une SDF accro à l'héroïne et, pour financer son addiction, prostituée. Je pense que quiconque l'apercevant alors dans les rues de Harlem – soldat déguenillé, hâve, démoralisé de la vaste armée des prostituées toxicomanes sans domicile fixe – aurait parié que son sort était scellé. Pourtant, grâce à une désintoxication forcée durant six mois de prison – avec l'aide des Narcotiques Anonymes, et grâce à un courage extraordinaire lié à une féroce volonté de vivre –, Amelia avait changé de vie et d'identité, s'était installée sur la côte ouest et avait commencé une carrière de chanteuse de night-club. Elle avait assez de talent pour se produire régulièrement, se payer des cours au lycée et, plus tard, à l'école d'infirmières.

Depuis vingt-cinq ans elle travaillait exclusivement dans des établissements de soins palliatifs et des centres d'accueil pour les sans-abri.

Lors de notre première séance, j'appris qu'elle souffrait d'insomnie. Elle était presque toujours réveillée par un cauchemar, dont elle se rappelait rarement, à l'exception de quelques bribes, de poursuites auxquelles elle tentait désespérément d'échapper. Elle était alors tellement angoissée par la mort qu'elle avait du mal à se rendormir. Quand la situation s'aggrava au point qu'elle redoutait d'aller se coucher, elle décida de se faire aider. Ayant lu un article que j'avais écrit, « À la recherche des rêveurs », elle pensa que je pourrais la soulager.

La première fois qu'elle entra dans mon cabinet, elle se laissa tomber sur la chaise en déclarant qu'elle espérait ne pas s'endormir tant elle était épuisée. Elle n'avait pratiquement pas dormi de la nuit à cause d'un cauchemar. En général, dit-elle, elle ne se souvenait pas de ses rêves, mais celui-là était resté dans son esprit.

Je suis couchée et je contemple mes rideaux. Ils ont des plis rouge framboise et une lumière jaunâtre passe à travers. Les bandes rouges sont plus larges que les bandes de lumière. Mais le plus étrange est que ce rideau a un rapport avec la musique. Je veux dire que ce n'est pas la lumière qui le traverse mais les accords d'une vieille chanson de Roberta Flack, « Killing Me Softly », qui se substituent à la lumière. Je chantais souvent cette chanson dans les night-clubs à Oakland quand j'étais à l'université. Dans le rêve, le remplacement de la lumière par la musique m'effraie. Puis soudain la musique se tait et je sais que le musicien va venir me chercher. Je me suis réveillée vers quatre heures du matin terrifiée. Je ne me suis plus rendormie cette nuit-là.

Ce n'étaient pas seulement ses cauchemars et l'insomnie qui la poussaient vers la thérapie. Elle souffrait d'un autre problème : elle voulait avoir une relation avec un homme et en avait entamé plusieurs, sans qu'aucune, disait-elle, n'ait jamais véritablement abouti.

Pendant les premières séances, j'explorai son passé, ses peurs de la mort et ses souvenirs de l'avoir frôlée de près durant ses années de prostitution, mais je sentais une énorme résistance. L'affect chez elle restait muet. Elle semblait ne connaître aucune angoisse consciente de la mort ; au contraire, elle avait choisi de consacrer une grande partie de son temps à un service de soins palliatifs.

Durant les trois premiers mois de la thérapie, le simple fait de me parler et de partager pour la première fois les détails de son existence sur le trottoir sembla la réconforter et son sommeil s'améliora. Elle savait que ses rêves n'avaient pas cessé pour autant, même si elle n'en gardait que peu de souvenirs.

Son rejet de l'intimité apparut très vite dans notre relation. Elle me regardait rarement, et je percevais l'existence d'un grand vide entre nous. Plus avant dans ce chapitre, j'ai parlé de la signification des habitudes de stationnement de mes patients. De tous, Amelia était celle qui garait sa voiture le plus loin de chez moi.

Gardant à l'esprit la leçon que j'avais apprise de Patrick, à savoir que les idées perdent de leur efficacité en l'absence d'une relation intime de confiance, je résolus durant les mois suivants d'analyser les réticences d'Amelia, en particulier dans sa relation avec moi. La progression, malheureusement, se fit à un rythme de tortue, jusqu'à cette mémorable séance.

Au moment où elle pénétrait dans mon cabinet, elle reçut un appel sur son portable et me demanda l'autorisation de répondre. S'ensuivit une brève conversation téléphonique à propos d'un rendez-vous plus tard dans la journée, le tout dans un langage si formel et impersonnel que je crus qu'elle parlait à son patron. Dès qu'elle eut raccroché, je lui fis part de ma curiosité et appris que son interlocuteur n'était pas son patron mais son actuel petit ami, qu'elle devait retrouver pour le dîner.

« Vous devriez lui parler autrement qu'à votre patron, lui dis-je. Vous pourriez utiliser des mots doux. Chéri ? Mon cœur ? Mon chou ? »

Elle me regarda comme si j'étais tombé d'une autre planète et changea de sujet pour me raconter qu'elle avait participé la veille à une réunion des Narcotiques Anonymes. (Bien qu'ayant renoncé à la drogue depuis plus de trente ans, elle assistait périodiquement aux réunions des NA ou des AA). Les rencontres avaient lieu dans une partie de la ville similaire au quartier de Harlem qu'elle avait fréquenté quand elle était toxico et prostituée. En traversant à pied cette zone où régnait la drogue, elle avait, comme souvent, éprouvé une étrange nostalgie et cherché malgré elle les porches et les impasses qui pourraient lui offrir un abri pour la nuit.

« Pourtant je n'ai franchement pas envie d'y retourner, docteur Yalom.

— Vous m'appelez encore docteur Yalom, alors que je vous appelle Amelia, l'interrompis-je. Ce n'est pas très équilibré.

— Je vous l'ai dit, laissez-moi du temps. J'ai besoin de mieux vous connaître. Mais, comme je vous le disais, chaque fois que je passe dans ces… euh… quartiers mal famés de la ville, je me sens envahie de sensations qui ne sont pas entièrement négatives. Il m'est difficile de les décrire mais… Je ne sais pas… C'est comme… le mal du pays.

— Le mal du pays ? Qu'entendez-vous par là ?

— Je ne sais pas exactement moi-même. Je vais vous dire ce que j'entends chaque fois : une voix dans ma tête qui dit : “Je l'ai fait.” J'entends toujours ça : “Je l'ai fait.”

— C'est comme si vous disiez “J'ai traversé l'enfer, j'en suis revenue et j'ai survécu”.

— Oui, mettons. Ce n'est pas tout. Vous aurez peut-être du mal à le croire, mais la vie était tellement plus simple et plus facile quand je faisais le trottoir. Pas de problèmes de budgets, de réunions, ou de formation de nouvelles infirmières qui piquent des crises au bout d'une semaine. Pas de tracas avec les voitures, le mobilier, les réductions d'impôt. Pas de soucis concernant ce que je peux faire légalement pour les gens et ce que je ne peux pas faire. Pas besoin de se mettre à plat ventre devant les médecins. Quand j'étais dans la rue à Harlem, je n'avais qu'une pensée.

Une seule – trouver de la dope. Et naturellement, d'où viendrait le prochain mec pour la payer. La vie était simple, la survie au jour le jour.

— Il y a un peu de mémoire sélective dans ce que vous dites, Amelia. Où sont les nuits glaciales dans la rue, la saleté, les bouteilles brisées, les hommes qui vous arnaquaient, les brutes qui vous violaient, les odeurs d'urine et de bière ? Et la mort qui rôdait partout – les cadavres que vous avez vus, vous-même qui avez de justesse échappé à la mort ? Vous n'en avez donc conservé aucun souvenir ?

— Si, si, je sais. Vous avez raison, j'oublie tout ça. Et je l'oubliais sur le moment. Presque tuée par un dingue et la minute suivante de retour au turbin.

— Si mes souvenirs sont exacts, vous avez vu une de vos amies jetée du haut d'un toit et vous avez failli être assassinée à trois reprises – je me rappelle cette histoire terrifiante où vous étiez poursuivie dans un parc par un fou armé d'un couteau et où vous avez ôté vos chaussures et couru nu-pieds pendant une demi-heure. Et chaque fois vous êtes aussitôt repartie travailler. Comme si l'héroïne effaçait tout dans votre cerveau. Même la peur de la mort.

— C'est vrai. Comme je l'ai dit, je ne pensais qu'à une chose – la prochaine dose. Je ne pensais pas à la mort. Je n'avais pas peur de la mort.

— Pourtant la mort revient hanter vos rêves aujourd'hui.

— Oui, c'est étrange. Et aussi ce… ce… mal du pays.

— La fierté y joue-t-elle un rôle ? demandai-je. Vous devez sûrement vous sentir fière de vous en être sortie.

— Un peu. Mais, pas assez, diriez-vous. Je n'ai pas vraiment le temps d'y réfléchir. J'ai l'esprit entièrement occupé par les chiffres, le travail et parfois Hal (le petit ami). Et par l'envie de rester en vie, je suppose. De ne pas retomber dans la drogue.

— Le fait de venir me voir vous aide-t-il à rester en vie ? À ne pas retomber dans la drogue ?

— Tout m'aide, ma vie, mon travail en équipe, la thérapie aussi.

— Ce n'était pas ma question, Amelia. Est-ce que *je* vous aide à ne pas retomber dans la drogue ?

— Je l'ai dit. J'ai dit que vous m'aidiez. Tout m'aide.

— "Tout m'aide." C'est une phrase fabriquée. Ne voyez-vous pas qu'elle dilue le reste ? nous enlève quelque chose ? nous garde à distance l'un de l'autre ? Vous m'évitez. Ne pouvez-vous évoquer davantage les sentiments que vous éprouvez à mon égard – en ce moment même ou lors de la séance précédente ou dans la semaine quand vous pensez à moi ?

— Oh, non. Ça y est, vous voilà reparti là-dedans !

— Croyez-moi – c'est important, Amelia.

— Vous voulez dire que tous les patients pensent à leur thérapeute ?

— Oui, exactement. C'est mon expérience. Je sais que j'ai vraiment éprouvé des sentiments envers mon thérapeute. »

Amelia était restée affalée sur sa chaise, se tassant de plus en plus comme chaque fois que j'orientais la discussion vers nous, mais soudain elle se redressa. J'avais toute son attention.

« Votre thérapie ? Quand ? Quels sentiments ?

— Je voyais un type très bien, un psychologue, il y a une quinzaine d'années. Rollo May. J'attendais avec impatience nos séances. J'aimais sa gentillesse, sa prévenance. J'aimais la manière dont il s'habillait, en col roulé avec un collier indien en turquoise. J'aimais l'entendre dire que notre relation était spéciale parce que nous partagions les mêmes intérêts professionnels. J'aimais le voir lire le manuscrit d'un de mes livres et me faire des compliments. »

Silence. Amelia restait immobile, le regard obstinément tourné vers la fenêtre.

« Et vous ? demandai-je. À votre tour.

— Eh bien, je pense que moi aussi j'apprécie votre gentillesse. » Elle se tortilla et détourna les yeux en prononçant ces mots.

« Continuez. Dites-en davantage.

— C'est embarrassant.

— Je sais. Mais cet embarras prouve l'importance de ce que nous disons. Ce sera notre objectif, le thème que nous devrons creuser – nous allons travailler là-dessus. Nous plonger au cœur de votre sentiment d'embarras. Continuez.

— Eh bien, j'ai trouvé agréable que vous m'aidiez à mettre mon manteau. J'ai aussi aimé votre petit rire quand j'ai arrangé les coins relevés du tapis. Je ne comprends pas que vous vous en fichiez. Vous pourriez mettre un peu d'ordre dans votre cabinet. Votre bureau est un désastre… D'accord, d'accord, je m'éloigne du sujet. Je me souviens du jour où le dentiste m'a donné un flacon de cinquante Vicodin et où vous avez tout fait pour que je vous le remette. Le dentiste me pose ce flacon sur les genoux – vous ne croyez quand même pas que je vais vous le refiler ? Je me souviens qu'à la fin de la séance vous ne vouliez pas lâcher ma main quand j'ai essayé de déguerpir de votre cabinet. Je vais vous dire une chose, je vous suis reconnaissante de ne pas avoir évoqué la thérapie – de ne pas avoir lancé d'ultimatum, le flacon de Vicodin sinon plus de thérapie. D'autres thérapeutes l'auraient fait. Et je vais vous dire – je les aurais quittés. Je vous aurais quitté.

— Je suis touché par ce que vous me dites, Amelia. Je suis ému. Que représentent ces dernières minutes pour vous ?

— Elles m'embarrassent, c'est tout.

— Pourquoi ?

— Parce que je m'expose à être tournée en ridicule.

— Cela vous est-il arrivé ? »

Amelia me rapporta alors certains incidents de sa petite enfance et de son adolescence où l'on s'était moqué d'elle. Ils ne me semblèrent pas très frappants, et je me demandai si son embarras n'avait pas plutôt sa source dans ses noires années de toxicomane. Elle affirma qu'il n'en était rien, exprimant un désaccord qu'elle avait manifesté en d'autres occasions, et déclara que ses problèmes étaient bien antérieurs à son usage de la drogue. Puis, soudain pensive, elle se tourna vers moi et dit : « J'ai une question à vous poser. »

Je la regardai avec attention. C'était la première fois qu'elle parlait ainsi. Ne sachant à quoi m'attendre, je restai sans rien dire, impatient. J'apprécie tout particulièrement de tels moments.

« Je ne suis pas sûre que vous répondrez, mais voilà. Vous êtes prêt ? »

Je hochai la tête.

« Est-ce que vous m'accueilleriez dans votre famille ? C'est-à-dire… vous savez bien ce que je veux dire. En théorie. »

Je réfléchis avant de répondre à sa question. Je voulais être honnête et sincère. Je la regardai : elle se tenait la tête droite, ses grands yeux rivés sur moi, sans éviter mon regard contrairement à son habitude. La peau brune et luisante de son front et de ses joues brillait comme si on venait de l'astiquer. J'examinai profondément mes sentiments et dit : « La réponse est oui, Amelia. Je vous considère comme une personne courageuse. Et séduisante. J'admire tout ce que vous avez surmonté et ce que vous avez fait de votre vie depuis. Aussi, oui, je vous accueillerais volontiers dans ma famille. »

Les yeux d'Amelia s'emplirent de larmes. Elle saisit un Kleenex et se détourna pour reprendre contenance. Après quelques secondes elle dit : « Vous deviez faire ce genre de réponse, naturellement. C'est votre travail.

— Regardez comment vous me repoussez, Amelia. Nous sommes devenus trop proches, c'est inconfortable n'est-ce pas ? »

La séance se terminait. Dehors il pleuvait à verse, et Amelia se dirigea vers la chaise sur laquelle elle avait laissé son imperméable. Je le pris et le lui tendis. Elle eut un mouvement de recul et parut mal à l'aise.

« Vous voyez ? dit-elle. Vous voyez ? C'est exactement ce que je voulais dire. Vous vous moquez de moi.

— Ce n'est certes pas mon intention, Amelia. Mais c'est bien que vous l'ayez dit. C'est bien de tout exprimer. J'aime votre franchise. »

À la porte, elle se tourna vers moi et dit : « Je voudrais que vous me preniez dans vos bras. »

C'était tout à fait inhabituel. Je ne l'en aimai que davantage et la serrai contre moi, sentant sa chaleur et sa corpulence.

Au moment où elle descendait les quelques marches de mon cabinet, je lui dis : « Vous avez fait du bon travail aujourd'hui. »

J'entendis ses pas sur le gravier tandis qu'elle s'éloignait, puis, sans se retourner, elle me lança par-dessus son épaule : « Vous avez fait du bon travail vous aussi. »

Parmi les points qui avaient été soulevés pendant notre séance il y avait son étrange nostalgie de son ancienne vie de toxico. L'entendre dire qu'une existence plus simple lui manquait me rappelle les premières lignes de ce livre et la réflexion de Heidegger, qui affirme que dévoré par la routine quotidienne vous vous détournez de préoccupations plus profondes et d'un examen de soi plus pénétrant.

En plongeant sans transition dans l'instant présent j'avais modifié radicalement l'objectif de notre séance. Elle refusait de dévoiler les sentiments qu'elle éprouvait à mon égard et éludait mes questions. « Est-ce que le fait de venir me voir vous aide à rester en vie ? vous empêche de retomber dans la drogue ? » Je m'étais risqué à révéler certains des sentiments que j'avais éprouvés voilà des années envers mon thérapeute.

Que je me sois donné en exemple l'avait aidée à prendre certains risques à son tour et à s'aventurer sur un nouveau terrain. Elle avait trouvé le courage de poser cette question surprenante, qu'elle avait longuement tournée dans sa tête. « Est-ce que vous m'accueilleriez dans votre famille ? » Et naturellement, il m'avait fallu réfléchir avec le plus grand sérieux avant de répondre. J'éprouvai beaucoup de respect pour elle, non seulement parce qu'elle était sortie de l'abîme de son addiction à l'héroïne, mais aussi pour la manière dont elle avait vécu depuis – une vie exemplaire consacrée à l'aide et au réconfort des autres. J'avais répondu avec sincérité.

Et ma réponse n'avait eu aucune répercussion négative. J'avais respecté mes principes (et mes limites) concernant le dévoilement personnel. Je connaissais parfaitement Amelia et j'étais convaincu que ma révélation ne la pousserait pas à s'éloigner mais, au contraire, l'aiderait à s'ouvrir.

Ce fut l'une des nombreuses séances consacrées à son rejet de l'intimité. Elle se révéla une séance mémorable, et nous y fîmes souvent allusion. Par la suite, dans notre travail, Amelia dévoila davantage ses peurs les plus sombres. Elle se mit à évoquer ses rêves et les souvenirs de ses années terribles de prostitution. Ces évocations accrurent son angoisse au début – une angoisse que l'héroïne avait coutume d'apaiser –, mais elles lui permirent d'abattre enfin les cloisons intérieures qui l'avaient coupée d'elle-même. Lorsque vint la fin de la thérapie, une année entière s'était écoulée sans cauchemars ni paniques nocturnes ; et, trois ans plus tard, j'eus la joie d'assister à son mariage.

Le dévoilement de soi comme modèle

Le moment opportun et le degré du dévoilement chez un thérapeute s'apprennent par l'expérience. Il ne faut pas oublier que son objectif est de faciliter le travail de la thérapie. S'il arrive trop tôt, il peut désorienter ou effrayer le patient qui a besoin de plus de temps pour s'assurer que son engagement dans la thérapie n'est pas risqué. Mais, effectué à bon escient, le dévoilement du thérapeute peut efficacement servir de modèle et engendrer la même attitude chez le patient.

Un exemple de ce dévoilement a été publié récemment dans un journal de psychothérapie. L'auteur de l'article décrit un événement qui a eu lieu vingt-cinq ans auparavant. Lors d'une séance de thérapie de groupe à laquelle il participait, il avait remarqué que l'animateur (Hugh Mullen, un thérapeute célèbre) s'inclinait en arrière en fermant les yeux. Il lui avait alors demandé : « Comment se fait-il que vous ayez l'air aussi détendu aujourd'hui, Hugh ?

— Parce que je suis assis à côté d'une femme », avait aussitôt répondu Hugh.

Sur le moment, l'auteur de l'article avait été décontenancé par cette réponse et s'était demandé s'il n'avait pas choisi le mauvais groupe. Peu à peu, cependant, il découvrit que ce thérapeute qui ne craignait pas d'afficher ses sentiments et ses fantasmes apportait une merveilleuse impression de libération aux membres du groupe.

Ce simple commentaire avait eu un tel écho chez lui et une telle influence sur sa propre carrière de thérapeute qu'aujourd'hui, vingt-cinq ans plus tard, il se sentait encore reconnaissant et avait écrit cet article pour faire partager l'impact durable du dévoilement du thérapeute.

Les rêves : la route royale pour l'ici et maintenant

Les rêves ont une importance unique, et on peut regretter qu'un grand nombre de thérapeutes, surtout au début de leur carrière, s'en tiennent éloignés. Pour une raison ou une autre, les jeunes thérapeutes sont rarement formés au travail du rêve. En réalité, beaucoup de programmes de psychologie, de psychiatrie et de psychothérapie ne mentionnent pas la valeur des rêves dans la thérapie. De leur côté, la plupart des jeunes thérapeutes sont découragés par la nature mystérieuse du rêve, par la littérature complexe et ésotérique sur le symbolisme et l'interprétation des rêves, par la tâche fastidieuse qui consiste à en donner une signification claire. Bref, seuls les thérapeutes qui ont suivi une thérapie personnelle intense peuvent pleinement apprécier la pertinence des rêves.

Je m'efforce d'aider mes élèves à travailler sur les rêves en les incitant à ne pas se soucier de l'interprétation. Un rêve parfaitement compris ? Oubliez ! Ça n'existe pas. Le rêve d'Irma, décrit dans le chef-d'œuvre de Freud en 1900 *L'Interprétation des rêves*, le seul rêve que Freud se soit attelé à interpréter pleinement, a été une source de controverse pendant un siècle entier, et une quantité de cliniciens distingués débattent encore aujourd'hui de sa signification.

Je dis à mes étudiants : pensez aux rêves de façon pragmatique, considérez-les simplement comme une abondante source d'informations sur des gens, des endroits et des expériences disparues dans la vie d'un patient. Qui plus est, l'angoisse de mort s'infiltre dans un grand nombre de rêves. Alors que la plupart tentent de garder le rêveur endormi, les cauchemars sont des rêves dans lesquels l'angoisse de mort s'étant échappé de son enclos terrifie et réveille le rêveur. Les autres visions, ainsi que j'en ai parlé dans le chapitre trois, annoncent une expérience révélatrice ; de tels rêves semblent transmettre des messages venant des profondeurs du soi qui sont en rapport avec les faits existentiels de la vie.

Les plus fructueux pour le processus thérapeutique sont les cauchemars, les rêves récurrents ou puissants – les rêves lucides qui restent fixés dans la mémoire. Si le patient apporte plusieurs rêves à une séance, je découvre en général que le plus récent ou le plus vivant est celui qui offre le plus d'associations fructueuses. Une force inconsciente nous conduit à occulter les messages des rêves. Non seulement ils contiennent des symboles obscurs et d'autres mécanismes de dissimulation, mais ils sont éthérés ; nous les oublions, et même si nous prenons des notes, nous oublions de les apporter à la séance suivante.

Les représentations d'images inconscientes abondent tellement dans les rêves que Freud les appelait la *via regia* – la voie royale – menant à l'inconscient. Mais, plus important, les rêves sont aussi la voie royale pour comprendre la relation patient-thérapeute. J'attache une valeur particulière à ceux qui contiennent des représentations de la thérapie ou du thérapeute. En général, au fur et à mesure que la thérapie avance, les rêves où elle figure deviennent plus courants.

Gardez à l'esprit que les rêves sont presque entièrement visuels, l'esprit attribuant en quelque sorte des images aux concepts abstraits. La thérapie en conséquence est souvent dépeinte comme un voyage, des travaux de réfection entrepris chez vous, la découverte fortuite de pièces précédemment inutilisées et inconnues. Par exemple, le rêve d'Ellen (décrit au début de ce chapitre) représentait sa honte sous la forme du sang menstruel imbibant ses chaussettes et ma salle de bains, et ses doutes à mon égard étaient représentés par mon indifférence, le fait que je ne lui venais pas en aide, et que j'étais occupé à converser avec d'autres. L'illustration suivante jette un éclairage sur une question importante pour les thérapeutes qui traitent des patients souffrant d'angoisse de mort : la mortalité du thérapeute.

La vulnérabilité du thérapeute : Joan

À cinquante ans, Joan suivait une thérapie centrée sur sa peur persistante de la mort et ses paniques nocturnes. Nous avions travaillé régulièrement sur ces questions pendant plusieurs semaines avant que ce rêve ne vienne troubler son sommeil.

J'ai rendez-vous avec mon thérapeute (je suis sûre que c'est vous, bien qu'il ne vous ressemble pas du tout), et je tiens à la main une grande assiette remplie de biscuits. J'en prends deux, en croque un coin avant de les réduire en miettes entre mes doigts. Puis le thérapeute prend l'assiette et avale miettes et biscuits en une seule bouchée. Après quelques minutes, il tombe sur le dos et vomit. Il va de plus en plus mal et commence à avoir l'air effrayant avec de longs ongles verts. Ses yeux ont soudain un regard morbide, et ses jambes disparaissent. Larry (mon mari) entre dans la pièce et lui vient en aide. Il se débrouille beaucoup mieux que moi. Je suis paralysée. Je me suis réveillée, le cœur battant, et j'ai passé les deux heures suivantes obsédée par la mort.

« Quelles idées vous viennent à l'esprit à propos de ce rêve, Joan ?

— Eh bien, le regard morbide et les jambes réveillent des souvenirs. Vous vous rappelez que j'ai rendu visite à ma mère il y a quelques mois après son attaque. Elle était restée dans le coma pendant une semaine et, peu avant de mourir, ses yeux s'étaient entrouverts et avaient eu un regard "morbide". Mon père avait eu une attaque vingt ans auparavant et perdu l'usage de ses jambes. Il avait passé les derniers mois de sa vie dans un fauteuil roulant.

— Vous dites que vous avez passé deux heures à penser à la mort à votre réveil. De quoi vous souvenez-vous ?

— C'est toujours le même scénario : la terreur d'entrer à jamais dans la nuit, et un immense chagrin de ne plus être avec ma famille. C'est sans doute ce qui m'a tenue éveillée la nuit dernière. Avant de m'endormir, j'avais regardé de vieilles photos de famille et m'étais rendu compte que mon père, aussi détestable qu'il se fût montré avec ma mère et avec nous, avait eu une existence lui aussi. Cela m'a frappé comme si j'en prenais conscience pour la première fois. En regardant ces photos, j'ai compris que malgré tout mon père avait laissé des traces de lui-même, dont certaines étaient de bonnes traces. Oui, la pensée de laisser des traces est une consolation. Comme me réconforte le fait d'enfiler la vieille robe de chambre de ma mère, que je mets encore, et de voir ma fille conduire la vieille Buick de ma mère. »

Elle poursuivit : « Bien que vos discussions sur ces grands penseurs qui se posent la même question m'apportent quelque chose, elles n'apaisent pas la terreur. Le mystère est si terrifiant : la mort est une telle inconnue, une telle nuit insondable.

— Pourtant vous avez un goût de mort tous les soirs en vous endormant. Savez-vous que dans la mythologie grecque Hypnos et Thanatos, le sommeil et la mort, étaient frères jumeaux ?

— C'est peut-être pour cette raison que j'ai du mal à aller me coucher. C'est juste tellement barbare, tellement injuste de devoir mourir.

— Tout le monde éprouve ce sentiment. Moi comme les autres. Mais c'est la condition même de l'existence. C'est notre condition à nous humains. C'est la condition de tout ce qui vit – et a vécu.

— Ce n'est pas juste.

— Nous faisons tous partie – moi, vous – de la nature dans son indifférence, un endroit où il n'existe ni justice ni injustice.

— Je sais. Je sais tout ça. C'est simplement que je me sens comme un enfant qui découvre cette vérité pour la première fois. Chaque fois, j'ai l'impression que c'est la première fois. Vous savez, je ne peux en parler à personne d'autre que vous. Que vous m'apportiez ici un soutien constant me conforte dans des domaines dont je ne vous ai jamais parlé. Je ne vous ai pas dit, par exemple, que j'ai trouvé de bonnes opportunités dans mon travail.

— J'en suis heureux, Joan. Continuons à travailler. Revenons au rêve. Je ne suis pas resté avec vous dans le rêve : j'ai commencé à disparaître. Comment interprétez-vous ces biscuits et leur effet sur mes yeux et mes jambes ?

— Eh bien, j'ai mordillé le biscuit avant de le réduire en miettes. Mais vous avez tout pris et tout avalé et regardez ce qui vous est arrivé. Je crois que le rêve reflète mon inquiétude d'être un poids pour vous, de trop vous demander. Je grignote des fragments d'un sujet effrayant, mais vous continuez à tout avaler – et vous ne le faites pas seulement avec moi mais avec vos autres patients, aussi. Je suppose que j'ai peur de vous voir mourir, disparaître comme mes parents, comme tout le monde.

— Bon, cela arrivera un jour, et je sais que vous vous souciez de me voir vieillir et mourir ainsi que des conséquences sur moi de vos propos sur la mort. Mais je me suis engagé à rester avec vous tant que j'en serai physiquement capable. Vous n'êtes pas un poids pour moi, au contraire, je suis heureux que vous me confiiez vos pensées les plus intimes, et je veillerai à garder mes jambes et mes yeux en bon état. »

La crainte de Joan d'entraîner son thérapeute dans son désespoir n'est pas sans justesse : les thérapeutes qui n'ont pas affronté leur propre mortalité peuvent en effet se trouver eux-mêmes submergés par la peur de mourir.

Le cauchemar de la veuve : Carol

Non seulement les patients s'inquiètent d'accabler le thérapeute, mais à la fin, comme dans le rêve de Carol, ils sont confrontés aux limites de ce que peut faire un thérapeute.

J'avais pour patiente Carol, une veuve de soixante ans qui s'était occupée de sa vieille mère depuis la mort de son mari quatre ans auparavant. Sa mère étant décédée durant notre thérapie, Carol se sentit trop seule et décida d'aller s'installer chez son fils et ses petits-enfants dans un autre État. Dans l'une de nos dernières séances, elle me raconta ce rêve :

Il y a quatre personnes – moi, un gardien, une femme prisonnière, et vous – et nous nous dirigeons vers un endroit sûr. Puis nous sommes dans le salon de la maison de mon fils – il y a des barreaux à la fenêtre. Vous quittez la pièce juste pour un court instant – peut-être pour aller aux toilettes – et soudain un coup de feu brise la fenêtre et tue la prisonnière. Puis vous revenez dans la pièce, la voyez à terre et essayez de lui porter secours. Mais elle meurt si vite que vous n'avez pas le temps de faire quelque chose, pas même de lui parler.

« Quelle impression vous laisse ce rêve, Carol ?

— C'était un cauchemar. Je me suis réveillée effrayée, le cœur battant à tout rompre. J'ai mis longtemps à me rendormir.

— Qu'est-ce qui vous vient à l'esprit à propos du rêve ?

— Un sentiment de protection intense. Vous étiez là, il y avait un garde, des barreaux à la fenêtre. Pourtant, en dépit de toutes ces précautions, la vie de la prisonnière n'a pu être sauvée. »

Dans la suite de la discussion, elle comprit que le message central, vital du rêve, était l'inéluctabilité de sa mort, comme celle de la prisonnière. Elle était à la fois elle-même et la prisonnière. Le dédoublement est un phénomène courant dans le rêve ; l'inventeur de la gestalt-thérapie, Fritz Perls, considérait que tout objet individuel ou physique dans un rêve représente un aspect du rêveur.

Plus que toute autre chose, le rêve de Carol faisait exploser le mythe que je la protégerais toujours. Il contenait beaucoup d'aspects fascinants (par exemple, ce qui touchait à son image de soi était symbolisé par la prisonnière ; l'idée d'habiter avec son fils évoquait l'image d'une pièce avec des barreaux), mais comme nous approchions de la fin de la thérapie, je choisis de me concentrer sur notre relation, et de souligner les limites de ce que je pouvais offrir. Carol comprit que même si elle renonçait à aller habiter avec son fils et préférait rester en relation avec moi, il me serait malgré tout impossible de la protéger de la mort.

Les trois dernières séances que nous passâmes à travailler sur les conséquences de cette perspective non seulement lui facilitèrent l'interruption de notre thérapie mais servirent aussi d'expérience révélatrice. Mieux qu'auparavant, elle mesura les limites de ce qu'elle pouvait attendre d'autrui. Si la relation aux autres peut atténuer la douleur, elle ne peut éradiquer les aspects les plus cruels de la condition humaine. Cette découverte lui donna une force renouvelée, une force qu'elle pourrait emporter partout où elle choisirait de vivre.

Dites-moi que la vie n'est pas seulement de la merde : Phil

Pour finir, je citerai l'exemple d'un rêve qui éclaire les aspects de la relation thérapeute-patient.

Vous êtes un patient très gravement malade dans un hôpital, et je suis votre médecin. Mais au lieu de prendre soin de vous, je ne cesse de vous demander, avec insistance, si vous avez eu une vie heureuse. Je veux vous entendre dire que la vie n'est pas seulement de la merde.

Lorsque je demandai à Phil, un vieil homme de quatre-vingts ans terrifié par la mort, ce qu'il pensait de ce rêve, il répondit immédiatement qu'il avait l'impression qu'il me suçait le sang, qu'il exigeait trop de moi. Le rêve illustre cette inquiétude à travers un scénario dans lequel, bien que je sois le malade et qu'il soit le médecin, son besoin l'emporte sur tout le reste, et il persiste à attendre quelque chose de moi. Sa mauvaise santé, ses amis disparus ou infirmes, le plongent dans une amère détresse et il veut que je lui donne de l'espoir en lui disant que la vie n'est pas seulement de la merde.

Encouragé par le rêve, il me demanda explicitement : « Suis-je un fardeau trop lourd pour vous ?

— Nous portons tous le même fardeau, lui répondis-je, et votre confrontation avec le ver dans le cœur de l'existence (un terme pour la mort qu'il avait précédemment utilisé) est certes lourde à porter mais éclairante pour moi. J'attends nos séances avec impatience, et ma raison d'être est de vous aider à retrouver le goût de vivre et la sagesse que vous avez tirée de votre expérience. »

J'ai commencé ce livre en observant que l'angoisse de mort fait rarement partie du discours thérapeutique. Les thérapeutes évitent le sujet pour nombre de raisons : ils nient sa présence ou sa pertinence, déclarent qu'il s'agit d'une autre angoisse, craignent peut-être de réveiller leurs propres peurs ou se sentent eux-mêmes dépassés ou désespérés par la mortalité.

J'espère avoir dans ces pages démontré qu'il était nécessaire et possible de confronter et d'explorer toutes les peurs, même les plus sombres. Mais nous avons besoin de nouveaux outils – un ensemble différent d'idées et un type différent de relation patient-thérapeute. Je propose de prêter attention aux idées des grands penseurs qui ont affronté la mort sans faiblir et de bâtir une relation thérapeutique basée sur les faits existentiels de la vie. C'est le destin de chacun de faire l'expérience des joies de l'existence et de la peur de la mort.

La sincérité, si cruciale pour une thérapie efficace, prend une nouvelle dimension quand un thérapeute aborde franchement les questions existentielles. Nous devons abandonner ces résidus d'un modèle médical suivant lequel les patients souffrent d'une étrange affliction et ont besoin d'un guérisseur impassible, irréprochable et insensible. Nous affrontons tous la même terreur, la blessure de la mortalité, le ver au cœur de l'existence.

Postface

La maxime de La Rochefoucauld, « Le soleil ni la mort ne se peuvent regarder en face », illustre la croyance populaire selon laquelle il est nocif de fixer le soleil ou la mort. Je ne recommanderais à personne de regarder le soleil en face, mais regarder la mort en face est un autre sujet. Un regard direct et assuré porté sur la mort, voilà le message de ce livre.

L'histoire est remplie d'exemples de tous les moyens divers et variés utilisés pour nier la mort. Socrate, par exemple, cet ardent défenseur de la vie pleinement examinée, marcha vers la mort en déclarant qu'il était heureux d'être libéré de la « stupidité du corps » et certain de passer l'éternité en conversations philosophiques avec des immortels qui partageaient ses opinions.

La psychothérapie contemporaine, tellement portée à l'étude critique de soi, tellement prête à excaver les couches les plus profondes de la pensée, a cependant battu en retraite devant l'examen de notre crainte de la mort, le facteur primordial et omniprésent qui conditionne toute notre vie émotionnelle.

Dans mes relations avec des amis et collègues j'ai fait l'expérience de première main de cette dérobade. D'ordinaire, quand je suis plongé dans l'écriture, j'ai l'habitude d'avoir de longs échanges amicaux sur mon travail. Cela n'a pas été le cas avec ce livre. Mes amis m'interrogent sur ce que je fais actuellement. Je réponds que j'écris sur les moyens de surmonter la terreur de la mort. Fin de la conversation. Hormis quelques rares exceptions, personne ne poursuit sur le même sujet, et au bout de très peu de temps nous abordons un thème différent.

Je pense que nous devrions affronter la mort comme nous affrontons d'autres peurs. Nous devrions envisager notre fin ultime, nous familiariser avec elle, la disséquer et l'analyser, raisonner avec elle, et repousser les terribles distorsions héritées de notre enfance.

N'en concluons pas que la mort est trop pénible pour être supportée, que le seul fait d'y penser va nous détruire, que l'impermanence doit être niée de peur que la vérité ôte tout sens à l'existence. On paie toujours le prix de tels dénis – ils restreignent notre vie intérieure, brouillent notre vision, émoussent notre rationalité. En fin de compte, la duperie de soi finit par nous rattraper.

L'angoisse accompagnera toujours notre confrontation à la mort. Je l'éprouve en écrivant ces lignes ; c'est le prix à payer pour la conscience de soi. La terreur primitive de la mort peut être réduite jusqu'à devenir une angoisse gérable au quotidien. Regarder la mort en face, avec un soutien, non seulement repousse la terreur, mais rend la vie plus émouvante, plus précieuse, plus vitale. Une telle approche de la mort débouche sur une connaissance de la vie. C'est dans ce but que je me suis concentré sur les moyens de diminuer la terreur de la mort et sur la manière d'identifier et de faire usage d'expériences révélatrices.

Mon intention n'était pas d'écrire un ouvrage sombre. Au contraire, j'espère qu'en prenant conscience, vraiment conscience, de notre condition humaine – de notre finitude, de notre bref passage dans la lumière –, nous en arriverons non seulement à savourer ce que chaque moment a de précieux comme le simple plaisir d'exister, mais à accroître notre compassion pour nous-mêmes et pour l'ensemble des êtres humains.

REMERCIEMENTS

Ce livre n'est pas, et ne saurait être, un condensé de réflexions sur la mort, car depuis des millénaires tous les écrivains importants se sont intéressés à la mortalité humaine.

En revanche, il s'agit d'un ouvrage profondément personnel, dont la source est ma confrontation avec la mort. Je partage la crainte de la mort avec chaque être humain : c'est notre ombre noire dont nous ne sommes jamais libérés. Ces pages décrivent ce que j'ai appris de la lutte contre l'angoisse de mort à travers mon expérience personnelle, mon travail avec mes patients, et les pensées des écrivains qui ont documenté cet ouvrage.

Je remercie ceux qui, nombreux, m'ont aidé en chemin. Mon agent, Sandy Dijkstra, et mon éditeur, Alan Rinszler, ont joué un rôle capital dans la conception et la mise en forme définitive de ce livre. Une quantité d'amis et de collègues ont lu des extraits du livre et proposé leurs suggestions : David Spiegel, Herbert Kotz, Jean Rose, Ruthellen Josselson, Randy Weingarten, Neil Brast, Rick van Rheenen, Alice van Harten, Roger Walsh, Robert Berger et Maureen Lila. Philippe Martial m'a fait découvrir la maxime de La Rochefoucauld qui figure en première page. Ma gratitude à Van Harvey, Walter Sokel, Dagfin Follesdal, mes chers amis et tuteurs de longue date en matière d'histoire des idées. Merci aussi à Phoebe Hoss et Michele Jones qui ont revu le manuscrit. Mes quatre enfants, Eve, Reid, Victor et Ben, m'ont fourni des conseils inappréciables, et ma femme, Marilyn, comme à l'habitude, m'a poussé à mieux écrire.

Avant tout j'ai une dette à l'égard de mes professeurs les plus importants : mes patients, qui doivent rester anonymes (mais ils sauront se reconnaître). Ils m'ont confié leurs craintes les plus profondes, autorisé à rapporter leurs cas, conseillé sur le choix des fausses identités, ils ont lu la totalité ou une partie du manuscrit, fourni des avis, et se sont réjouis à la pensée que leur expérience et leur connaissance allaient rayonner parmi mes lecteurs.

SOURCES

1
La blessure mortelle

P. 19 : *Pourquoi ne pas suivre le conseil* : Adolph Meyer, cité par Jerome Frank, communication personnelle, 1979.

P. 19 : *Dissimulée, déguisée, elle se manifeste à travers divers symptômes* : Il existe un large champ de recherche expérimentale sur l'angoisse de mort (une grande partie provenant d'adeptes de la théorie de la gestion de la terreur) qui démontre l'ubiquité de l'angoisse de mort et sa vaste influence sur l'estime de soi ; sur une gamme extrêmement large de traits de la personnalité, croyances et conduite, et sur l'enracinement de la conception culturelle de l'univers et des normes confirmées de chacun. Voir, par exemple, Solomon, S., Greenberg, J. et Pyszczynski T., « Orgueil et préjugés : peur de mourir et comportement social », in *Current Directions in Psychological Science*, 2000, 9(6) 200-204 ; Pyszczynski, T. Solomon, S., et Greenberg, J., *In the Wake of 9/11 : The Psychology of Terror*, Washington, D.C., American Psychological Association, 2002.

2
Reconnaître l'angoisse de mort

P. 22 : *Pour Milan Kundera, romancier existentiel*, cité dans *Shop Talk (Parlons travail) : Série d'entretiens entre Philip Roth et d'autres écrivains*, Paris, Éditions de Minuit, 2005.

P. 28 : *Une lecture approfondie de ce texte* : pour plus de détails, voir mon introduction à une édition récente de Freud, S. et Breuer, J., *Études sur l'hystérie*, trad. A. Berman, Paris, Presses universitaires de France, « Bibliothèque de psychanalyse et de psychologie clinique », 1996.

P. 28 : *Il en offrait deux raisons* : Freud, S., *Inhibition, Symptôme et Angoisse*, in *Œuvres complètes*, volume XVII, éd. André Bourguignon et Pierre Cotet, Presses universitaires de France, 1992.

P. 28 : *Bien que Freud se soit exprimé avec émotion* : Freud, S., « Considérations actuelles sur la guerre et sur la mort », in *Collected Papers of Sigmund Freud*, 1925. Voir aussi Yalom, I. D., *Thérapie existentielle*, Paris, Galaade Éditions, 2008, pour la traduction française.

P. 29 : *Sa dé-mortalisation de la mort, ainsi que l'appelle Jay Lifton* : Lifton, R. J., *The Broken Connection*, New York, Simon & Schuster, 1979.

P. 29 : *En réalité, on pourrait dire* : Spiegel, D., « Man as Timekeeper : Philosophical and Psychotherapeutic Issues », in *American Journal of Psychoanalysis*, 1981, 41(5), 14.

P. 30 : *Demander à un patient de méditer sur une tombe* : Freud et Breuer, 1895/2000.

P. 39 : *La dichotomie qu'elle pratiquait entre les idées et les relations humaines* : la synergie nécessaire des idées et de la relation humaine est le thème central de mon roman *La Méthode Schopenhauer*, Paris, Galaade Éditions, 2005, pour la traduction française.

3
L'expérience révélatrice

P. 43 : *C'est plutôt une forme de thérapie existentielle de choc* : dans la littérature psychiatrique, de telles expériences sont couramment qualifiées d'« expériences limite », une traduction du terme analytique allemand *Grenzsituationen*, qui signifie frontières ou limites humaines. Mais le terme limite est problématique dans la thérapie contemporaine parce qu'il se réfère principalement au cadre – c'est-à-dire aux limites de la relation thérapeutique et au refus de relations autres que thérapeutiques. Je propose donc le terme *expérience révélatrice.*

P. 46 : *Beaucoup faisaient état d'une diminution* : Yalom, I. D., *Thérapie existentielle*, Paris, Galaade Éditions, 2008.

P. 62 : *Un thème d'une importance particulière* : cette conclusion est étayée par une thèse de doctorat qui confirmait une relation inverse entre l'angoisse de mort et le plaisir de la vie : Godley, C. *Death Anxiety, Defensive Styles, and Life Satisfaction*, thèse de doctorat non publiée, université de l'État de Colorado, 1994.

P. 62 : *Comme Zorba le Grec* : Kazantzakis, N., *Zorba le Grec*, Paris, Plon, 1965.

P. 62 : *Sartre dans son autobiographie* : Sartre, J. P., *Les Mots*, Paris, Gallimard, 1964.

P. 80 : Je *suis dans la galerie enclose d'un treillage* : j'ai décrit ce rêve dans *La Malédiction du chat hongrois. Contes de psychothérapie*, Paris, Galaade éditions, 2008, pour la traduction française.

4
Le pouvoir des idées

P. 95 : *Parmi ceux, très nombreux, qui ont réaffirmé cette théorie* : Nabokov, V., *Autres rivages*, Paris, Gallimard, 1951.

P. 100 : Dans *L'Art de la thérapie*, je décris un cas : Yalom, I. D., *L'Art de la thérapie,* trad. Anne Damour, Paris, Galaade Éditions, 2013, pp. 211-212.

P. 106 : *Nietzsche, le plus grand des aphoristes* : Nietzsche : *Humain, Trop Humain*, Partie 1, Chapitre 4, Aphorisme 162.

P. 107 : *Dans le superbe roman de John Gardner* : Gardner, J., *Grendel*, Denoël, 1974.

P. 112 : *Essayez de les lire à haute voix* : l'expérience de pensée de « l'éternel retour » est parfaitement décrite dans *Ainsi parlait Zarathoustra*, mais cette citation provient d'un ouvrage plus ancien : Nietzsche, F., *Le Gai Savoir* (trad. française d'Henri Albert, revue par Marc Sautet, Gallimard Idées NRF).

P. 118 : *Nietzsche revendiquait deux phrases de « granit »* : Nietzsche, F, *Ainsi parlait Zarathoustra.*

P. 122 : *Certains refusent le prêt de la vie* : Rank, 0., *Will Therapy and Truth and Reality*, New York, Knopf, 1945, p. 126 (première publication 1930).

P. 124 : *Otto Rank postulait une dynamique utile* : Rank, 1930/1945, pp. 119-133.

P. 124 : *Cette formulation est devenue en fin de compte l'épine dorsale* : Becker, E., *The denial of Death*, New York, Free Press, 1973.

P. 126 : *Pour un tel individu, je trouve utile de résumer* : Schopenhauer, A. « Ce qu'est l'homme, ce qu'a l'homme, ce que l'homme représente », *Parerga et Paralipomena*, volume 1, Coda 1851, trad. Auguste Dietrich.

5
Surmonter la peur de la mort par la relation aux autres

P. 133 : *Nous en avons partout la confirmation* : Lambert, C., « The Science of Happiness », *Harvard*, Jan./Fév, 2007, www. harvardmagazine.com/on-line/010783.htlm.

P. 134 : *Même les dieux grecs s'enfuyaient* : voir par exemple, le discours d'Artémis à la fin d'*Hippolyte* d'Euripide, *Tragédies complètes*, vol. 1, « Folio classique », Gallimard, 1962.

P. 135 : *Comme l'écrivait William James* : James, W., *Précis de Psychologie*, Chap XIII, « Bibliothèque de philosophie expérimentale », Marcel Rivière éd., 1909, p. 231.

P. 136 : *Et cette singulière coutume paysanne pratiquée en Chine* : Yardley, J., « Dead Bachelors in Remote China Still Find Wives », *New York Times*, Oct. 5, 2006, www. nytimes.com/2006/10/05.

P. 139 : *Une étude récente montre* : Fox, S. et Fallows, D., *Internet Health Resources*, 2003, http://www.hetinitiative. org/ subresources/ehlstudentresearchthorndike. htlm. Pew Iternet & American Life Project, Retrieved Jan. 27, 2007, http://www pewinternet.org/PPF/r/95/report-display.asp.

P. 139 : *Les études montrent que des groupes de personnes* : Spiegel, D., Bloom, J. R. et Yalom, I. D., « Group Support for Patients with Metastatic Cancer : A Randomized Prospective Outcome Study », *Archives of General Psychiatry*, 1981, 38(5), 527-533 ; Spiegel, D. et Glafkides, M. S., « Effects of Group Confrontation with Death and Dying », *International Journal of Group Psychotherapy*, 1983, 33(4), 433-447.

P. 139 : *Des recherches récentes témoignent également* : Lieberman, M. A. et autres, « Electronic support Groups for Breast Carcinoma : A Clinical Trial of Effectiveness », *Cancer*, 2003, 97 (4), 920-925 ; Lieberman, M. A. et Goldstein, B., « Self-Help Online : An Outcome Evaluation of Breast Cancer Bulletin Boards », *Health Psychology*, 2005 10(6), 855-862.

P. 145 : *Un jour, il y a des années* : Dans mon roman *Mensonges sur le divan*, Galaade Éditions, 2006, j'ai transformé en fiction le fait que je m'étais étendu sur le lit d'une patiente mourante.

P. 146 : *Comme Pascal l'a dit* : Pascal, B., *Pensées*, Gallimard, « Folio classiques », 2004 (première publication éditions de Port Royal 1670-1678).

P. 146 : *Dans la nouvelle version de Let Me Down Easy* : http://mednews.standford.edu/releases/2006/october/deavere.htlm.

P. 150 : *J'appris que de telles réactions* : Seligman, M., *La Force de l'optimisme*, trad. Larry Cohen, Interéditions, 2008.

P. 153 : *Je privilégiai la même stratégie* : On peut trouver mon approche injuste. Après tout, quand les thérapeutes ont besoin de soutien et cherchent l'aide de la thérapie, ne méritent-ils pas la même attention et le même réconfort affectif que les autres patients ? Je vois beaucoup de thérapeutes, et je ne me suis jamais laissé aller à ce mode de pensée. Quand je reçois quelqu'un qui possède une compétence personnelle, je fais en sorte que cette compétence joue en sa faveur.

P. 158 : *Quantité d'artistes et d'écrivains* : Whittier, J. G., « Maud Muller », 1856, http://en.wikiquote.org/wiki/John_ Greenleaf_Whittier.

6
La conscience de la mort

P. 163 : *Nietzsche a un jour déclaré* : « Peu à peu j'ai appris à discerner ce que toute grande philosophie a été jusqu'à ce jour : la confession de son auteur, des sortes de mémoires involontaires et qui n'étaient pas pris pour tels ; de même, j'ai reconnu que les intentions morales (ou immorales) constituaient le germe proprement dit de toute philosophie. » Nietzsche, F., *Par-delà le bien et le mal*, trad. Henri Albert, Le Livre de Poche, coll. « Classiques », 1991.

P. 165 : *Buffalo Bill est décédé :* « Buffalo Bill's », E. E. Cummings, *Poèmes choisis*, trad. Robert Davreu, Paris, Éditions Corti, 2004.

P. 202 : *J'adhère à ces propos de Thomas Hardy* : Hardy, T., « De Profundis II » (1895-6), *Poèmes du passé et du présent*, éditions Pocket, 1976.

P. 211 : *Faulkner avait exprimé la même idée* : Cité dans Southall, T. W., *Of Time and Place : Walker Evans and William Christenberry*, San Francisco, Friends of Photography, 1990.

P. 211 : *Et Paul Theroux a dit* : Theroux, P., « D Is for Death », in S. Spender (ed), New York, Random House, 1991.

P. 211 : *Cette technique de thérapie hypnotique* : David Spiegel a été le premier à me parler de cette technique du *« split screen ».* Voir Spiegel, H. et Spiegel, D., *Trance and Treatment : Clinical Uses of Hypnosis*, Washington, D. C., American Psychiatric Publishing, 2004.

P. 212 : *L'autre moitié, au contraire, présente un film différent* : Dawkins, R., *The God Delusion*, Boston, Houghton Mifflin, 2006, p. 361.

P. 213 : *Si comme le dit Kundera* : Cité dans Roth, P., *Parlons Travail*, trad. Josée Kamoun, Paris, Gallimard, 2004.

7

Aborder l'angoisse de mort

P. 231 : *L'acte thérapeutique est* : Yalom, I. D., *L'Art de la thérapie,* Galaade Éditions, 2013, pp. 57-59.

P. 236 : *Et pendant des décennies, j'ai adressé* : Je décris cette technique plus en détail dans Yalom, I. D., *The Theory and Practice of Group Psychotherapy* (5e éd.), New York, Basic Books, 2005, pp. 456-468, à paraître prochainement aux éditions Galaade.

P. 255 : *N'entre pas sans violence dans cette bonne nuit* : Thomas, D., « N'entre pas sans violence » (six vers) par Dylan Thomas, dans *Vision et Prière et autres poèmes*, trad. Alain Suied, Paris, Gallimard, 1991.

P. 269 : *Ayant lu récemment un article que j'avais écrit* : « À la recherche du rêveur », in Yalom, I. D, *Le Bourreau de l'amour*, Paris, Galaade Éditions, 2005.

P. 280 : *Un exemple de ce dévoilement* : Wright, F., « Being seen, moved, disrupted, and reconfigured » : animation de groupe considérée d'un point vue relationnel.

Table

1. La blessure mortelle 11

2. Reconnaître l'angoisse de mort 21

3. L'expérience révélatrice 43

4. Le pouvoir des idées 91

5. Surmonter la peur de la mort par la relation aux autres 129

6. La conscience de la mort 163

7. Aborder l'angoisse de mort 215

Postface 293

Remerciements 297

Sources 299

Du même auteur :

APPRENDRE À MOURIR. LA MÉTHODE SCHOPENHAUER
Galaade, 2005 ; Points, 2008

LE BOURREAU DE L'AMOUR. HISTOIRE
DE PSYCHOTHÉRAPIE
Galaade, 2005

MENSONGES SUR LE DIVAN
Galaade, 2006 ; Points, 2007

ET NIETZSCHE A PLEURÉ
Galaade, 2007

LA MALÉDICTION DU CHAT HONGROIS.
CONTES DE PSYCHOTHÉRAPIE
Galaade, 2008

THÉRAPIE EXISTENTIELLE
Galaade, 2008

EN PLEIN CŒUR DE LA NUIT
avec Robert Berger, Galaade, 2010

Dans le secret des miroirs
avec Ginny Elkin, Galaade, 2011

Le Problème Spinoza
Gaalade, 2012

L'Art de la thérapie
Galaade, 2013

Créatures d'un jour
Galaade, 2015

PAPIER À BASE DE FIBRES CERTIFIÉES

Le Livre de Poche s'engage pour l'environnement en réduisant l'empreinte carbone de ses livres. Celle de cet exemplaire est de :
300 g éq. CO_2
Rendez-vous sur www.livredepoche-durable.fr

Composition réalisée par Belle Page

Imprimé en France par CPI
en juin 2017
N° d'impression : 3023148
Dépôt légal 1re publication : février 2015
Édition 10 - juin 2017
LIBRAIRIE GÉNÉRALE FRANÇAISE
21, rue du Montparnasse - 75298 Paris Cedex 06

31/6864/8